典禮的其中一幕

U0025966

■東方戰線／詳細時期不詳

不允許
帝國參謀本部

幼女戰記

Ut sementem feceris, ita metes

〔7〕

カルロ・ゼン

Carlo Zen

Kadokawa Fantastic Novels

contents

內務人民委員部製作

聯邦

總書記（非常和藹的人）

羅利亞（非常和藹的人）

【多國籍部隊】

米克爾上校（聯邦指揮官）——塔涅契卡中尉（政治軍官）

德瑞克中校（聯合王國副指揮官）——蘇中尉

義魯朵雅王國

加斯曼上將（軍政）——卡蘭德羅上校（情報）

自由共和國

戴・樂高司令官（自由共和國主席）

相關圖

帝國

【參謀本部】

- 傑圖亞中將（戰務）——烏卡中校（戰務／鐵路）
- 盧提魯德夫中將（作戰）——雷魯根上校

【沙羅曼達戰鬥群】

第二〇三魔導大隊

- 譚雅・馮・提古雷查夫中校
  - 拜斯少校
    - 謝列布里亞科夫中尉
    - 格蘭茲中尉
    - （補充）維斯特曼中尉

阿倫斯上尉（裝甲）

梅貝特上尉（砲兵）

托斯潘中尉（步兵）

[chapter]

I

第壹章

混亂

Disarray

泥巴、泥巴、泥巴。

關於東方戰線

統一曆一九二七年四月二十日　東方戰線位置座標不詳

眺望地面的超越者視點，俯瞰觀點。從高處俯瞰而下的景象即使色彩單調不已，卻甚至構成了比差勁的前衛藝術還要幾何學的圖案。

於是，只需用掛在胸前的雙筒望遠鏡窺看，一眼就能看出那是混沌的泥濘。彈痕、泥巴、倒下的軍馬屍骸、傷兵，還有布滿大地的泥巴。

只要從空中俯瞰，再不願意也會明白泥巴肆虐的程度吧。

這是離春天尚遠，受怠惰支配的大地。難以捉摸程度媲美海市蜃樓。放眼望去，就連地圖上應該位在眼前的道路位置都無法確定。不論是誰都無法正確指出這個地點的位置。

哼了一聲，身為指揮官的譚雅輕輕搖頭。

這叫什麼——這叫什麼只需沿著地面道路飛行的任務。

居然說這是只需沿著主要街道前進的簡明前進命令！是前往最前線的簡單增派。

那麼，現在恐怕不得不靠天文航行推測所在位置的情況是怎麼回事。

唉聲嘆氣的譚雅所在位置，除了是在最前線「附近」之外一概不詳。

不論是熟悉地形的老兵、帶路人員，還是當地軍的引導人員，譚雅等人都欠缺著。

當然，他們第二〇三航空魔導大隊畢竟是聚集著曾在以氣象惡劣惡名昭彰的北洋外海，陪同航空艦隊達成海上搜索殲滅戰的強者，有辦法推定大致上的位置。對所在位置的把握應該是沒有嚴重的錯誤吧。

所以，譚雅才會愕然嘆氣。

找不到應該要在的友軍陣地。不僅明確記在地圖上的街道已沉入泥海，甚至還有不該存在的敵兵在地上徘徊！

會在途中接敵時差點同意部下是否要折返的提議，也難說是毫無理由。

不過，還是考慮到命令內容而否決了——畢竟根據本國的說詞，友軍應該還在奮戰當中。

要是能見死不救會有多麼輕鬆啊。她是放棄了這種迷人的選擇，基於職務上的義務感特地繼續進軍的。

結果，卻是這樣。譚雅不掩心中的失望。

「這……究竟是怎麼了。」

譚雅啞然瞪著橫行在這附近一帶大地上的敵兵。

可沒人通知過眼前的景象。現在滯空的地區，本來該要是友軍的警戒線地點喔！

結果呢！卻是濃密到讓人看到地面就煩的敵方對空防禦陣地？

她所收到的號稱最新版的地圖上，可沒寫到這種事呀。

「該死！我方難道是外行人嗎？」

這是個讓人生厭的對比。

「敵工兵隊的表現似乎相當專業。」

「……看來是在友軍潰散後就立刻搭建的樣子。敵軍的反攻作戰看樣子相當認真呢。」

「不會錯的，謝列布里亞科夫中尉。」

這樣看來，當初的計畫就只能扔垃圾桶了吧。

就連用來悲嘆的時間都叫人氣憤。

「……參謀本部也沒料到現在這種狀況吧。」

伴隨咂嘴的自言自語，外加上一聲嘆息。

譚雅的煩躁正在急速竄昇。現況還真讓人無法期待。要是事前的簡報情報大半都派不上用場，這也是當然的事。

依據本國的一道軍令，受令前往東方戰線緊急展開部署倒也還好。

這是軍務。

只要參謀本部說「去吧」，那怕是天涯海角都得飛去。就算前進座標被指定了也無所謂。她自認為有充分看出參謀本部要我們成為友軍耳目的意圖。

「……這些我都了解。也有打算去了解。」

但是——隨後說出的話語，是感慨，是抱怨，甚至是詛咒。

「東方軍是在搞什麼啊。」

這群飯桶——就算沒這麼罵，也感到自制心的極限受到測試了。

作為一名在軍大學受過參謀教育的最前線航空魔導軍官，十分清楚參謀本部想要的是什麼。將校，特別是高級軍官，全都「求知慾旺盛」。在高級指揮課程的教育之下，被灌輸了「不想犯錯」的強迫觀念的這些人，會衝動性地渴求「最新情報」。

想要得知現況——位在後方的他們懷著這種心願也並沒有錯。抱持著關心派人調查，就組織而言可說是標準答案。要說到唯一的問題，就是連最關鍵的概要情勢都沒能成功掌握到。

這可說是致命性的吧。

「在這種狀況下，就連要獨斷獨行也不知道該怎麼做。這該如何解讀本國的意圖啊？真是夠了，就連個方針都沒有也太極端了吧。這過分讓人想笑喔。」

就算東方方面軍遭到擊潰好了，遭到擊潰時的預備計畫怎麼了？光是要前往指定座標，最精銳的沙羅曼達戰鬥群就已一連三次被迫與敵航空魔導部隊進行遭遇戰。

要是還有友軍殘存的話……就會為了避免被追究擅自撤退的責任而拚命努力，但現在能確定這是在白費工夫了。

就在這時，譚雅想起一個讓人備感徒勞的要素。徒勞無功的行為，會對非共產主義者的心理衛生帶來極為不良的影響。

「我的晚餐該怎麼辦啊。」

脫口而出的是一句充滿徒勞感的感慨。她還收到「就前往當地接受補給」這種悠哉的命令。對這種亂七八糟的部署命令降下災難吧。只要沒有被具備後勤單位的部隊收留，就連今晚的晚餐都沒著落吧。

由於這原本就是長距離移動，所以不論是誰都有偷偷在背包裡塞幾條確保熱量的巧克力棒，但凡事都會有個極限在。

「命運該不會是個混帳吧。這還真是棒。太棒了。真想下次就拿參謀本部謹製的三十七mm鎢彈朝它一砲轟下去呢。」

只不過，譚雅就連詛咒老天的時間都沒有。只要朝正下方看去就是敵方陣地。能在這種地方專心說某人壞話的，就只有想自殺的傢伙吧。

時間的分配比例總是不平等的。閒暇時明明有著多到用不完的時間，這種時候卻是連一秒都浪費不得。

譚雅就在這時，想到更嚴重的失策而咂嘴。因為正式的戰鬥任務是長距離移動完後的事，所以考慮到抵達駐地後的情況而多帶了行李。

儘管控制在最低限度，但全副武裝可是很重的。由於會在敵陣地上空停留完全是個意外，所以拋棄重裝備也是個方法。

不過，譚雅還是打消這個念頭，決定容忍這些載重。只有外行人才會去考慮要不要丟棄。這裡可是以帝國來看，位在最外圍地區的東方戰線。後勤貧弱，補給斷斷續續，而且戰線目前還陷入混亂，可說是役滿聽牌的局面吧。

要是丟掉背上的背包，可沒人能保證之後還會獲得供給。這跟在本國演習場上拋棄重裝備，以輕裝進行纏鬥的情況可不一樣。

「大隊長呼叫全員。雖然隊上應該是沒有會操之過急的蠢蛋，但大家的背包都還在吧？」

部隊內通訊上充滿著哈哈哈的笑聲是個好徵兆。是在任何情況下都能採取適當對應的佐證。充滿歡笑的職場，事故發生率可是極為有限。

「敵魔導師升空了！」

當副官向全隊發出警告時，大隊早已散開做好戰鬥準備。這是唯有幹練軍人的集團才有辦法做到的機靈對應。沒有需要一個口令一個動作的人，讓譚雅發自內心地感到自豪。不過，光只會期待職場的氣氛，可說是不合格的管理職。

一旦是在長距離移動後的疲憊狀況下戰鬥，就該考慮到事故的發生率吧。充分考慮到失誤發生的可能性並加以防範未然，可是包含在譚雅的薪給等級之中的份內工作。

「……數量居劣勢嗎？」

譚雅喃喃自語，連忙重新評估起雙方的戰力差。我方的迎擊射擊線明顯落於下風。數量劣勢是顯而易見的。光是大略估算，就不只三倍差距了。

跟在北洋蒙受重大損耗時的狀況太過相似，讓我很不中意。

只需將對理性、自由的愛與緊急避難的必要性放到天秤上衡量，對安全的渴望就會沉重地將托盤壓下。

「只能上了嗎……混帳東西。」

「中校？」

「01呼叫全員。要來一發大的了。稍微注意一下。」

發出警告，譚雅強忍著咂嘴的衝動做出覺悟。將這一切正當化的，是名為實際需求的，難以動搖的現實。

說服自己這是必要的行動，啟動平時絕不會使用的艾連穆姆九五式。

在這瞬間，心情爽快得讓人作嘔，彷彿腦中的迷霧逐漸散去般的明朗感與全能感支配全身。

「主呀，請以天秤與秩序為善吧。請賜予我們一個平穩與守規的王國吧。」

啊——彷彿連呼氣都充滿清新感一般，心情好到讓人噁心不已的恐怖。

「冥頑不靈的反動分子，看我擊墜你們！」

隔著無線電傳來叫喊，不對，這是步行到近距離的敵兵怒吼聲吧？不太能明確地維持意識這點也很恐怖。

「儘管吠吧，共匪！」

譚雅大喊著，試圖保持自我。

「違反自然常理的共匪！讓我來教育你們！讓你們曉得意識形態是無法扭曲現實的！」

「祖國與黨的敵人竟敢滿口胡言！該死的魔女，就嘗嘗人民的鐵鎚吧！」

是認為這是在挑撥嗎？有數名疑似敵軍官的人，很有禮貌地用帝國語怒吼回來。真搞不懂，既然是會說帝國語的魔導師，趕緊從聯邦逃亡到帝國來不就好了。

她基本上不喜歡共產主義者；就連那些民族主義者，也往往會沾染上譚雅所難以理解的價值觀。

想愛護故鄉是很好，但為什麼要把祖國這種空想的產物，看得比自己的性命還重要？

不過——譚雅要保留一點。

客觀來講，作為共產主義民族主義者的聯邦軍人是惡魔，也說不定是某種邪教，既然是惡魔，那就是與神之類的存在敵對。

雖然神是沒有實際形體的概念，不過不承認祂這種存在的「姿態」很重要。

就與他們建立「共識」的最後底線來講，無視這點可是不公平的。

人們常說「要看見他人的優點」。我自認為有懷著但願能如此的想法在努力。正因為如此，我就承認吧。

即使是共產主義者，在惹人厭與無神論這點上也是出類拔萃的。倘若不公平地承認這點，顯然就是偏頗的觀點。講白了，就是明顯缺乏現代知性的誠實性。

正因為是希望能保持公平的人物，才會篤實地遵守知性的義務。

正因為腦袋讓人作嘔地充滿著清明正確的思考，譚雅才會想到這小小的諷刺而笑了起來。該說是因為每天自行反覆進行著善良的知性探究，才能注意到這件事吧。這甚至就像在激戰當中，發現到跨越自他差異的頭緒一般，讓人感到些許溫馨的瞬間。

「哈！很好，不錯嘛，就喝采吧！」

儘管難以說是愉快，但是痛快。

所以就忍受著九五式汙濁般的精神汙染，懷著最大的敬意，以最有效率的本分去達成夙願。以爆裂術式的多重顯現進行面壓制。

這正是理論上的最佳解答。

即使是航空魔導師，只要遭受到空間轟炸，想要迴避也會極為困難。我是不可能太過小看優秀的敵人的。況且還是值得尊敬的無神論者。就按照禮節仔細地殺吧。

「警報！要發射空間轟炸了！大隊立刻脫離空域！」

一面小心起見地再次警告友軍，一面設定顯現領域。

將升空攔截的敵人路徑毫無遺漏地納入射程範圍內。會以偏執般的密度灌入術式，完全是出自於對敵人的敬意。

有能的敵人是最糟糕的靶子。正因為如此，才必須要以全力解決。

甚至不惜使用艾連穆姆九五式，或是說受詛咒的劇毒。這可是工作。如有必要，就必須不惜威力全開地去屠殺他們。真可悲，這就是戰爭。

「喔，那是引導之物；那是知道平穩之物。」

意識、尊嚴，遭到某種不該存在的事物侵犯的噁心感。

足以讓人想感慨，何謂人倫，何謂正義的暴虐。譚雅被迫一分一秒地體驗著，嘴巴擅自開口說話是件多麼可怕的事。

這是話語背叛了自己的精神，擅自脫口而出的屈辱。然而，這些全是為了這瞬間的勝利所不可或缺的犧牲。

「那麼，我等要鼓起勇氣，縱使是一條苦難的道路，也要登上那座山丘。」

並聯顯現的爆裂術式共有四重；所灌輸的魔力、展開速度也同樣是四倍。將該以加強中隊發動的面壓制獨自顯現。

腦袋超過負荷燒起來，肯定就是在指這種情況。

「那是所約定的榮冠；榮耀的家庭，安寧且清靜的世界。」

就算差點頭昏眼花地喪失意識……釋放出去的術式，依舊讓升空的敵中隊被爆炸火焰完全吞沒，在瞬間將數人擊墜地面。

作為開幕先發制人的一擊，十分充分。

就算是以不惜犧牲惡名昭彰的聯邦軍，也是人類的集團。要是被攻擊了就會膽怯；要是夥伴在眼前被烤得恰到好處，就會無自覺地躊躇不前。

「跟隨大隊長前進！」

就在準備升空的敵人躊躇不前，將動能大量浪費掉的瞬間，拜斯少校刻不容緩地做出行動。

「用我的小隊突擊吧！請准許。」

「願主保佑你！……上吧！」

譚雅一點頭答應這直截了當的提議，他們隨即開始行動。一個中隊以猛烈的反應速度組成突擊隊型。如專家般迷人的動作，是足以刊載在教範上的出色技術。

身經百戰的 Named 集團，東方的老兵。或者該直接說是戰爭販子？一旦是熟悉戰場的士兵，就會率先去徹底地蹂躪敵人的動搖。

在拜斯少校的帶領下，一個中隊朝著恐怕有一個連隊的敵魔導師部隊，一面散布著偽裝用的光學欺敵影像，一面以垂直俯衝的要領猛烈地發動突襲。

這乍看之下就像是拋棄自身高度優勢的豪賭。不過，這其實是最佳解答。攻擊「加速中」的航空魔導師的命中率是微乎其微。況且，人一旦出乎意料就會僵住。要讓自認「打算追逐逃亡中的我們」而升空的聯邦軍落入圈套是易如反掌。

如果是朝著「停止移動的蠢蛋」衝鋒，突擊會成功就跟公理一樣不辯自明。所謂戰爭的狂犬即是優秀的獵犬。會嗅出敵人的弱點，緊咬不放。

將兵的戰意是變化無常的。打算襲擊卻反遭襲擊時的動搖格外地可怕。

鬆懈會讓再精悍的軍隊都變得脆弱。

況且，如果是編制偏頗的聯邦軍，幹練軍人的比例也很低吧。

「爾等不從神意之輩……啊，該死，還來嗎？語言區竟被汙染到這種程度了嗎？」

譚雅感慨起身體的失常。然而在戰場上，就連這短暫的浪費都不被容許。

「該死的鏽銀！」

「該死，該死！」

「我要擊墜妳！只有妳，就只有妳！」

針對自己的數道瞄準鎖定。不只是引導系，甚至還混入光學系的這些攻擊，述說著聯邦軍魔導師的殺意。

想率先獵殺指揮官的選擇是很合理的手段。畢竟擊潰腦袋可是正統的手法。會罵這很卑鄙的，就只有堅持著無法理解的奇怪浪漫主義的人吧。

話說回來——譚雅在他國同行的進步面前再次苦笑起來。聯邦軍那些傢伙，技術提昇得相當大啊。

「唉，不論是哪個傢伙都讓我這麼費工夫。要是能在集中營被共匪消耗掉就好了。」

要是切換回九七式，就難以避免達到處理上限。不得已，就靠九五式的四核能力開始回擊。

「願地面，願世界，充滿福音。」

有誰會自發性地讚揚世界，希望世上充滿主的榮光啊？保持理性沒辦法打仗這句話說得還真沒錯。

以略帶遷怒的感覺顯現出數道術式。所瞄準的方向上，有著活力十足大喊的新鮮肉塊。

這時，譚雅忽然想到一個主意——

就直接將主的榮光、鐵鎚砸在他們身上吧。

維持著被腎上腺素汙染，遭到噁心的聖遺物淨化的威猛精神，譚雅跟上拜斯少校的中隊……

「中隊，跟我前進！擊墜數可不能輸給拜斯少校喔！」

為了進行近戰而開始突襲。

咦？——即使霎時間對自己的行動感到狐疑，但既然已下定決心行動，還是毫不遲疑地貫徹下去會比較安全。

敵人正拚命地把注意力放在對付拜斯少校的突擊中隊上。儘管辛苦了，但要是再追加一個中隊從側面打過去，情況會怎麼樣呢？

「該死！是巫婆的詛咒（註：意指戰況惡化）！」

被攻其不備的敵兵慘叫，還有類似刀劍對砍的魔導師短兵相接時的交戰聲。沒有比這還要爽快的聲音了。

「嗯？」

同時，她也沒忽略掉那不對勁的手感。

「不擅長近身航空魔導戰嗎？」

敵人的反應太過於……沒錯，要說得直接一點就是「脆弱」。直到方才都還能組織性地對應譚雅等人攻擊的敵人，卻在貼身的瞬間失去控制，七零八落地分散開來。

如果不是相當地缺乏戰意，通常是不會如此輕易地讓隊形瓦解。他們可是在遭到壓制的狀況下，仍舊了不起地衝上前來的一群人。很難認為是缺乏戰意吧。

「跟遠距離戰階相比，似乎明顯透露著技術差距……不對……原來如此，是這麼一回事啊。」

譚雅得意地咧嘴笑起。

「大概是速成栽培的傢伙吧？原來是這麼一回事啊！」

在當今的航空魔導戰當中，中～遠距離的射擊戰確實是「比較」多。只要考慮到這些，就會知道教育時的「重點」會有所偏頗。更何況時間還有限的話呢？

就算是聯邦軍，也要很勉強才有辦法湊齊人數。基本上，似乎也沒有餘力教導新型使用者組織性的近距離纏鬥方式。

「哈哈哈！這太棒了！任我們隨便宰割啊！」

「別人討厭的事情，要率先去做」。

這是真理吧。哎呀，也不能瞧不起義務教育的道德教育呢。

「怎麼能不重視美德呢！上吧，去宰殺他們！」

死腦筋的人會認為在航空魔導戰中進行纏鬥是「愚蠢的行為」。實際上，就以不合理的高風險來講，譚雅也同意這種意見。

不過，就連在砲兵萬能的時代，萊茵也偶爾會經常出現要靠鏟子進行近身戰的情況。為什麼聯邦軍會認為在東方就不會發生？這還真是令人高興的誤算。

「為什麼，怎麼會這樣！」

就算是完全聽不懂在喊什麼的聯邦兵叫聲，只要看他們的表情，也不難猜出來大致的方向性。該說非語文溝通萬歲吧。

就像是要傳達給對方知曉似的，譚雅擺出誇張的嘲笑表情，一一細數起對方的敗因。

「虔誠有差，經驗有差。照理來說，為什麼會覺得能贏啊？」

靠著運氣揮砍，賭自己能打中對方的纏鬥，是外行人的傲慢。近距離纏鬥的基礎極為簡單且明確。就是挖下去，靠著動能把人打落。

這要說起來，就是相信準確性，假設最壞的情況，然後祈禱自己能夠打中……祈禱？不，沒必要祈禱吧。花費餘力在祈禱這種非生產性的行為上，難以說是健全的嗜好。

不好——譚雅再次搖了搖頭，同時用力砍向一臉絕望的敵兵。

不是劍道，而是跟劍術相同。有別於竹刀，魔導刀只要碰到就能「切開」。只比外行人好上一點的魔導師，應該沒辦法理解這件事吧。

只要身體被切開，大半的人類光是這樣就會無法保持冷靜。不光是想避開致命傷，還會為了要避開刀刃本身而不知所措，這樣一來就能輕易地獵殺。

膽小是件好事。尤其是士兵，膽小會比匹夫之勇來得理想吧。面對敵人，要是忘了保留「不能停下來」的想法就沒救了。

「太簡單了，太簡單了。哎呀，如果是這種戰場的話也不錯。」

如果能在滿是獵物的戰場上賺取擊墜數，那麼努力地勤奮工作也不錯吧。伴隨擊墜數而來的休假與獎金可是魅力十足。

「哈哈哈哈！無神論者喲，你們是想向誰救助呢？是黨嗎？還是意識形態？」

就算是九五式汙濁般的可怕精神汙染，在光榮的休假面前也是微不足道的風險。不對，說微不足道是過小評價吧？

只不過，要是能資本主義性地獲得成果報酬，自由主義性地擊潰極權主義者，保身主義性地累積軍功的話，想要常識性地去抗拒可是極難的一件事。

結果，譚雅就在陶醉般的亢奮感包覆下不停地撕裂敵陣。

「神與我們同在！太棒了，竟然會有這麼一天能如此地嘲弄共產主義者！好啦好啦，抵抗給我看吧！」

近身戰，該稱為纏鬥的貼身戰鬥。朝敵兵的背狠狠踹開，或是從被拜斯少校的部隊引開注意力的蠢蛋背後一刀捅下去，偶爾還朝著瞄準部下的傢伙近距離開槍，享受這種類似夾擊的行為。

太愉快了——正要這麼說的瞬間。這愉快的激情，卻從正面被潑了一盆冷水。

那是，敵兵不經意說出的一句話。

「……神呀。」

就算對聯邦官方語言只懂得在軍官教育中學到的最低限度的程度，也不可能會聽錯這一句話。是艾連穆姆九五式的詛咒吧？

她聽得，格外地，清楚。

「啊，該死。」

掃興。

這兩個字道盡了一切。

「共產主義者，居然偏偏跑去求助於神！」

真想大罵：你們就連軍服都會掛著的共產黨員徽章難道是裝飾品嗎？

「被背叛了」。

這就跟遭到背叛的革命精神一樣。露出失望神情的譚雅，就在板起臉來後破口大罵。

「……無神論者事到如今還求什麼神呀！」

回瞪過來的凶狠眼神難道只是虛有其表嗎？到頭來，還是必須得求助於不存在的東西？

讓人失望透頂。

「Gott mit uns（上帝與我們同在）！」

她在說著戲言，把敵兵的腦袋轟爛的瞬間，甚至覺得早知道就乾脆帶冰鎬過來就好了，感到莫名地好笑。

「鏽……鏽銀，太可怕了……可是，就算是我！也是向祖國效忠的軍人。就算要同歸於盡，也要在這裡幹掉妳！」

對於不知道在喊些什麼，朝著這裡衝過來的聯邦魔導師，單手劃出十字的譚雅掃興地瞪了過去。

一度期待過你們會是共匪，結果卻連共匪都算不上。

這群騙子。

這群背叛者。

「知曉道理吧。罪是必須償還的。」

伴隨著喃喃感慨對砍到最後的譚雅，注意到戰鬥聲止歇了。

到頭來，戰爭是受到一個「公平」的方程式所支配。儘管不得不說這很殘酷，但就本質上算是感性的問題吧。

強者會贏。畢竟就連禁止獨占的公平交易委員會，也沒有限制在戰鬥中獨占勝利。該說是自由競爭萬歲嗎？——正想發牢騷的譚雅就在這時按住頭部。

「……頭好痛，這還真嚴重。」

一面濫用九五式，一面貫徹自己的意識，是不可能會沒有副作用的吧。存在X這傢伙，似乎不知道什麼叫做安全標準的樣子。

就是因為這樣，才會擁有在面對「我受到異性吸引」這類感慨時，一臉認真地回說「那就把眼睛挖掉吧」這種玩笑話的真性信徒。

這對身為知性的自由主義者的自己來說還真是難受。身為一個文明人，現在真希望能稍微摸索一下文明的解決對策。

「02呼叫01，已幾乎掌握空域。」

「01收到。辛苦了。」

對了——譚雅就在這時補上一句話。

「方才的突擊，幹得漂亮喔。」

「……他們的近身戰比想像中還要脆弱。我原本還一度做好覺悟，認為或許會再稍微費點工夫的。」

「你說得沒錯。聯邦軍也很吃緊呢。意外地，或許是在硬撐吧。」

戰爭也是一種總量平衡的行為。不過面對損耗，就算雙方無視著悲鳴不斷加注下去，也會有個極限在。沒有在某處出現破綻反倒不自然。

對了——譚雅就在這時甩了甩頭。雖說擊敗了敵兵，但也只不過是排除了眼前的威脅。問題倒不如說是從現在才開始。

「儘管我方也不是毫不疲憊，但損耗還在容許範圍內。不過，很讓人懷疑，維持這個空域究竟有沒有意義吧。」

「儘管中校說得沒錯，但這是會打擊部隊士氣的發言呢。」

「是沒錯。不過，就算毫無意義地吹捧自己人也無濟於事。」

指揮官要是只會對將校說著政宣話語就沒救了。只會說著毅力論，難道不是不懂得替代論的無能的佐證嗎？

「戰術上的勝利。還真是一點意義也沒有。頂多就是勳章的程度嗎……不對，這對勞動者來說並不是件壞事也說不定。」

激不起幹勁時的勞動效率是最差的。雖然也有活用「工作價值」這類神奇話語的手法在，但這麼做所得到的就像顆毫無意義吹脹的氣球。

稍有刺激就會炸掉，到頭來依舊是派不上用場。

既然是組織的齒輪，被當成齒輪看待也是當然的事。不過，就算有辦法替換，要是怠慢維護保養，就是個欠缺經費意識的笨蛋。

對自負極具良知的譚雅來說，會讓眾人徹底明白自己的勞動會帶來怎樣的意義與成果，讓部下抱持著自發性的動機是理所當然的事。

她甚至相信這正是管理者的義務。人力資源是必須要謹慎運用的資源。浪費資源，只會是毫無理由的惡行。

「02，現狀毫無意義。要撤退了。」

「02收到。真的可以嗎？」

「參謀本部的命令前提已經崩潰了。這可是在獨斷獨行之前的問題喔。」

……沒錯，這還真的是……

「再繼續下去也毫無意義呢。」

譚雅一臉厭煩地強化防禦殼。只要稍微降低高度，濃密到會讓人傻眼的對空彈幕就會從地面襲擊過來吧。

要是不小心被打中，就算是航空魔導師也很危險。

雖說有保持高度，不過敵陣地上空偵察有多麼棘手，是打從萊茵時期就領教過無數次的事。就算損害輕微，但要是疲勞度大幅增加，也無法保證絕對不會發生事故。本來在地圖上，直到幾天前應該都還是帝國軍前線地區的地點，如今已是這副模樣。

只能在遭受無意義的重創之前先行撤退了。

「全部隊注意，這是01的緊急通知。」

譚雅把嘆息吞回去，透過無線電發出呼叫。

「中斷參謀本部指定的武裝偵察任務。立刻脫離。待轉移空域後，各級指揮官隨即前來參與空中會議。」

在「收到」的複誦陸續回報後，部隊就一個迴轉，在敵地上空展現整齊劃一的部隊行動，兼作為嘲諷似的現出漂亮的飛行隊伍，開始脫離。

好了——譚雅朝飛在附近的副隊長招手。

「拜斯少校，最近的麵包中隊在哪？」

「無法確定是在幾公里內呢。」

帝國軍魔導將校進行的戰地緊急空中會議的對話內容，是麵包。面對副隊長就像在詢問「中校意下如何？」的眼神，譚雅一副了然於心的態度回道：

「這種時候要上哪兒都行。就以尋找熱食優先吧。想跟似乎會帶著高熱量食物後退的後勤部門會合。」

「這樣一來，就是沿著地圖上的街道去找？」

「我是這樣打算的，但難以明確辨識出街道位置，所以會很辛苦呢。」

沒辦法保證友軍是沿著街道撤退。而且也難以判別該部隊會是何種兵科。該怎麼辦呢——思索到最後，譚雅就把飛在附近的格蘭茲中尉叫來。

「格蘭茲中尉，我要分派貴官去做件事。」

不知道的事情就要去查。這是理所當然的事吧。

「遵命，請下令！」

「先行一步，去與友軍的後衛接觸。就算遭到誤射，也別太生氣的反擊喔？」

「我會留意的。」

他苦笑點頭的模樣看來是有聽懂。就算還不到拜斯少校的程度，格蘭茲中尉也變得愈來愈可靠了。

迅速召集部下飛離的模樣，充滿著下級軍官所應當具備的機靈、幹勁，還有積極性。能安心派遣他們出去的貴重的信任，是他們自己爭取到的。

「居然會覺得那個格蘭茲中尉很可靠呢。」

「中校？」

「沒事，只是想說如果在萊茵時期，就會怕得不敢把事情交給他去辦……這種事情罷了。」

自己果然很擅長培育部下也說不定。考慮到這提高了人力資本的價值，她可以說是在自賣自誇了——譚雅儘管在內心裡苦笑，也依舊是感到自豪。不論任何時候，都有辦法培育人才的感覺並不壞。

不過，能沉浸在得意情緒裡的時間相當短暫。

「回想起萊茵時期嗎……這樣的話，地上的情況倒是完全相反啊。如果是在以前，是不可能後退得這麼雜亂的。真是慘不忍睹。」

飛在一旁的拜斯少校說出這句話，譚雅也跟著點頭同意。

「明明有物資卻遭到拋棄了呢……軍紀的渙散就是因為這樣才可怕。」

如果是在萊茵戰線的時候，就算格蘭茲中尉（當時還是少尉）不可靠，也能夠信賴全體友軍。

現在呢？

「中校，少校，請看那邊。」

她將雙筒望遠鏡朝向副官所指示的方向，啊啊，還真是浪費！

那台燒成焦黑的車體，不正是我軍的車輛嗎！

「……沿著街道遺棄車輛嗎？本國的戰務負責人看到恐怕會暈倒吧。」

「這可不能讓烏卡中校看到啊。」

這對到處想方設法處理本來就很緊迫的車輛情況的負責人來說，是個太過殘酷的景象。戰爭果然就只會是種無可救藥的浪費。如今，嘆息已然成為一種習慣。在東方嘆氣的次數早就多到無法計算了。

「嗯？」

「怎麼了，謝列布里亞科夫中尉？」

副官似乎發現到什麼，在她所指方向的地面泥濘上，刻劃著奇妙的花紋。這看在訓練有素的軍人眼中是一目了然吧。是大規模部隊移動的痕跡。

「機械化師團？只不過，就算是這樣……不管怎麼說，這都不會是我軍的痕跡呢。」

「為什麼能如此肯定呢？判斷材料不是不足以斷定這是敵部隊的痕跡嗎？」

一臉不可思議的副官不論好壞都是與「敗走」、「潰逃」無緣的人吧。只不過，譚雅就在這時修正想法。帝國軍本身本來就是靠著「總量平衡」之力顛覆敗北的軍隊。

戰敗逃亡時會是怎樣的情況，就只能從戰史上得知吧。畢竟，人類是會率先想到經驗知識的生物。

「維夏，希望貴官能擁有不是透過經驗，而是透過歷史學習的感性呢。」

恭敬答是的副官有著優秀的理解力。只要說一次就懂，所以前途可望吧。給我記好了——譚雅開門見山地說出結論。

「敗走的軍隊會走容易逃走的道路。就算是帝國軍的機械化部隊也不出例外。從剛剛開始就有看到了吧？遭到遺棄的我軍車輛就算混在泥巴裡頭難以辨識，基本上也還是沿著街道零星散布。」

這還真是麻煩——譚雅嘆了口氣。如果選擇走輕鬆的道路，結果卻是大家一起被幹掉的話就太讓人傻眼了。

「既然選擇走泥路，那就是聯邦軍？」

不會錯的——譚雅恨恨說道。

「看來敵人是以前進優先呢。展開速度也很快的樣子。」

「要考慮在與友軍會合後，立刻被捲入戰鬥之中的可能性嗎？」

面對副隊長的詢問，譚雅在思考片刻後開口答道：

「……也是，我們的任務很明確。就在與戰鬥群本隊會合之前，擔任友軍的後退支援也不錯吧。」

「遵命。」

很好——點了點頭，繼續飛行了一會兒。

刻劃在地面上宛如花紋一般，恐怕意味著大規模裝甲部隊或機械化部隊存在的景象，以讓人不安的存在感壓迫著譚雅的視野。

……是聯邦軍的裝甲前鋒之類的部隊吧。

目睹到友軍正遭到追擊的證據讓人打從心底地感到恐懼。這是希望在自己的退路上最好不要出現的東西。

儘管向拜斯少校說了支援友軍這種話……但老實說，這不是會讓人想挺身而出的規模。

「中校？」

這時，譚雅忽然將視線從地面移回空中。靠到身旁來的副官手裡拿著長距離通訊裝備。

「請問現在方便嗎？」

一點頭，她就將長距離無線電的聽筒遞來。

「是格蘭茲中尉的來電。說他跟友軍的補給部隊會合了。」

譚雅從擔憂中回到指揮官的思考模式，一搶過聽筒就詢問起格蘭茲中尉。

「有關戰局的整體情勢是？」

「請稍等一下。」

能隱約聽到格蘭茲中尉在與友軍說些什麼的聲音。老實說，就他的反應看來是不太能期待的樣子。

「……怎樣也沒辦法把握。就連在這裡入手的概況也相當混亂，恐怕無法作為參考……」

「別在意，中尉。這不是貴官的責任。」

這不是深感愧疚地向自己道歉的部下的責任。不誤解責任的歸屬是身為上司所必要的最低限度義務。遷怒部下是最差勁的行為吧。

「總之，先以會合優先。將座標送來。做好收容的準備。」

「遵命。」

很好——將無線電掛斷的譚雅微微搖了搖頭。

「明白現在什麼也不知道了」。儘管這也能說是個成果，但也只是在追認這個不愉快的現狀罷了。不幸是要共享的東西。因此，必須得向身為分享對象的拜斯少校告知這件事情。

「副隊長，已接觸到友軍了。」

但是一概不明——譚雅朝著他聳肩抱怨。光是這樣，就能直接讓他明白狀況的嚴重性。看似理解狀況的拜斯少校一臉凝重。

也沒辦法說別人呢——譚雅苦笑著。自己的表情也肯定是臭到不能再臭了吧。

「是東方方面軍太鬆懈了嗎？」

「拜斯少校，評論要講求公正。我們也有在諾登以北犯蠢過吧。鬆懈可不是他人的事喔？」

粗心一時，屍橫遍野。總之，就是這樣。

「畢竟是戰爭呢。也是會有吃虧上當的時候吧。」

「……讓人回想起萊茵呢。」

對於以疲憊語調插話的謝列布里亞科夫中尉，譚雅「一點也沒錯」的點頭表示同意。回想起來，萊茵戰線當時也是因為上級司令部的失態才會累得要死要活。

到頭來辛苦的總是現場人員，這會是個永遠的結構性問題吧。

「根據經驗法則，差不多該找個地方撿壕溝戰用的鏟子了。」

「哈哈，真是懷念呢。」

譚雅的怨言是被當成玩笑話了吧。說起笑來的拜斯少校打從根本的誤會了。

「地上應該有遭到遺棄的，去撿適當的量回來吧。」

「咦？」

「我是認真的，少校。去撿人數以上的量回來。」

譚雅毫無笑容，板著臉以不掩不悅的語調說道。是領悟到自己是認真的吧，拜斯少校斂起表情，以略為沙啞的語調回應。

「……遵命。這就帶一個中隊降落。請提供支援。」

「就交給你了。」

在支援下適當採取警戒態勢的拾荒。這不是困難的工作，只是會讓人提不起勁的工作。從地面上迅速收集適當的裝備到再次行動為止，整個過程所花費的時間極為短暫。對負責偵察警戒的譚雅來說，事情順利到讓她沮喪。

「……奇怪。」

就算沒辦法清理戰場，但會遺留下這麼多戰利品不撿走嗎？該不會——想到這，譚雅切身感到自己的擔憂是對的。與格蘭茲中尉接觸的友軍部隊會合，比預期得還要早。

說好聽點，就是戰線沒有被推進太多吧……說難聽點，就是正好相反，「後退得太慢」。只要朝剛會合的友軍部隊環顧一眼，就會注意到他們移動的模樣很有秩序吧。「秩序」，沒錯，能在後退時保持「秩序」通常是件值得高興的事。

但是……在現況下無疑是最糟的。

儘管前線正陷入混亂且錯亂的狀況，保有秩序的友軍部隊卻還是遲了一步後退。也就是說，這是東方方面軍本身的指示太過於後知後覺的佐證。

……就連組織性的後退都無法順利進行！

還真是困擾——譚雅板著一張臉，向附近最資深的一名軍官搭話。

「我是沙羅曼達戰鬥群的譚雅．馮．提古雷查夫中校。貴隊的司令部或指揮系統是？」

「我們是東方軍第二十三師團第五十四連隊。貴隊是？看起來像是航空魔導大隊？」

在單刀直入的問候當中，互相確認起雙方所配戴的略章與階級章的短暫交流。該說真不愧是資深軍官吧。以授動經歷來講，對方比佩帶銀翼的譚雅還要略遜一籌。不過，只比「銀翼」略遜一籌的軍官在戰場上幾乎是「神」。

「目前正依照快速部署命令展開當中。想跟貴隊協議現在的狀況。」

「歡迎，中校。」

「恕我失禮，敢問貴官是？」

啊啊——這時，那名年長的將校苦笑起來。

「我是連隊長的狄利克雷上校。」

彼此都抽到下下籤了呢——是一名能展露笑容的精悍指揮官。

「我是沙羅曼達戰鬥群的提古雷查夫中校。這位是副指揮官拜斯少校。」

「持有複數 Named 級的航空魔導師？這還真是可靠。如果能得到貴隊支援的話。」

他是名有掌握到狀況，理解自身職責的專家——這讓譚雅看到了些許希望。特別是不會將對自己的身高、長相的感想表現在臉上這點非常好。

想把工作做好就少不了好的同事，確有其道理在。光是不會被從背後推下去，就能減少一項要警戒的事，值得感謝。能保證能力不會讓所配戴的略章丟臉，是動章制度的優點。

「是問能否協助嗎？我們是以幫戰鬥群本隊探路的形式先遣的部隊。在接到參謀本部的其他命令之前，應有辦法支援友軍的後衛戰鬥吧。」

「我不會要你們納入我方的指揮之下，不過要是能配合的話，我方也會比較好做事。」

也能理解有關指揮系統的事情。哎呀，他是那種難能可貴的長官吧。

「雖說編成上的名義是戰鬥群，不過我隊目前就只是一個航空魔導大隊，除了指揮權的問題外毫無限制。就算從事幾天友軍支援也不會有問題吧。」

「感謝！」

那麼？——在用視線詢問後，對方也理解了。

「我就帶妳前往臨時的司令部據點吧……需要緊急討論的案件可是堆積如山。」

「請容我伴隨。謝列布里亞科夫中尉，跟我來。拜斯少校，部隊就交給你了。記得立刻去和五十四連隊的副指揮官進行協調。」

在將籠統的雜務交給點頭表示了解的副隊長後，譚雅就邊想著狄利克雷上校寬大的背影還真可靠，邊跟著他跑起來。

沒錯，是用跑的。

直到司令部為止的小跑步。哎呀，要是沒有在鍛鍊的話，壯年軍官在如此惡劣的路面狀況上可是跑不起來的——她瞬間欽佩了起來。

然後，所來到的地點也讓人忍不住佩服。

「雖說是戰線後方，但還真是留下了相當漂亮的民宅呢。老實說，我本來還做好今天恐怕要野營的心理準備。」

或許是自治議會幫忙確保的吧？不管怎麼說，都很罕見地沒有被燒燬，也沒有被彈孔打成蜂窩。這不是個能好好睡覺的地方嗎？——譚雅邊暗自竊喜，邊對狄利克雷上校等人的本事表示感激。

「是呀，還有房屋留著真是幸運……畢竟是這種冷天呢。」

「誠如上校所說的，但是否會有詭雷之類的陷阱？」

「這裡可是東方喔，中校？沒讓工兵隊檢查過，可沒辦法設置簡易司令部啊。」

能幹的將校連同屋子一起死了。這是任誰都會感慨的事態，也是失態。只要這種錯誤不斷反覆發生，會偏執性地檢查房屋也是當然的事吧。

「哈哈哈，是我失禮了。」

「沒什麼，這是妥當的疑慮。只要聽聞過友軍連同司令部一起被詭雷炸成灰的事例的話啊。」

只不過，無法連在溫暖屋內進行的對話都很溫暖，是這世間的無常之處。

「那麼，我就直說吧。狀況很不樂觀。」

「就基於整體情勢先進行協調吧。需要報告我隊在路途中所目擊到的情況嗎？」

好——在他同意後，譚雅就簡明地概述狀況。儘管依照參謀本部的命令前進，但指定座標卻早已淪陷。後退途中，有目擊到疑似複數敵部隊的痕跡這點，似乎也與對方曾進行過後退戰的經驗相符。

此外——狄利克雷上校一臉苦澀地把話說下去。

「儘管尚未確認，不過有收到一則友軍遭到敵重砲亂射的報告。」

「亂射？是還留在最前線的殿後部隊嗎？」

「……似乎不是，是我連隊的鄰近部隊。」

譚雅大感意外。重砲是種「移動緩慢」的東西。要讓砲兵快速展開，可是件相當困難的事。萊茵戰線的戰鬥教訓，明確述說著砲兵的展開速度無法超越步兵。

正因為如此，才會判斷如果是遭到敵重砲攻擊，就應該會是「最前線」吧。

「敵人的推進速度相當快。還是假設有著能夠追隨這種速度，包含強力砲兵師團在內的敵部隊存在會比較好吧。」

別開玩笑了——譚雅差點要搖頭否認。不過帝國軍人是不會在這種時候帶頭開玩笑的吧。

「……真讓人羨慕。居然是砲兵師團。」

「就是說啊。是我們求之不得的東西哩，提古雷查夫中校。」

是呀——譚雅點頭同意狄利克雷上校的話。

人命昂貴，但砲彈的成本低廉。本來就具備豐富人力資源的聯邦軍，組成了砲兵師團？

這難以說是公平的競爭環境。神的無形之手——亞當．斯密先生這話的意思，總而言之就是世界是不公平的吧。

「謝列布里亞科夫中尉，去重新調查途中的接敵位置。我想掌握敵砲兵師團的所在地。如果必要，也考慮派出武裝偵察。」

「遵命。」

說完「我立刻去辦」後，謝列布里亞科夫中尉就開始擬起命令文件。她是一名徹頭徹尾優秀的副官；是能將交代的事，依照交代的內容確實做好的人才！這在當今世上還真是備受恩惠。

「那麼，我們的防衛計畫是怎樣的內容呢？就我所見，似乎是沒有師團等級的聯合防衛。」

「沒錯。就連與師團司令部的接觸都是斷斷續續的。」

那麼？——對於用眼神詢問起黯淡未來的譚雅，狄利克雷上校回以苦笑。

「該說很勉強吧。儘管有領到後退線的概要，但無法確定其他部隊是否能依照計畫後退。」

雜亂無章的後退？天呀——感到顫慄的譚雅終究是達到極限，忍不住仰望起天花板。

「師團司令部的位置是？」

「在這裡。」

朝他在桌面上攤開的地圖迅速指出的地點一看……勉強恢復了希望。位置意外地並不壞。

「離友軍的鐵路路線很近呢……這樣的話，就還有辦法重整態勢。」

「是有辦法吧。問題是時間。」

啊，又是時間嗎？時間、時間、時間。就唯有這個會造成市場失靈。我不得不這麼說。要是能找到穩定確保時間供給的方法，就能替世上的經濟學帶來革命性的進步了。

「要是來不及重整態勢，就很可能會遭到擊潰。」

「沒錯。儘管很棘手，但反過來說，也是這幾天就能分出勝負。」

譚雅就像十分認同上校說法似的點頭。

只要有辦法重新編制，師團就會起死回生吧。所需要的，是為了做到這點的些許緩衝時間。時間就是金錢，說得還真沒錯。

「話說回來，儘管重新編制也很重要……但前線究竟是發生了什麼事？」

「妳這話是什麼意思，中校？」

「感覺就像是輕而易舉地遭到擊潰的樣子。」

就像是被戳到痛處，狄利克雷上校聳了聳肩。在宛如揀選字眼般的沉默一會兒後拿出軍菸。

解說

【亞當．斯密】 極為重視道德的道德情操論的作者。他應該作夢也沒想到，只在國富論中用過一次的「無形之手」這個詞彙會被人加上「神的」這個單字吧……此外，他也是現代經濟學之父。

「……前陣子，才剛在全線戰中擊退敵人的武裝偵察。也由於擊退了敵人，所以不僅是連隊，就連整個師團都蔓延著一股『已擊退來敵』的自負吧。結果這份自負，就以防衛陣地不完善的形式導致了惡果。」

嘆了口氣抽起菸來的狄利克雷上校，就像疲憊似的重新說道。

「你說防衛陣地不完善？」

「不是防備的問題，而是思考上的陷阱。是太過追求春季的反擊戰了吧。」

「你是說反擊戰嗎？」

面對譚雅的疑問，他就在這裡憤恨地回了一句「沒錯」。

「就連師團命令，也都是要人準備前進那類的。並未重視當地的防備。」

沒有構築陣地的前線；輕易遭到吞沒的哨兵線。原來如此——譚雅這下懂了。帝國軍打算進攻，打從一開始就懷著要前進的意圖。在這種時候，要人老老實實地構築陣地是很困難。

尤其是在東方，「寒冷」與「泥巴」比砲彈還讓將兵陷入苦戰。又要整備補給路線，又要修補裝備，似乎讓他們忘了要依靠戰壕。

「……被攻其不備了嗎？」

「就是這樣，中校。該死的共產主義者，似乎很懂得人性的弱點。」

狄利克雷上校這話很有道理。

至少，對譚雅來說是不容置疑的公理。畢竟是共產主義者呢——譚雅回應。

「他們可是一群不斷把人弄壞的傢伙。對於人的破壞方式、弱點、脆弱性也都十分清楚吧。哎呀，對常識人來說還真難受。」

「哈哈哈，居然被個像小女孩一樣的將校這麼說，理性究竟何在啊。」

「畢竟是在戰時呢。那玩意兒會是稀有品吧。」

戰時的常識，是平時的非常識。

理性的供應量會比平時更隨著各種情況劇烈變動，也說不上是格外奇怪的事。市場就是這麼一回事。儘管如此，譚雅還是相信市場。會陷入善惡二元論的只要有存在X那樣的低能就夠了，所以她是不會放棄市場的。

「妳說得對。那麼，目前的狀況是情報不足。所以想委託貴隊進行偵察任務。」

「是周邊情勢的偵察以及潰敗友軍的收容嗎？」

「能幫忙嗎？」

「是在萊茵就做慣的事，就交給我們吧。」

甚至能說沒做過的任務還比較稀有。看著拍胸脯答應下來的譚雅，狄利克雷上校破顏苦笑起來。

「……這種時候，問妳是幾歲開始參與萊茵的也很不識趣呢。那麼，提古雷查夫中校，就萬事拜託了。」

就交給我吧——譚雅也點頭回應。

在這之後，協調就十分順利地結束了。一收到大致的陣地概要，譚雅就為了從事偵察活動離開了臨時司令部。

「好啦，得去把拜斯和格蘭茲抓來了。」

「……那個，已集合完畢了。」

「幹得漂亮。」

航空魔導軍官這種人種是有著會在必要時聚集在必要地點的屬性嗎？部下集合等待著出擊。還真是一群會看時機的傢伙。戰犬也要視用法而定。在這種時候可是如同重寶。

「拜斯少校，我們要擔任斥候。我想將大隊分為三隊，掌握周邊情勢。有報告指出敵人派出了砲兵師團，找出他們是最優先目標。」

那是說不定會攻擊自己的存在。真不愉快。要是不去確認他們究竟存不存在，甚至沒辦法安心睡覺。

對了——就在這時，譚雅想到在就寢前得先填飽肚子的必要性。飢餓不論是在哪個時代，都是會讓人類思考能力下降的大敵。

「出發時，我想從麵包中隊那邊搶糧食過來。」

「遵命。不過，請不用擔心糧食。」

「什麼？」

「承蒙狄利克雷上校的厚意，連隊的補給中隊已準備好高熱量食物……不愧是實戰部隊，很能理解這方面的需求，真是太好了。」

是專家呢——譚雅滿意點頭。只要頂頭的人可靠，凡事就都會安排得讓人放心，真是感激。這就是所謂的無壓力工作。

「真走運呢。很好，就從領過糧食的傢伙開始出發偵察吧。掌握狀況是當務之急。必須從風險最高的方面，依序……」

確認——正要把話說完的譚雅卻在這時閉上了嘴。刺耳的討厭聲響。就在連破空聲後的轟隆聲都能清楚聽到的瞬間，譚雅連忙喊出其他話語。

「敵彈！」

是砲彈落下的聲音。

換句話說，就是早就聽慣的聲音。

啊，混帳東西。

「該死！」

被敵人搶先了！

「敵襲！升空……」

譚雅忍不住斥責起打算升空的格蘭茲中尉。

「先疏散！這是在敵軍壓制之下喔！給我衝進戰壕裡！」

一衝進最近的簡易壕溝裡，譚雅就狠狠罵了一句：

「可惡，居然慢了一步！」

外頭響起的聲音，傳來了如實述說著自己等人不利局面的砲聲旋律。數發擾敵程度的砲擊與正式砲擊之間的差異，只要有過戰壕經驗，那怕再不願意耳朵也會記住；只要記住一次，就再也不會忘記。

躲在洞裡不斷遭到重砲轟炸的經驗離愉快相當遙遠。正因為如此，以著懷念的戰場音樂作為背景音樂的譚雅才會忍不住大叫起來。

「太快了，未免太快了！」

正式的砲擊居然來得如此迅速？這樣一來，一切都讓人不安起來了。

雖說是為了疏散而衝進來，但終究是簡易壕溝。要說到能否承受住重砲的直擊，就讓人相當不安。就算想補強，也缺乏可用的資材與道具。

那麼，該怎麼做？

難不成要我祈禱嗎？

怎麼可能。

這可是徹底的屈辱。

「該死，這就是最惡劣的局面吧。」

譚雅喃喃自語，承認自己很憤慨。

這是對自由的挑戰。

是要因為該死的共匪，隸屬在妄稱是神的混帳王八蛋之下，還是藉由開創命運，連同共匪一起將存在X狠狠踹開的二選一。

既然如此，那就上吧。

就是這麼一回事。

作為深愛著自由與現代的文明人，該做的義務可是顯而易見的。

「將校！去掌握部下情況。」

彈著聲、爆炸聲，還有轟鳴的大地，讓譚雅扯開喉嚨喊道。以很可能會傷到聲帶的音量怒吼著，譚雅一面蓋過雜音，一面發出指示。

「準備反擊戰！大隊，立刻準備反擊戰！」

「咦？」

「這可是敵人的準備砲擊喔！在敵步兵來之前，趕快給我動起來！去把闖進來的傢伙的鼻梁踢斷！」

在萊茵戰線，一直都是這樣。

砲彈過後，人就來到。

在東方沒道理會不一樣。

「拜斯少校，去集結大隊！聯絡狄利克雷上校的電話線呢？人要是死了，就派傳令軍官……」

「快看那邊！」

看什麼──譚雅狐疑地轉頭朝部下手指的方向看去，那邊應該是作為臨時司令部，自己不久前才剛從裡頭跑出來的民宅的所在方向。只不過，應該要在那裡的東西現在卻「不見了」。

……啊，該死的混帳東西。如今居然不得不用過去式說，那裡曾經有過臨時司令部！

「……是這麼一回事吧。」

打從第一次射擊，敵人就全力射擊的理由；打從一開始，就足以作為效力射的理由。也就是打從最初，聯邦軍砲兵隊就知道該朝哪個座標攻擊了。

只要想像一下就會明白，民宅並不是殘留下來的，而是作為砲靶被特意留在那裡的。

「連隊司令部被摧毀了！」

「不用你說，我看了也知道。上校呢？」

「……說是恐怕沒救了。」

拜斯少校的回答淺顯易懂。

是懷抱著樂觀推論的代價嗎？——譚雅懊悔不已。沒想到才打算把事情交給優秀的同僚處理，結果他人就連同司令部一起被炸爛了。

沒想到，是呀，多麼美好且無能的自白啊。

明明是在戰爭，卻連這種事態都沒想到，數分鐘前的自己真該抓去槍斃。這是何等的怠惰、怠慢、失態！

這就是令人作嘔的無能。

「很好，獨斷獨行吧。就假定狄利克雷上校已戰死，或陷入指揮管理無法發揮的狀況之下，將這裡設為臨時司令部。」

「不交接給第五十四連隊的副指揮官，可以嗎？」

「那是在浪費時間。」

副官的疑問以一般論而言是對的，但就唯有現在是錯的。

未經協商就進行交接，光是這樣就會造成大混亂了。在這種分秒必爭的局面下，是不可能容許浪費時間在做不到的事情上白費工夫。

「可……可是……」

「謝列布里亞科夫中尉。」

「咦？」

「妳忘了嗎？時間有限。奢侈可是大敵喔！」

聽好——正想把話說下去時，譚雅注意到砲聲停了而閉上了嘴。在萊茵戰線，當砲擊停止的同時……

「敵襲！」

各處傳來的警告與慘叫，還有耳熟的槍聲啊，該死——是讓人想如此咒罵的典型模式。不過，該說是氣勢不足嗎？總覺得有種讓人不舒服的討厭預感。是這樣啊——在為了找出原因專心聆聽之後，答案很單純。是聲音太少了。

「……輕機槍的聲音太少了！」

基於各處勉強有槍聲傳來，還摻雜著少數的爆炸聲響來看，各防衛陣地應該是已依照既定的防衛計畫開始反擊。是在後退途中失去了重裝備吧？很可悲的，彈幕的聲音太少了。

「無法樂觀嗎？該死，這算什麼啊。」

本該是整齊劃一的管弦樂團的聲音，就宛如壞掉的留聲機般破碎且七零八落。個別的抵抗是很勇敢，但很顯然地缺乏整合。也沒有本來應該要有的連隊火力與師團火力的支援。

理由很簡單。指揮系統的腦袋，早在第一波攻擊時就被砍掉了。敵砲兵師團幹得還真是漂亮啊！

一言以蔽之，就是糟透了。

考慮到組織性抵抗的必要條件已經崩潰的現況，我方甚至有可能會遭到瓦解。搞砸了——譚雅盛大地詛咒起老天。

基於要將防衛計畫交給狄利克雷上校的估算，就算要繼承指揮權，也對第五十四連隊的防衛計畫幾乎毫無概念。更何況，沒有整合指揮系統可是個致命傷。

竟然會低估情勢，認為等搜索完周邊後，應該會有時間進行協議！雖是我自己犯下的錯，但客觀來看，這可是極為粗心大意到讓人想抓去槍斃的行為。

不對——譚雅甩甩頭。現況下，比起自我批判，繼承指揮權才是當務之急。為了度過這緊急狀況，譚雅拚命地大聲喊道：

「周遭的軍官聽令！第五十四連隊的軍官集合！沒錯，就是你們！」

靠著指揮系統與階級，讓那些驚慌失措或傻住的傢伙振作起來。儘管原始，不過在戰場上，這可是具有實績的作法。就算是單純老套的方法，在緊急狀況下是也無法小覷的。

「狄利克雷上校等人已經戰死了。給我聽好，即刻起由我擔任臨時指揮！」

是讓那些目瞪口呆的第五十四連隊的軍官知道我是老大的單純作業。一群愣住的軍官……換句話說，就是會服從命令發揮機能的齒輪。

只要對只懂得服從指揮系統的他們增添燃料，讓他們適當地動起來的話就還有希望。

「中……中校？」

「快去把你們的副指揮官帶過來！」

動起來！——命令著第五十四連隊的青年軍官，譚雅為了讓暴力裝置取回活力，開始到處斥責激勵著眾人。

「快就迎擊位置！敵人已經來了，該怎麼做應該知道吧！」

以明確的口實下達「命令」。

「動起來！動起來！要迎擊了！各軍官去做好自己的本分！」

這是向困惑著不知道該怎麼辦的將兵指引出一條道路的魔法話語。只要知道自己的職責是迎擊，在某種程度內，灌輸在體內的訓練就會讓他們在感到迷惘之前擅自對應。

「快去迎擊！」

「前往指定的陣地！動作快！」

愣住的他們會反射性地聽從命令，正是因為平時的訓練有發揮作用吧。立刻動作的第五十四連隊，儘管最初的行動緩慢，但開始防衛態勢後的行動速度絕不到致命性的程度。

雖說是在撤退途中的臨時據點，但只要是軍隊就會做好最低限度的準備。

「……動起來了嗎？很好。拜斯少校，這樣就出現可能性了。」

這樣的話——譚雅開始感到手感。

坦白說，無法期待他們能像沙羅曼達戰鬥群那樣做出一拍即響的迅速反應是很遺憾。不過，如今就只能用手上的牌決勝負了。

既然上了賭桌，為了掌握勝機而努力掙扎就會是必然的事。

「嘖，第五十四連隊的副指揮官還沒來嗎！」

眼尖地發現到剛剛逮住的年輕軍官就像是閒著沒事幹一樣在晃來晃去後，譚雅咆哮起來。

「喂，你這傢伙！第五十四連隊的副指揮官呢？我應該有下令要你把人帶來吧！」

「……請問，有指揮權的是哪位長官啊！」

「這是你的部隊吧！連這也不知道嗎？」

「是的，那個……我……我是……剛配屬過來的。被分配到司令部來，是這幾天的事……」

啞口無言的譚雅領悟到自己犯錯了。

在友軍高聲吶喊衝出戰壕迎戰當中，譚雅等算是外人的第二〇三航空魔導大隊的魔導師卻無事可做。早知道會這樣……要是及早派拜斯少校他們出去搜索就好了——就算後悔也已經來不及了。

「給我在原本的臨時司令部附近躲起來！要是有高級軍官過來就跟他說明狀況……不對，等等，你就跟他說『第二〇三航空魔導大隊正臨時繼承了指揮權，請即時聯絡』！」

這究竟是怎麼了——譚雅仰望起天空。不久前抬頭仰望時，還有著完整的屋頂。如今，則是一片可恨的陰天。

就只能大罵一聲該死了。

「身為軍官卻是個外行！這究竟是怎麼了！」

將咂嘴的衝動吞回去，譚雅搖了搖頭。

儘管想跟第五十四連隊方討論最低限度的對應策略……但這種時候，只能認為來不及了。必須基於現況努力想出一個對應策略。唯有活下來，才有辦法享受反省與後悔。

擁有煩惱，還真像是人類這種生命會有的存在證明。

「……我們無法與對方配合。既然如此，打從一開始就不該考慮配合。就只能不依靠團隊合作，讓個別的蠻幹結合起來，最終形成團隊攻勢了嗎？」

也就是必要性讓這正當化了。

「既然如此，就要活用航空魔導大隊的游擊性。」

讓人相當懷念的運用論。讓我回想起軍大學時期，向偶然遇到的傑圖亞閣下進言的事。

富機動性、單發威力優秀，並且人數少的快速反應部隊。航空魔導大隊還真是在據點防衛時最好的游擊預備戰力。

也就是最適當的專職「獵人頭」。那麼——譚雅矯正軍帽的位置，重新盤算起來。

狀況很明顯地並不樂觀。

瓦解的指揮系統。

混亂的交接狀況。

最後是龐大的敵軍。

不過，就算是這樣，也沒有理由放棄去做該做的事。必須要比平常時更加地謹慎小心吧。

「大隊，注意！」

指令帶來完美的反應。

就彷彿有一道電流猛烈地從頭竄到腳底，第二〇三航空魔導大隊的將兵以整齊劃一的動作面向自己。

是反覆進行軍紀教練所灌輸在體內的動作。

拜斯少校、格蘭茲中尉、謝列布里亞科夫中尉等將校，一齊在隊伍前頭立正站好的表現，述說著已臻至完美的訓練水準吧。

是專家。

這是專家的工作表現——讓人不得不心滿意足。既然如此，接下來的職務，他們也會作為專業人士把事情做得萬無一失吧——正因為值得信賴，才會覺得可靠。

「任務概要是支援友軍！別期待其他部隊會做出固守陣地以外的事。」

「這工作會不會太繁重了啊？」

拜斯少校會在適當的時機說出揶揄般的話語緩和現場氣氛，也是一種形式美。插話的時機絕妙。副隊長沒有錯判氣氛的安心與信賴是無可取代的。

「就當作是在分工合作。當他們在從敵人手中保住陣地時，我們就從旁將愚蠢的敵人狠狠踹飛，給我抱持著這種氣概吧。」

知道了吧？——譚雅也在部下面前展露微笑。

到頭來，就是往常的工作。

「大隊各員，就跟往常一樣。跟往常一樣的收拾乾淨，跟往常一樣的提出報告書，然後給我跟往常一樣的回家。」

航空魔導師是種極為容易移動的兵種。其超群的展開力、機動力，是帝國軍渴望已久，富有機動力的預備兵力的理想型態。

作為陣地內的內線防禦部隊四處奔波可是帝國軍的拿手好戲。是在軍官學校學習，在軍大學化為骨肉所完成的，建軍以來的傳統技藝。

總歸來講，就是幾乎所有的狀況都只會假定環境。就算是為了據點防衛任務，而採用內線戰術與侵入據點的敵兵交戰也不例外。

「發現敵兵！」

「接敵了！衝過去！」

就連陣地內的近身戰都能毫不遲疑地做出決定。

我們可是有著多名萊茵戰線以來的老兵在籍的第二〇三航空魔導大隊。就連鏟子的用法，熟練度也比他人高了不只一等。一旦用上手，鏟子就會是極為便利的道具。只要刺向陰部，再朝痛苦的敵兵頭部揮下，光是這樣就能讓人確實喪失戰力。

「排除完畢了吧！」

「中校！那邊！」

譚雅朝部下指示的方向瞥了一眼，就發現傳來槍聲的方向有一批人逃了過來。是如果不加以修飾，就只能說是殘兵敗將的慘不忍睹的將兵模樣。

不是朝向敵人，而是失去冷靜地後退……是防衛線遭到衝破的前兆。

「這是怎麼回事！快去重建防衛線！」

軍官學校有教到。內線防禦時，修復「防衛線」往往會是必要的行為。因為局部的防線崩潰而導致全面性潰敗的案例，要多少有多少。

軍大學也有教到。要是放任前線瓦解，就會不得不改為機動防禦，但就算是機動防禦，也必須要具有某種程度的空間才有辦法成立。如果是壕溝戰的話，就算要放棄第一線也無所謂吧。不過，也要有縱深才能這麼做。

到頭來，縱深防禦儘管也是一種理想形式，卻沒辦法在缺乏空間的陣地戰中運用。所以，教官才會不斷耳提面命，保持最適當的防衛線在陣地戰中究竟有多麼重要。

「該死，西邊的傢伙在搞什麼鬼！」

就方向來看，是西邊。是防線變脆弱了嗎？西方防衛陣地的方向上有士兵逃過來，恐怕是所能想像到的最糟糕的光景。

得快點趕過去——加快腳步的譚雅耳中所聽到的聲音，不容拒絕地告知了事態的嚴重性。

四周迴盪著ypa（萬歲）的連續呼喊。

啊，該死。光是那個……光是那個吶喊聲就讓人明白了，讓人理解了。這在東方就是如此令人習以為常的聲音！

吶喊聲已「逼近到」能聽到的距離了！敵人的士氣旺盛，而我方的士氣低落。

顯然就要遭到敵兵吞沒了。只需看一眼就會知道原因。就算再不願意也會明白。

逃走的是臉色蒼白的年輕人，還有以現役軍人來說有點蒼老的男人。是新兵與後備役的混合部隊吧——察覺到這點後，譚雅毫不掩飾地嘆了口氣。

這些傢伙很脆弱。

太脆弱了。

與譚雅所知的精悍帝國軍的基準未免相差太多了——這是持續在第一線戰鬥的譚雅毫不虛偽的真實感受。

「……是一群補充兵。」

我知道——譚雅無言地向拜斯少校點頭。

「要退到第二線嗎？」

Nein（不）——譚雅搖起頭。

要退後，很難。要是能採取組織性行動的話，這應該能算是一種戰術選擇吧。也比堅持固守在防衛線上這種難以說是最適當的選擇來得合理。

不過，要在原本的司令部已毀的狀況下，讓保有秩序的防衛線後撤是不可能的事。

就只是非常難以實現的紙上談兵。不對，搞不好會比紙上談兵還糟糕。這要是讓混亂加速擴大，連本來支撐住的各點都受到影響而後撤的話，會怎樣？

會從典型的喪失主導權演變成典型的潰逃。偽裝撤退後的反擊戰，要是沒有根基、能夠奮戰的核心在，成功的機會就很渺茫。

被灌輸了敗北印象的士兵，也沒道理能在反擊戰中派上用場。

居然得比起合理性更加地重視確實性。戰爭竟會逼人做出如此殘酷的選擇嗎？

既然如此——譚雅下定決心。

「準備衝鋒。少校，二〇三就交給你指揮了。」

「咦？」

拜斯少校可也是名身經百戰的軍人。既然會用「妳是認真的嗎？」的眼神傳來詢問，就表示他有理解到自己打算做什麼吧。是在不合理之中找出了合理性。

「我也發自內心同意這是在幹蠢事吧。不過，不做不行。」

「……遵命。」

「步兵那邊我去處理。謝列布里亞科夫中尉與她的中隊跟我來。其餘的就聽從拜斯少校指示吧。配合我準備反擊衝鋒的指示。」

衝吧——迅速下達指示後，譚雅就朝著萎靡不振，即將淪為殘兵敗將的友軍將兵悠然走去。

「給我站住！」

就算音量絕對說不上雄厚，卻也是竭盡全力喊出的制止。但儘管確實配戴著階級章的航空魔導將校大聲發出斥責了，他們也沒有要返回崗位？

豈止如此，茫然地抬頭望來的他們，對世界的認知看來已經崩潰了。

很好——譚雅微微揚起嘴角。

將校為什麼會被稱為「將校」？正是因為他們要在必要時做出必要的決定。不是說了嗎？要讓士兵害怕將校更勝於害怕敵人。

「視他們為敵前逃亡。」

「咦！」

副官愣住的反應是在預料之中的事。

雖是從士官升上來的，不過就本是徵募兵的謝列布里亞科夫中尉的個性來看，也知道這會讓她有點不知所措。

不過——譚雅帶著信賴的「下達命令」。

「準備射擊！」

「準……準備射擊！」

軍紀教練即是條件反射的最佳化。

一拍即響的反應。

雖說僅有十二人，卻是航空魔導師一字排開擺出攻擊態勢的威嚇感。最重要的是，中隊規模航空魔導師的威嚇感，對身在戰地的人來說可是格外有效。

會在戰場上怯戰的傢伙，也就還保留著能夠理解威脅的知性。

在戰地，就某種意思上來講，所謂的本能只要能加以控制就會極為便利。說這就跟動物一樣，說不定是太過偏激的比喻，但人也是具有本能的。只要將知性烙印在本能上，就有可能在極限狀態下進行適當的管理與控制。

就算大聲斥責也毫無反應。真受不了——譚雅改用起有點煽情的話語，重新向他們呼喊。

「這要是讓祖國的人們知道，究竟會怎麼想啊。恐怕會因為太過丟人現眼而啞口無言吧。知不知恥啊。你們這群窩囊廢。」

在淩厲凝視下，盡是些畏縮的表情。變得感受不到羞恥的將兵管理起來還真是辛苦。這沒救了吧——會想舉雙手投降也是沒辦法的事。

既然沒辦法放棄，那就只好再提昇一個階段了嗎？也就是這樣吧——譚雅下定決心，第三次開口。

「注意。」

譚雅喃喃發出的話語，任誰也不打算去聽。

事到如今，這說起來也是理所當然的反應。陷入混亂而潰逃的他們，就只是遭到恐懼吞沒的個人。

不過，光是害怕是派不上用場的。

就算是他們，要是無法加以活用的話就打不贏這場戰爭。所謂的總體戰，也就是全人口總動員的社會。讓人想在內心苦笑這真是一點辦法也沒有。

譚雅就這樣以平靜的語氣重複說著。

「注意。」

用鼻子哼了一聲後，譚雅就在這時拿起腰上的手槍。

就算那些沒出息的將兵臉上不免浮現動搖，也仍然立刻水平舉起，等到緊張感達到極限後再朝向天空開槍。

「注意！」

大喊之後，環顧周遭是卻一片騷動。唉——譚雅忍無可忍了。

「本人譚雅・馮・提古雷查夫中校要你們注意！給我安靜聽好！」

打完一個彈匣的子彈後，譚雅再次大喊。

「你們在幹什麼？負責的位置怎麼了？你們的指揮官是誰。」

「雷……雷恩上尉死了！已經……已經沒救了！」

是緊張到崩潰了嗎？一名年輕人臉色大變地喊著部隊全滅了。這是個好契機。滔滔不絕說著敵我的戰力差距太大的蠢蛋，讓譚雅看了長嘆一聲。

無法否認這恐怕會是一場艱難的戰鬥吧。

不過，所以說，這又怎麼了？

就算要逃，也沒有活路可走。

明明沒有退路卻還想逃，人們把這叫做旅鼠。與其摔進水池裡溺死，全力抵抗的期待值還比較高。

「你說全滅了？各位戰友，你們的腳難道是裝飾嗎？」

這不是還活著嗎？——對他的說詞一笑置之，譚雅猛然變了臉色。

「還是說，怎麼啦？在我面前的各位。難道是想說你們不是帝國軍人？而是跑來告訴我西邊陣地全滅的親切聯邦兵嗎？」

朝部下使了個眼色後，謝列布里亞科夫中尉與她部隊的航空魔導師就像是了然於心似的把手指扣在扳機上。

不論是威嚇的一方，還是被威嚇的一方都是軍人。知道這個動作的意思。

沒必要多說廢話這點還真不錯，省了我不少工夫。譚雅就像滿意似的點了點頭，繼續把話說下去。

「事情很單純。這裡有帝國軍人，有陣地。那麼，該做的事情就很清楚了。」

可別說這是在威脅。就只是這世上真的有著不拿槍指著，就沒辦法冷靜下來的蠢蛋存在。真正的蠢蛋，總是會突破像譚雅這樣的常識人所能預想到的最低底線。也無法確定裡頭沒有會敵我不分，精神錯亂地朝自己開槍的蠢蛋。

「各位是敵人呢？還是我們帝國軍呢？」

「請別說這種強人所難的話！已經束手無策了啊！」

「抱怨就等活下來後，再去說給心理諮商師聽吧。現在是要跟我們一起去奪回陣地？還是作為敵人抗命？給我說清楚。我可沒時間等太久喔？」

「……妳是認真的嗎？為什麼要做這種事？」

「廢話。因為我們必須得趕快去援救我方陣地。」

幸好他們還能露出就像恍然大悟一般的表情。朝殘兵敗將看了一眼，發現他們勉強還保留著軍人面貌時頓時鬆了一口氣，這是我個人的祕密。

如果能找到追加的指揮人手，還是去找一個出來會比較輕鬆。畢竟領隊可是責任重大的。

於是譚雅把一名碎步走近的人叫過來。這還真是符合人性的行為對吧？

「少尉，你還能打吧？很好，兵就由你來帶吧。」

「我……我是……」

配戴的階級章、年齡還有略章等等。就算人類的價值無法從勳章上得知，也足以作為某種程度上的判斷材料。

「你是士官升上來的吧？只要不是徒長年齡的蠢蛋，就去做該做的事。要是辦不到，我可是會在這裡讓你永遠休息下去喔？」

他應該做得到吧——在投以激勵的微笑後，獲得相當充分的反應。

「哈哈哈……哈哈，中校，妳真是個怪物呢。」

「祖國的敵人正在逼近。難道還要我露出慈愛的笑容嗎？」

真失禮——譚雅向他鼓起臉頰。

「確實是這樣呢，中校。」

「當然是這樣，少尉。」

「我知道了……很好，小子們，要上了。」

他帶著嘆息喃喃說出低沉的話語。有著讓人無法錯判的意志。既然氣勢已恢復到能夠嘆息的程度，作為士兵就算是及格了吧。

譚雅滿意地點了點頭，伸出了手。

「很好，很好。少尉，你的名字是？」

「我是巴切特少尉，中校。」

「很好，巴切特少尉。那麼，好啦，就一塊兒去工作吧。」

工作的時間到了——譚雅微微竊笑。

這樣就能確保人數了。就算在奪回西邊陣地後要分派航空魔導師守在那裡做防衛支援，也不用派太多人吧。順利的話，說不定還能在某種程度內維持這群殘兵敗將的組織性。

能讓人抱持希望的樂觀條件，不論何時都是如此地美好。

也不能瞧不起所謂的勞動意欲。能夠期待光明的未來，可是最美好的工作條件。好啦——譚雅微笑起來。

「跟我前進！衝吧！」

譚雅就像是要鼓舞士氣似的高舉起手槍衝了出去。儘管不喜歡精神論，但缺乏精神的社畜，勞動的成果也會很空虛。

既然如此，就只好作為一名像人的社會人士好好地努力工作了。

「前進！這是反擊戰！」

「既然橫豎都是死的話，也要面向前方倒下去！」

「讓航空魔導師教怎麼打步兵戰的低能們，快跑起來！給我衝！」

譚雅聳聳肩鬆了口氣，甚至還能向趕到身邊的副官說笑。

「督戰隊真不是人幹的事呢。唉，捏了我一把冷汗。」

「……相當亂來呢。」

嗯，這也沒什麼大不了的——譚雅聳了聳肩。儘管確實是很麻煩，但這種就連受到法務部門關切的風險都沒有的「說服」就只是小事一樁。

不僅易如反掌，做起來也不心痛。

甚至能說是文明性的對話吧。

整理、重編，讓群眾想起自身的職責，這種事很有人味，甚至符合譚雅的喜好。

所幸，沒有在這十萬火急的時期出現更大的爭執。

就在想說應該勉強能打吧而鬆了一口氣後，譚雅就親自率領著這批臨時編成的部隊作為前往防衛線的增援，重新開始行動。就在這個臨時集團重新趕往防衛線的途中，那個怪物就突然現身了。

巨大的身軀、紅星的塗裝。就算是不曾見過的樣式，當那眼熟且可恨的輪廓出現時，在東方也不會有士兵看錯。好幾人大叫起來——啊，該死。

「敵戰車！是新型嗎！」

數名航空魔導師隨即條件反射地發出爆裂術式，毅然發動兼作為展開煙霧的攻擊。但可悲的是，看來除了煙霧之外毫無效果。

「好硬！該死，是新型！瞄準履帶！只要停下來，就任我們宰割了！」

巴切特少尉的叫喊是很正確的命令。

「把野戰高射砲拿來！用那個把裝甲打穿！」

更正。看來他就只有以步兵科的感覺在打仗。

「哎呀，少尉。可別把我們給忘了啊。魔導師，跟我前進！把車頂拆開，當成罐頭加熱吧！」

「遵命！」

航空魔導師足以支配城鎮的理由就在於三次元戰鬥。比直升機靈活，比科幻迷的人型戰車還要小型且迅速。

這樣一來，打穿戰車的車頂就會是件簡單的工作。就算是村莊地區的遭遇戰，條件也不會改變。

「拜斯少校！就適當地留下能作為掩蔽物使用的程度吧！」

「一切就請交給我了！」

「敵人動搖了！要反擊了，準備突擊！」

去收拾他們吧——這場身先士卒，難以說是督戰的督戰一下子就結束了。

就在將敵人大致擊潰，甚至有辦法耀武揚威時，譚雅就像是覺得總算結束了似的嘆了口氣。

敵突襲就算是受到砲兵支援，只要沒有航空魔導師在就不值一提。

就這點來講，萊希真該頒給幫忙將魔導師大量送進集中營的諸位聯邦「同志」一面勳章吧。

多虧他們，讓我們能輕鬆打仗。

「哼，就到此為止了吧。」

「做得太漂亮了，中校。」

「是巴切特少尉嗎？不，沒什麼，這全多虧了各位的支援。」

沒有各兵種的配合就沒有勝利。能將理所當然的事理所當然地做到的軍隊就是最好的軍隊。

所謂的組織，可以說是建立在能多麼地貫徹「一般原則」之上。

「好了，這裡能交給你嗎？」

「當然。等結束後，請容我幫妳斟一杯酒。」

「我就如你所見。還是別斟酒，改幫我倒一杯最高級的咖啡吧。」

譚雅的年齡要是喝酒的話，不論軍法、民法都無法保護譚雅。對於未成年人抽菸喝酒，帝國可是絕不寬待的。

「這可就難辦了。東方入手的肉品或牛奶不行嗎？」

「那就決定是鳳梨罐頭吧。那麼，我先告辭了。」

哈哈哈地笑著將之後的事託付給他後，譚雅隨即開始下一個行動。

「02，狀況如何？」

「損耗零，輕傷三。不妨礙繼續戰鬥。」

「非常好。那麼，到友軍防衛線外繞一圈進行圓周運動。就去痛快地玩一場把聯邦軍側面狠狠踢飛的愉快遊戲吧！」

對大吼的譚雅來講，這是件簡單的工作。不對，嚴格來講，該說是因為結果很清楚而感到輕鬆吧。

只要襲擊過來的聯邦軍中沒有混著魔導師，航空魔導師就幾乎能夠為所欲為。害怕的對象就只有敵砲兵師團的存在，不過既然打從最初的攻擊之後就再也沒有敵彈打來的話……就當他們是砲彈告罄或是在轉移陣地，置之不理吧。

然後，這項判斷看來並沒有錯吧。

「……真受不了，到一段落了吧？」

擊退敵人的襲擊，排除入侵的敵部隊。對大致上可說是成功達成一場理想的內線防禦的結果，譚雅滿意地點了點頭。

「中校，這是是第五十四連隊的副指揮官。」

「我是克萊斯勒中校。感謝貴隊的協助。」

「彼此彼此。我是提古雷查夫中校。」

針對幾項在混亂之際無視的事情給予事後追認的協調也進行得很順利。不愧是曾透過拜斯少校進行過協商，大小事都一下子就談好了。

如果沒有找無能的新任將校擔任傳令的話，明明就能更加輕鬆了，真是遺憾。

或許正因為如此吧？等注意到時，譚雅已十分自然地讚賞起有工作能力的人，推薦給對方。

「貴連隊的巴切特少尉做得很好。他途中都還跟我在一塊兒，那種士官升上來的將校可是相當寶貴的人才。在人手不足之際，雖覺得不好意思，但要是可以的話，真想跟貴隊借他一用呢。」

「啊，妳知道他啊，他是我大隊的人。」

「喔，這還真是……」

看來是我失禮了——譚雅正要低頭致歉，克萊斯勒中校話中有話的說詞卻讓她感到不太對勁。

「他要是知道自己被銀翼突擊章持有人稱讚的話，想必也會很高興吧。」

「……怎麼了？」

「他在反擊戰途中被聯邦兵的手榴彈炸飛了。直到剛剛都還在痛苦呻吟，不過軍醫表示……」

他沒救了——後續的話，不用說也猜得出來。在東方，當某人神情落寞地搖頭時，意思就很明確了。

「我曾有個好戰友。他睡了，我前進。神呀，請垂憐他吧。」

「我感同身受。那麼，我的部隊要後退了。現在的話，應該能移動到所指定的下一個物資預置地點。貴隊要一起嗎？」

是在邀我們同行吧。互助合作。這是很值得感謝的精神。不過——譚雅明確地搖頭婉拒。與步兵部隊同行可是航空魔導師的罩門。

「我們是輕便的航空魔導師。也習慣殿後了。就堅持到貴隊離開數小時後再走吧。到時候，我們也會自行前往友軍的物資預置地點。」

「感謝……但真的可以嗎？」

當然——譚雅以滿面的笑容點頭。

不同於移動緩慢的步兵部隊，機動力可是航空魔導部隊的看家本領。換句話說，「逃跑」的速度即是本分。如果沒必要做據點防衛，就只要趕緊起飛逃跑就好。有別於方才的防衛戰，這是唯有具備縱深的東方戰線才有辦法做到的對策吧。

所以，姑且不論戰鬥群的運用，與其他部隊生死與共這種事我可是敬謝不敏。

「沒什麼，只是要用第五十四連隊的遺留物盛大地開場派對罷了。只要你們有忘了帶走什麼美饌佳餚的話。」

「……銀翼持有人，果然不是浪得虛名的嗎？」

「虛名罷了。那麼，克萊斯勒中校，就祝彼此武運昌隆。」

「好的，請保重。」

在邊祈求雙方的武運長久，邊互相敬禮之後散會。譚雅等第二〇三航空魔導大隊的眾人，就目送著他們離開滿是瓦礫的房屋。

「不配合友軍的步調後退，可以嗎？」

當然——譚雅向副隊長點頭。

「少校，我們跟步兵部隊的速度可不同喔。」

「是。」

說實話，既然在速度上贏過聯邦軍魔導部隊，在東方如果只要逃的話是極為簡單的事。順道一提，只要第五十四連隊他們帶著大批人馬絡繹移動，就會是很好的誘餌。自己等人的後退，反倒是能極為安穩地進行吧。

「現在有餘力慢慢來。我們就在這裡待到夜間也不錯。大家就趁現在輪班小睡一下吧。」

「床鋪這種東西，早就被炸爛就是了。」

「半個魔導大隊的量，嗯，應該是找得到吧。值班組就去啃個高熱量的巧克力，喝個下午茶吧。」

「真優雅呢。」

就是說啊——儘管對副隊長的抱怨表示同意，譚雅也沒忘了叮嚀一句。

「只要沒有敵襲的話呢。」

「說得沒錯。那麼，恕下官失禮，先行告退了。」

「嗯，兩小時後交接。到時我會叫醒你的，趕快去睡吧。」

遵命——一面目送走敬禮後前往床鋪的拜斯少校，譚雅一面忽然注意到一件事，也朝著站在身旁的中尉等人說道。

「謝列布里亞科夫中尉，貴官也是。趕快去睡吧。另外，格蘭茲中尉，你來陪我。去找看看有沒有咖啡豆。」

「是的，是要找咖啡豆嗎？」

「就去翻一下第五十四連隊司令部的殘骸吧。應該能找到咖啡豆吧。沒有的話，就去找友軍的標籤，返回後方時，只要收集嗜好品就好。」

「了解。我這就派幾個人去找。」

就在扛著鐽子的魔導師開始行動時，譚雅就像是要言出必行似的拿出巧克力吃著。

不管怎麼說，事情總算是告一段落了。之後，就只要回到友軍的物資預置地點與沙羅曼達戰鬥群的後續部隊會合就好。

老實說，與就連臨時合作都沒把握辦到的其他部隊進行聯合作戰，真是讓人打從心底捏了一把冷汗。

光是要不把心情表現在臉上就很辛苦了。臨時建立合作體制，就連專家都很難做到。這要是得和就連基本都做不太好的外行人一起進行聯合作戰，已經是會讓人渾身顫抖的恐怖。

拼湊部隊可是個惡夢。

其他人要是犯錯自滅的話是自我責任吧。很可悲的，戰爭基本上是連帶責任。關係到自己的利害是，性命。

實在是不想交到無法信任的他人手上。

這要說的話，就像是不想給沒有醫生執照的庸醫治病一樣。

就連在患病、負傷之際，都不情願把自己的生命交到醫生手上了。不過，這也是沒辦法的事。既然能擔保對方作為專家的技術有達到一定的水準，就予以尊重吧。

但是，庸醫與假醫生都該抓去槍斃。沒有比自認為自己很行的無能還要有害的垃圾。戰爭中的軍人也是一樣。既然是領著薪水在賭命戰鬥，這就是不容妥協的事。無法有效運用的累贅就單純是障礙物，連肉盾都不是。

不是專家，就別跟我扯上關係，別給我添麻煩；可以的話，就順便去對敵人造成損害，做出貢獻。就算這非常自私，不過身為人類，譚雅自負這會是完全正確的情緒。對譚雅．馮．提古雷查夫來說，人類就是這種生物。

教導我人類是為了自身的利益形成社會的政治性動物的，是如今早已淡忘，過去在日本國的學校。

當時的我，還沒能完全理解這句話的意思吧。

「哎呀，也不能瞧不起終身學習呢。」

人力資本投資是沒有極限的。也就是在能學習時學習是大正義的行為。畢竟說到底，沒有在持續學習的專業人士可是個天大的謊言。

「專家的工作嗎？」

第二〇三航空魔導大隊，或是說沙羅曼達戰鬥群在這方面上也是模範的技能專家吧。

儘管戰鬥狂的傾向過於強烈，然而——譚雅不得不基於現況向上修正對他們的評價。人格、教養、興趣等等在評價之際只是次要的要素。本質上的評價點，在於各人有沒有辦法各司其職。

沒有工作能力的好人，也就是垃圾。就在私底下予以尊重吧。不過，共事是不可能的。如果是會打仗的戰爭狂和無能的善人讓我選，就會想和前者在前線並肩作戰……思索起來的譚雅就在這時大吃一驚。

「……我將戰爭作為思考的前提？」

因為是在戰時——只要這樣說，就沒什麼好煩惱的。

然而，對於深愛著和平，並作為和平自由民主主義者的譚雅來說，「戰爭狀態」必須是「例外狀態」。

絕對不能用「因為是戰爭……」這種話，把這種想法正當化。

「該死。」

這場戰爭打太久了。

把這句話吞回去，譚雅一臉不悅地轉身離開。

[chapter]

II

第貳章

恢復

Restoration

雷魯根戰鬥群？
只聽說過名字。

——退役帝國軍士兵的偵訊內容

統一曆一九七六年版　東方戰線實錄——巴克斯特博士著

只要是歷史學家，不論是誰都知道——雷魯根戰鬥群是東方的「幽靈」。

口述歷史強烈暗示著他們的存在。參與過東方戰線，卻沒聽過雷魯根戰鬥群之名的當代人是少之又少。

帝國人、聯邦人，就連聯合王國人都傳述著他們的威名。

顯赫的戰果，絢爛的戰勳，不朽的戰功。

如要用不謹慎的說法，就是光看文字敘述就很輝煌了吧。唯有他們，不論置身在何種狀況下都能輕鬆取勝。要說的話，就是英雄；要比喻的話，就是傳說。

就算成為受到眾人齊聲表揚的傳說中戰鬥群也不足為奇。然而，他們卻沒有受到表揚。任誰都知道他們。不過，也任誰都不認識他們。

他們的真實模樣幾乎成謎。就連宣稱自己是雷魯根戰鬥群成員的少數活證人，至今也難以判定真偽。這一部分的理由，也能用東方的極高損耗率來說明吧。

在雷魯根戰鬥群的戰鬥序列中，幾乎沒有部隊殘存到終戰時；在文件上，除了少數生存下來的例外，雷魯根戰鬥群是全軍覆沒了。

在東方戰線，這並不是特別罕見的事。

儘管很驚人，但不是例外。畢竟那裡，那場戰爭，那個東方就是這樣的一個地方；畢竟那就是一場如此殘酷的戰爭。

某位戰地歸來的士兵是這樣憤恨述說的。

「光聽傳聞是不會懂的」他露出壞掉般的眼神咬牙說道：「泥巴裡混著敵人與夥伴的屍體，上頭還被裝甲部隊的履帶來回攪拌、航空魔導師焚燒，最後還有航空機在爭奪天空的極地。那可是個空氣中沾染著獨特臭味的空間喔。」

不過就算是這樣，雷魯根戰鬥群高深莫測的形象也只能說是異常。

不能說是毫無紀錄。指揮官雷魯根上校就是一名已確認實際存在，貨真價實的參謀將校。

從軍經歷是隸屬參謀本部的真正的參謀將校。

只要說到他在大戰中追隨傑圖亞與盧提魯德夫雙傑，在作戰領域中長年擔任實際業務的經歷，他在前線的奮戰表現也就能讓人「理解」。

不過奇妙的是，以雷魯根上校為中心的當代紀錄，在各個關鍵部分上都有著許多遺漏，讓他在歷史學者當中是惡名昭彰。

儘管也有謠傳這反映了他在戰後的地位，總而言之，雷魯根戰鬥群與雷魯根上校似乎有關，但關係卻極為曖昧不清。

統一曆一九二七年四月二十二日 東方戰線 某帝國軍集結地點

該說是與預期的相反吧。

第二〇三航空魔導大隊的後退進行得極為順利。所擔心的聯邦軍追擊意外低調，昨晚之內就平安成功撤退到後退線。

要說還有空一面做著簡單的修養與寶珠類器材的整備，一面對溫熱的假咖啡口感蹙眉，在熟成的黑麥麵包上塗滿厚厚一層人造奶油的話，甚至還能感受到優雅感吧？

然後，只要一度恢復秩序，組織的力量也就能充分獲得發揮。就這點來說，最受惠的就是以第二〇三航空魔導大隊為中心，沙羅曼達戰鬥群在編制上的特性了。

作為參謀本部的手腳，將重點放在高度的快速反應能力與機動力上編成的打擊部隊可是最優先對象，總之就是如有必要，甚至能做到空運部隊成員、從當地倉庫領取必要裝備等超乎常規的運用。

適當的空路與鐵路網的搭配，帶來可說是讓譚雅喜出望外的迅速增援。

「阿倫斯上尉，即刻起與本隊會合！」

有著天不怕地不怕表情的裝甲將校徹頭徹尾地威勢十足。不論是緊實貼身的軍裝，還是塌得剛剛好的野戰帽，都有著典型的裝甲將校風範。相較於受不了滿身泥濘的譚雅等人，嗯，是有著一趟愉快的移動吧。

不過，他們有趕過來這件事讓人原諒了這一切。

「等你很久了，上尉！」

一面交換敬禮，以譚雅為首的航空魔導軍官也一面安心地嘆了口氣。甚至是除了值班中的格蘭茲中尉外，全員皆在聽到增援的消息後飛奔而出。仔細一看，就連古板的拜斯少校都滿臉喜悅拍打起阿倫斯上尉的肩膀。

「是久盼的增援呢。」

譚雅破顏微笑，坦率地表達情感。

「還真是可靠對吧，拜斯少校？」

「嗯，就是說啊。畢竟光只有航空魔導大隊，會很不平衡呢。」

光是能將反裝甲車輛戰鬥交給專門的裝甲部隊處理，而不是由航空魔導師負責，負擔就會大幅下降。只要有大砲，難看的爭執也會成為戰爭，這可是大帝的名言。戰車也毫無疑問是類似的東西。

「後續部隊呢？會合要多久時間？」

「我聽說砲兵與步兵是安排在不久後會合……不過詳細情況我也不太清楚。」

「不會，光是知道會來心情就輕鬆多了。」

「對了，有關這點我還有一件事情要報告。我在重新部署途中有遇到參謀本部的烏卡中校，要我幫他傳話。」

喔——譚雅臉上露出疑問。是烏卡中校會特地委託阿倫斯上尉轉達的口信？

「什麼？」

「後續的緊急派遣會送到戰鬥群來的樣子。」

「這如果不是烏卡中校的空頭支票就好了。」

就算嘴巴上不安地說著什麼，譚雅也知道烏卡這名專家的誠實性。儘管不想抱持著過度的期待，不過這應該可以期待吧。

「話說回來，狀況如何？」

「就如你所見，阿倫斯上尉。」

「那麼？」

是呀——譚雅點頭。

「糟透了。到處都亂成一團。這部分就留給拜斯少校了。詳細的狀況就去找他說明吧。」

對於回答遵命的兩名將校，譚雅寄予完全的信賴。他們除了人格與興趣過於好戰之外，能力完全都沒有不安之處。

「中校有什麼事嗎？」

「我要跟謝列布里亞科夫中尉去視察簡易陣地的補強作業。東方那些傢伙，只有腦袋裡知道壕溝戰，真讓人傷腦筋，必須得考慮到指揮系統陷入混亂時的情況。」

在目送帶著副官離開的提古雷查夫中校後，阿倫斯上尉苦笑著說出一句話。

「居然擔心起指揮系統的混亂了。」

坦白說，就算無法否定這種可能性……這句話也就是這種意思。善用斬首戰術的帝國軍會害怕斬首戰術，說起來也確實是有道理……

「中校也還真是杞人憂天。」

「套用中校的說法，我們會被歸類在大意的蠢蛋那邊吧，阿倫斯上尉。」

「咦？」

他錯愕注視的前方，是拜斯少校認真的表情。

「這是在後退戰途中，進行據點防衛時的事吧？友軍的最資深軍官就連同司令部一起被炸成灰了。」

「……糟透了。這不就像是任人宰割了嗎？」

單方面地被當成沙袋來打，這可沒辦法說是個愉快的工作崗位。阿倫斯上尉自己無意間喃喃說出的這句話，拜斯少校也點頭同意。

「畢竟我們也沒有立場可以挑三揀四。必須在所給予的前提條件下做到最好，中校的這種方針看似不切實際，卻是個安全策略。」

「那麼，就讓我們貢獻微薄之力吧。」

「是呀，就是要這股氣勢。」

雙方點了點頭，從口中發出的卻是嘆息。

「跟人一塊唉聲嘆氣也是種相當難受的經驗啊。要是有菸抽的話，感受又會不同了吧。」

「哎呀，阿倫斯上尉，我真羨慕你。」

「咦？」

羨慕我什麼？——才剛感到困惑，阿倫斯上尉就立刻想到答案了。

「因為被禁菸了啊。」

是呀——拜斯少校點點頭。

「在中校底下做事就得禁菸。要是不禁，肺可受不了。在過去也由於寶珠的性能有限，當時也沒必要維持現在這種高度。」

拜斯少校是航空魔導師。是個如果把肺搞壞了，之後就得要付出代價的職種。戰前儘管也不推薦，但聽說現在除非是相當嚴重的尼古丁信徒，要不然對航空魔導師來說，抽菸就是種已經放棄的奢侈行為。

「技術的進步相當明顯呢。我們裝甲部隊也差不多。」

以前的主砲如今可會被笑是玩具槍喲——阿倫斯上尉的這句話，拜斯少校似乎也深有同感。

「我這裡也差不多。今天的新傢伙假如不攻擊履帶，就連阻止移動都做不到。」

「不過，少校與中校不免是另當別論吧。聯邦軍的戰車，你們早就拆到膩了不是？」

「只是對裝甲的硬度感到厭煩罷了。就算是高手雲集的第二〇三航空魔導大隊，要打穿聯邦軍主力戰車的裝甲都是件極為困難的事。」

在以前，擊破裝甲車輛並沒有現在這麼困難。聽說當時任誰都深信不疑，大部分的航空魔導師只要稍微費點工夫，就有辦法「打穿」敵裝甲車輛的裝甲。

「能像開罐器一樣輕鬆拆開來的目標，已變得極為少數了。」

「是這樣嗎？」

沒錯——拜斯少校一臉認真的點頭。

「航空魔導師儘管也能進行反戰車作戰，但作為專業已接近極限了吧……好了，稍微聊過頭了呢。趕快進行準備吧。」

「是，就拜託你了。」

統一曆一九二七年四月二十四日　東方戰線　戰鬥群臨時基地

下令警戒，指謫鬆懈的態度，為了確保萬全的體制做出最大限度的留意。這些對指揮官來說是當然的事，不過要徹底落實到基層可是相當困難。

特別是在事情告一段落，鬆了口氣時，只要端出溫熱的食物，任誰都會鬆下肩膀上的力道。已經退到安全的後方地帶了——很難不抱持這種想法吧。

必須得說，又是這樣。帝國軍的各個部隊當中，有大部分已徹底忘了戰場上的緊張感。將兵們深信著我們已成功後退了。伴隨事實的誤認正是最危險的。是這小小的成功，讓帝國軍嚴重鬆懈下來了吧。

當聯邦軍有大批部隊正在接近的警報響起時，已是他們相當逼近之後的事。不過，既然敵人來了，該怎麼做是早就決定好了。

枕著背包小睡的將兵們在從瞌睡中被叫醒後衝到指定位置所需的時間，就只有一瞬間。

「敵襲！敵襲！」

「全員，就指定位置！」

值班人員飛奔著到處叫喊，從淺眠中被吵醒的將兵們不顧周遭人的目光，一面不斷地破口大罵一面衝向指定位置的情形，可說是既定事項。

「這是妨礙睡眠啊，該死。總有一天要告死你們！」

在集團之中，譚雅也不出例外，她一面凶狠地吼著怨言一面前往戰鬥群司令部。一衝進自己的指揮所就瞬間理解自己該做的事。

「狀況報告！」

「至少也是師團規模的敵襲！」

「該死，陣地明明就還沒蓋好！這些聯邦人，難道連拜訪他人時的禮節都不懂嗎！」

友軍防衛陣地尚未完成。「目前正在努力建設當中」這話聽起來是不錯，但實際上就是連散兵坑有沒有挖好都不知道的等級。該說是屋漏偏逢連夜雨吧，最近在東方戰線，輕機槍正慢性地陷入供給不足。是因為冬季的冷、春季的泥，都對本國規格的帝國軍正規裝備很不親切吧。

前線部隊的火力密度，是無法跟過去西方萊茵戰線相比的稀疏。

在這種狀況下，就算說是戰壕，也絲毫無法期待防衛陣地能確實地拘束、阻擋敵人。為了彌補步兵火力的不足，就只能拚命使喚裝甲車輛與航空魔導師了——防衛指揮官會這麼想也是當然的事。

「中校，是指揮所。」

「接過來。」

指揮系統沒死是唯一的救贖。受到師團層級的聯合作戰指揮，讓譚雅確實享受到身為組織一分子的好處。

「防衛支援？收到。沙羅曼達戰鬥群想以裝甲部隊進行防衛支援，將航空魔導師作為打擊部隊運用。請批准。」

簡單商量好目標後，進行工作程序的交涉。

「ＣＰ收到。第二防衛線左翼的狀況最為危險。能對該處進行支援嗎？」

「可以。不過，航空魔導師就得要守在那裡了。」

「那麼，儘管辛苦了，但還是希望能盡可能提供支援。待狀況穩定後，想請求貴群額外抽出一個中隊程度的航空魔導師作為預備戰力。」

儘管不是不能理解ＣＰ的意圖，但對指揮官來說這是個不受歡迎的提案。不論是誰，都想將預備戰力保留在自己手上。

「Salamander01 呼叫ＣＰ。要前往陣地做防衛支援是無所謂，但還不清楚能否抽出多剩餘力。

我難以向你保證。」

「……希望妳能適當處理。」

「巧婦難為無米之炊。」

「……收到。」

所幸，對方也屈服了，讓問題得以解決。就算戰力沒有充裕到過剩，有辦法盡量在手邊保留少許的預備戰力，可是讓人感激不盡。

這說到底，就跟是要讓系統壓力達到極限，還是要盡可能保留些許冗餘性，對整體系統的健全度會有著截然不同的差異是相同的道理。

好啦——譚雅掛斷聽筒，轉身就迅速開始整合出擊命令。

要是有更麻煩的對話，就會是在這了——譚雅將視線從裝甲將校身上移開。

「會決定由第二〇三航空魔導大隊去嘗試游擊戰吧。因此，阿倫斯上尉，裝甲部隊要負責防衛支援。」

「中校！我們也能上！」

一如預期的答覆。也好，要是不這樣，可是幹不了裝甲將校的。

「裝甲車輛要用在防衛上。」

「可是！」

「否決！去進行互射，把敵人引誘過來！假如不將打擊戰力留在陣地內，就連牽制敵人都做不到！」

面對阿倫斯上尉的反駁，譚雅以堅決的語氣回絕。部下的積極性如果不是用在適當的局面上就不該讚賞。

要是沒辦法逼在東方學會戰車戰的阿倫斯上尉答應可就麻煩了。

「……我明白了。」

很好——譚雅點了點頭，朝老成員看去。不論是怎樣的任務都能確實達成的一群人。能將這類工作放心交給他們去做的信賴還真是可靠。

是戰爭的時候了呢——譚雅就在正要笑起時，注意到阿倫斯上尉有話想說的表情。詢問出部下的意見也是長官的工作吧。

「上尉，有話直說無妨。」

「中校打算一開始就全力出擊嗎？現況下，敵人的全貌還不明。在這種狀況下，我想該以偵察優先……」

「是呀，你說得沒錯。敵情是不明呢，阿倫斯上尉。」

譚雅隨手將軍帽重新戴上，帶著苦笑點頭。

「就因為不清楚，所以才不得不去調查。」

「用一整個大隊去做武裝偵察嗎？」

「硬要說的話，是搜索殲滅任務吧。」

畢竟——譚雅一臉苦澀地把話說下去。

「我估計敵軍至少會有一個砲兵師團。」

「是說師團砲兵嗎？」

即使阿倫斯上尉露出請別開玩笑了的僵硬表情，換了個說詞提出反問，也不是無法理解他為什麼會有這種反應。實際上，師團砲兵與砲兵師團的威脅程度可是天壤之別。

很可悲的，你沒誤會喔——譚雅接著說道：

「我能體會你想聽錯的心情，但這可不是師團砲兵的等級。給我做好會有砲兵師團的覺悟吧。」

她用拳頭輕輕搥了一下阿倫斯上尉的肚子。

在這瞬間，譚雅就伴隨著「還好有做好覺悟」的苦澀心情，回想起自己有預想到最壞情況的事。

在離開據點出擊，努力從事搜索活動後，要不了多久就接收到大量的通訊信號。這些強烈暗示著大規模砲兵隊位置的信號，儘管有經過加密，但要是有混入特有的重複信號的話，就能充分作為某種程度的間接證明了。

上吧——率領大隊立刻趕去的譚雅等人所目擊到的……是自己的預想並沒有錯的不幸的現實。

所謂的預想，似乎是愈不希望猜中的不好預想愈是容易猜中。姑且不論這是不是統計學上有意為之，譚雅不得不伴隨著確信，去相信壞預感的可信度。

「哎呀，真是羨慕。居然有如此雄厚的砲兵支援呢。」

她望著敵陣地喃喃說道。還真是漂亮地做好展開的聯邦軍砲兵陣地。軍團砲兵如此排開砲列的模樣讓人恨到不行。要是遭到這種砲列轟炸，光是這樣友軍就很有可能會遭到驅逐。

「準備反砲兵戰鬥。是襲擊戰。」

一聲號令之下，在空中組成三個編隊準備衝鋒。突擊航線是以敵陣地為目標的地面襲擊路線。就只是朝地面上的砲彈等可燃物資丟出幾發爆裂術式的簡單工作。

必須充滿氣勢——譚雅特意桀傲不遜地大聲喊道：

「各位，要讓他們好好見識一下航空魔導師的游擊性喔？那麼，上吧！」

「03呼叫01，是敵魔導部隊！」

收到副官的警告，譚雅就「當然會有吧」的嗤笑起來。砲兵會有航空魔導師擔任直接掩護，不論在哪個年代都是理所當然的。發現砲兵後，要從狩獵魔導師開始是當然的事。

「Engage！去殲滅他們！」

「確認到中隊規模的敵影。朝我方接近中！」

「哈，就這樣嗎！」

以砲兵師團的直接掩護來說人還真少呢——就在喃喃說著感想的瞬間。遠望到的砲列突然開始齊射。

仰角莫名地高呢——就在這樣想的瞬間。

「敵砲兵瞄準的是我們！」

收到慘叫般的警報後，譚雅忍不住重新看向砲列，注意到高射砲相當多座呢。

還真是奢侈不是嗎！

聯邦軍居然在砲兵陣地裡混著高射砲陣地！

「怎麼可能……」

打得中——就在正要苦笑時，譚雅注意到一件事。高射砲，如果要進行區域射擊的話……應該早就計算好空域了吧？

「Break！提升高度！」

會立刻發出警報正是因為相信自己的直覺。畢竟要去聽從不好的預感。

就在讓部隊脫離突擊航線後，緊接著在下方炸開的砲彈就像是要布滿整個突擊航線似的散發出碎片。

「居然是定時信管？嘖，真是準備周到。」

更進一步來講，就在我方為了迴避不得不讓隊形有點亂掉時……敵魔導中隊這不就衝過來了嗎！

「敵魔導中隊，衝鋒了！」

「爆裂術式，三連發！各中隊應戰！」

就算人數占優勢，也不覺得訓練水準會輸，態勢遭到擾亂也一樣讓人不滿。要是敵人的合作導致了好成果，心情就難以說是愉快。

然後，儘管善良的譚雅難以理解，不過愈壞的傢伙朋友愈多。壞傢伙總是是成群結夥的出現。

「CP呼叫 Salamander01，緊急聯絡！」

「這裡是 Salamander01，目前交戰中。該死，真纏人！」

朝衝來的敵魔導師的腦袋顯現爆裂術式，順便迴避敵人的光學狙擊術式。

「CP！是要緊急聯絡什麼啊！」

「確認到新的敵砲列！是火箭砲部隊！在貴座標的反方向展開中，陣地遭到火力壓制了！請緊急排除！」

光是要朝一個砲兵師團衝鋒，處理起來就很辛苦了，居然還有一個？就算說是數量主義，這也讓人稍微對聯邦軍的物資數量感到愕然。

「別強人所難了！目前正以現在進行式在攻打一個當中喔！」

「遭受到火箭砲的面壓制，裝甲部隊也會無法動彈的。中校，懇求妳了。」

「CP，這裡是Salamander01……把諸元送來。」

要忍住髒話是極為困難的一件事。不過，就靠著不得不做的義務感，譚雅請求了諸元。

「拜斯少校！就如你聽到的。兵分二隊！」

「真是亂來呢……就盡力而為吧！」

「你帶一個中隊留下！在這裡捉弄這些傢伙！我不期待騷擾以上的成果！允許你亂來，但不准勉強！」

「遵命！」

「其他人，跟我來。去狩獵敵自走火箭砲。準備搜索殲滅戰。這會是個忙得要死的一天，不過就去把工作確實結束掉吧！」

統一曆一九二七年四月二十六日　東方戰線　聯邦軍發起二次攻勢後

敵人、敵人、敵人、敵人。一望無際的敵人以波狀攻擊襲來的光景。那是與萊茵戰線不分軒輊的驚人的壓力集合體。

巨大的物資浪費。

名為戰爭的虧本生意。

愚蠢至極的人力資本消耗戰。

就算懷著「誰會被幹掉啊」的心情努力奮戰、擊退來敵，對手的氣勢也絲毫未減的話，會不由得對敵人凌厲的前鋒感到動搖，也是無可奈何的事吧。

不過當成功擊退時，心情也離喜悅相當遙遠。就連勝利的實感，實際上也只是勉強達成了不明確的防衛吧？

只要繳獲敵人的遺棄裝備或是清理戰場，為了努力重建防衛線而在戰場上適當徘徊的話，就算再不願意也會看到……敵方那被稱為「出處不詳」的豐富的裝備種類。

「奇怪，這不可能啊。」

譚雅邊發著牢騷，邊打量著跟友軍的最終任務報告上記載相同的，拋錨的聯邦軍遺棄車輛。

有聯合王國製的戰車也就算了。畢竟，姑且是作為敵國在交戰當中。所以就算會在東方看到也不奇怪。不過，當中居然混著並非眼熟的敵國車輛，而是曾在「中立國型錄」上看過的戰車是怎麼一回事？

「為什麼聯邦軍裡會混著『生產國不詳』的戰車啊。」

閃過腦海的是「租借法案」這個不祥的詞彙。

這我早就知道了，也早就預想到了。然而，實際看到的衝擊，還真是筆墨難以形容。

真想感慨這真不公平。

真想詛咒他們遭遇不幸。

不對，等等——譚雅對自己內心裡混入的煩悶感到不對勁。「詛咒」？也就是說，本人我，自由意志主義的自己，居然想依靠超自然的力量？

怎麼會——儘管不悅地這麼說，身體也還是不得不顫抖起來。

是被神、惡魔，還是其他之類的概念汙染思考了嗎？

這是在抹殺身為一名現代人的自己。

一想到這說不定是邁向讓尊嚴、自由意志、自己的決心，還有所有的一切都變得毫無意義的一步，就只能恐懼了。

由於太過恐懼，就連要忍住湧上的嘔吐感都很辛苦。

祈禱是太過充滿迷信的行為吧。如果要認同會讓存在X高聲大笑的行為，還不如一槍打穿自

解說

【租借法案】 如同字面上的意思，是種租借東西的借貸服務！不論武器彈藥、軍艦、戰車還是戰鬥機！這不是在提供武器喔，而是把多餘的東西租借出去的一種服務——就是以這種藉口進行的實質上的武器提供。

己的腦袋來得有益。

不過——譚雅儘管與祈禱、許願之類的行為劃清界線，也依舊不得不期待。再怎麼樣，明天也該按照預定把援軍送來了吧。

統一曆一九二七年四月二十七日　於東方最前線附近的村落

難得的訪客——這是譚雅對掛著鮮豔參謀徽章的上校的第一印象。

不過，也是讓人高興的訪客。

畢竟雷魯根上校可是兩手抱著咖啡豆與援軍，飛奔趕到了東方的泥沼裡。這要是會有人不歡迎的話，頂多就是討厭咖啡，有著希望獨占戰爭這種奇妙倒錯性癖的持有者吧。

總歸來講，就是與極具良知的譚雅完全相反的人。她不認為有辦法理解。

所以，譚雅帶著盛大的笑容歡迎著前來會合的將兵們。當然，對於帶隊軍官們的敬禮也沒忘了回以一如教範的答禮。

「好久不見了，梅貝特上尉、托斯潘中尉，還有維斯特曼中尉。」

一副你們回來得真好的態度，譚雅帶著笑容向一旁的上校表示敬意。

「有勞上校幫部下帶隊，真是感激不敬。」

「沒什麼，妳不必客氣。畢竟我也有事要來這裡呢。」

「來東方這個最前線嗎？」

「沒錯。」

參謀本部的人來到現場視察並不是什麼罕見的事，不過——朝著咦了一聲僵住的譚雅，雷魯根上校喃喃問出一句。

「我有點事要說，有不會受人打擾的地方嗎？」

「嗯，稍等一下。」

不需要去想他是要說什麼。想必是重要的事吧。這樣一來，這就是包含防諜在內的最優先事項。儘管想親自進行狀況交接與簡報會議，不過這些是能交給部下去做的工作吧。

一做好盤算，譚雅就稍微大聲地喊道。

「將校集合！拜斯少校、阿倫斯上尉，與會合組共享前線概要。格蘭茲中尉，期間內負責值班。」

「「「遵命！」」」

整齊劃一的答覆還真是可靠。

「副官，跟我來。」

「是！」

儘管在參謀旅行中有過多次解說當地兵要地誌的演習經驗，但話說回來，這還是第一次向雷魯根上校這種高級參謀進行解說。

絕對不能出紕漏呢——譚雅重新鼓起幹勁。

「那麼，就去走走吧。請跟我來，上校。容下官帶你參觀前線。」

讓副官擔任最尾端的警備，自己站在前頭後，譚雅就朝著不久前剛經過一場激戰，現在好不容易才平息下來的戰場遺跡走去。

只有雷魯根上校一個人的話是有自信能徹底保護好……不過，提心吊膽地擔心會不會有狙擊兵或殘兵潛伏也對心臟很不好。

不過，到底是有清掃過了。就作為已確保某種程度安全的場所帶領他繞了一圈，一面說明大略的地形，一面解說防戰的程序。

到這裡為止都還是常有的解說工作，不過一旦來到前線，就也少不了遭到擊破的兵器殘骸。

正好——譚雅介紹起眼前的強敵。

「……這是遭我們擊破的聯邦軍主力戰車。」

唔了一聲瞪大眼的雷魯根上校，觀察力也很不錯吧。在趁這個機會靠近後，就一面看著實際上的裝甲一面搖頭。

「……是有在資料上看過，不過在重新親眼確認過後，還真是驚訝這裝甲的厚度。」

「大半的攻擊都被這層裝甲彈開了。根據隊上裝甲將校的說法，就連戰車砲也要靠到相當近的距離下才有辦法擊破。」

這也難怪——雷魯根上校臉色凝重地點頭。

「這樣看來，就連絕大部分的現行主力戰車都不得不降級為『二線級』了。這會讓更新壓力提高多少啊。」

在有禮貌地保持沉默的譚雅與維夏身旁，雷魯根上校毫無顧忌地深深嘆了口氣。

「雖是敵人……這還真是讓人羨慕。到這種程度嗎？居然還有餘力開發、投入新型戰車到這種程度。」

用手指叩叩敲著裝甲發出嘆息的雷魯根上校，他的意見往往有點偏於後方的觀點。不過，既然是被迫必須更新大半主力裝備的參謀本部勤務人員，這就會是當然的觀點吧。

「貴官有以個人實際交戰過嗎？」

「下官曾與同類型的戰車交戰過數次。」

在譚雅回答後，雷魯根上校接著問道：

「交手時的坦率評價是？就算是個人見解也無所謂。」

「以我等第二〇三大隊的熟練戰技是有辦法勉強打破車頂。不過，過去的反戰車戰鬥教範已派不上用場。該認為一般的魔導部隊，反戰車戰鬥能力的有效性會極為有限吧。」

「不會錯的。這種裝甲，也難怪就連五十七mm彈都被彈開了。」

我看過報告書了——苦笑的雷魯根上校算得上是位誠實的視察人員吧。與缺乏想像力無緣，能修正自己的錯誤認知。簡直是理想的參謀。

所以，譚雅才想基於善意說出一點個人見解。

「搞不好，就連八十八mm都很危險吧。雖是恐龍般的進化，不過在東方戰線，一切都在以異常的速度改變。」

「難怪就算看過資料也一樣會困惑了。就唯獨這種感覺，不親自看過一遍是無法理解的呢。俗話說魔鬼就藏在細節裡，所謂的現場也有著獨特的感覺。」

「參謀本部所必要的是現場經驗吧。恕下官僭越，下官以為正是因為優秀，所以才容易落入某些陷阱之中。聰明的人，會用腦袋去理解事情。」

雷魯根上校一副妳說得沒錯的模樣，點頭同意譚雅的意見。

「可怕的是自以為理解，這話真是對極了。真的得說知道和體驗是兩回事呢。妳說得很好，中校。」

「這是下官的榮幸。」

「別客氣，正因為如此，才會有事情想拜託妳。」

見他朝副官瞥了一眼，就明白意思了。

退下吧——在擺擺手把副官趕走後，譚雅警戒地看向四周，也沒發現到異狀。

躲在戰車的殘骸後面偷偷說話，就不用擔心隔牆有耳吧。

「能請教密談的主題嗎？」

「就當作是私人的委託吧。不過嚴禁外傳。」

「是。」

看著端正站好的譚雅，面露猶豫的雷魯根上校開口說道：

「……我想請妳照顧客人，中校。」

「你是說，客人？」

「是的，妳沒聽錯……是軍事觀察官。」

咦？——譚雅歪頭不解。軍事觀察官該由戰鬥群這種臨時編制的部隊接收嗎？

不過，這種疑問也在聽到雷魯根上校接下來的發言後消失得無影無蹤。

「來的是義魯朵雅的上校。」

「軍事觀察官？而且還是上校級的！」

可是，可是。

跟雷魯根上校不同，譚雅·馮·提古雷查夫中校作為現場負責人毫不客氣說出該說的話。

「雷魯根上校，『我們可是戰鬥群』。」

「這我當然知道，所以？」

「真是說不過上校。坦白講，下官希望最好是能考慮由東方方面軍司令部，或者至少也是要由師團司令部接收。」

「會很為難嗎？」

面對詢問，譚雅深深地點頭反問。

「恕我直言，『這不為難』嗎？」

戰鬥群就本質上是以「臨時編成」為主。打從一開始就沒準備常設的司令部機能。作為母體的第二〇三航空魔導大隊由於具有多數航空魔導軍官在籍，所以能拿來代替幕僚任意使喚，算是不幸中的大幸吧。

這反過來說就是靠現場的努力。就像無薪加班一樣。很顯然地，現況下要是再接收貴客進來就將會導致人員過勞吧。

「戰鬥群完全沒有多餘人員。在這種連會不會有補充人員都很難說的狀況下，要妥當地接收軍事觀察官……」

「毫無疑問是不可能的。」

與其說是困難，倒不如說是不可能——正準備明確說出主張的譚雅，因為雷魯根上校的發言

錯失了下一句話的時機。

面對以「既然你知道的話」的眼神瞪來的譚雅，他的反應也讓人大感意外。

「不過，我無論如何都得拜託妳。」

「你說拜託！恕下官失禮，上校居然拜託區區的中校嗎？」

譚雅忍不住反問。這還是她第一次看到雷魯根上校低頭。

參謀將校、參謀本部的俊傑，而且還是走在將官道路上的菁英。這種人，居然低頭了？

譚雅就像是不知所措似的搖晃起頭。

「恕下官失禮，這不是參謀本部的軍令嗎？」

「這不是正式的命令。」

聽他如此斷言，反而更加困惑了。完全搞不懂雷魯根上校這究竟是什麼意思。

「這個問題或許很奇怪……不過能容下官直接詢問嗎？到底發生了什麼事？」

「……這是很正當的疑問。那麼，要從哪裡說起呢……不，也是呢，我就直說吧。提古雷查夫……我自即日起奉命擔任機動戰鬥群指揮官，接管指揮沙羅曼達戰鬥群。」

怎麼可能——譚雅毫不掩飾這種情緒的激動說道。

「下官從未聽說這個命令。在這種時機下，怎麼可能會發出這種人事命令？」

「就跟我說的一樣。所有的文件皆已準備齊全。任命書也已經發出了。」

很像是長年待在參謀本部的人會有的快手腳。將精通組織內部規則的軍務官僚嘴臉展現得活靈活現。

不過，這種天衣無縫的安排力道也是不對勁的根源。

「……還真是相當奇特的處理方式呢。」

要是做得這麼徹底，譚雅也應該會聽到一點風聲才對。報告、聯絡、商談可是組織內的大原則。避免下級機構因為沒接收到上意而陷入機能不全，也是能幹的軍務官僚的本事。

這項機能沒有發揮作用，抑或是沒有發動。

也就是說，這當中一定有著足以導致這種情況的背景。這樣一來，就簡單了。是這麼一回事吧——譚雅也想到大略的頭緒了。

「真希望不是作為『掩護』，而是真的在上校底下做事呢。」

「貴官總是這麼直接呢。」

儘管對苦笑的雷魯根上校感到抱歉，不過，譚雅還是「這可是重要事項」的進一步逼問。

「能請教這跟方才所提的義魯朵雅武官的事有何關聯嗎？不對，請稍等一下。以私人委託派遣武官……」

這本來的話會是越權行為。譚雅因為雷魯根上校的私人請求讓戰鬥群接收軍事觀察官這種事，是不可能會被容許的。

不過，如果將這安排成是由雷魯根戰鬥群接收的話？……不對，不可能用這種鬧劇瞞過軍事觀察官的眼睛……但要是打從一開始就是共犯，根本不用隱瞞的話，事情就說得通了吧？

這麼做的理由是？必要性是？

就在感到思考正逐漸逼近核心的過程中，譚雅啊了一聲，想到了一個假說。

「就容下官直問了。是與義魯朵雅的外交交涉嗎？『由身為參謀將校的你』？」

「……這種戰爭不能再打下去了。必須要在哪裡做一個了結，這點妳能同意吧？」

他這種回答，不就是實質上的肯定了嗎！

「我從烏卡中校那邊聽過貴官提議的即時停戰必要論了。總之，希望妳能認為這是我臨行前留下的禮物，兼工作活動的一環。」

「……接收軍事觀察官，會有助於交涉？」

「可期待獲得很大的回報。如今就稍微跟義魯朵雅的朋友做點親密交流也不錯。」

「真不知道傑圖亞中將閣下會怎麼說。」

「大概是——就讓他瞧瞧現場吧。」

唉——譚雅聳了聳肩。的確，參謀本部的高層腦袋都很靈活。是會說這種程度的話吧。說到底，只要考慮到雷魯根上校的立場，就能看出他有獲得高層部的認可。

「俗話說，百聞不如一見就是了。」

「就讓和平痴呆的義魯朵雅人見識一下銀翼的威武吧。」

可以嗎？──譚雅開口問道。雖說是戰場視察，但總之是客人。最好是能讓他看到乾淨的帝國軍。倒不如說，這正是主要目的之一，要是輕視的話也不知道會不會受到本國斥責──也不是完全不擔心這件事。

「……我不認為上校不知道我被稱為鏽銀的事。」

「妳又不是靠著自己人的血升官的。」

笑著說「別放在心上」的雷魯根上校也變得相當大膽了呢──譚雅苦笑起來。

「恕下官直言，上校。不論敵我，人命可是不分貴賤的。」

「妳嚇到我了，中校。就老實說吧。我從不知道貴官原來是人道主義者。何時改方針的？」

「這是個惡意的誤解。下官只是一個天生富有人類愛的善良個人罷了。」

「那就盡量以鄰居愛的精神展示銀翼持有人的威武吧。讓同盟國的各位友人確實知道帝國軍是一支怎樣的軍隊。」

不過看雷魯根上校點頭稱好的模樣，看來是杞人憂天了。倒不如說是相反吧？

「這難道是砲艦外交嗎？」

面對譚雅的詢問，雷魯根上校和善地微微一笑。

「這是對步履蹣跚的友人釋出的友情。」

也就是要展示強烈的忠告了。

雷魯根上校自己說不定沒有自覺，但不論是嘴角揚起的冷笑，還是那冷酷的眼神，都完全是名參謀將校了。

還是老樣子，是善良的個人也能作為邪惡組織成員完美並存的模範例子吧。

「喔，真可怕呢。還真是嚇死我了。」

「正因為認為他們是同盟國才會這樣做的喲，中校。」

是怎樣認為的啊？——就算這麼問，這也會是國家機密。深入追究的風險太大了。所以譚雅就曖昧地點點頭，若無其事地將話題轉到重要的實務上。

「然後呢？我要接收多長一段期間？」

「總之，參謀本部想把有關這次交涉的人員通通丟到東方來。以接待他的名義進行各種動作呢。」

「會拖很久嗎？」

「會有大量的幽靈指揮官、幽靈幕僚、幽靈參謀加入雷魯根戰鬥群的戰鬥序列大鬧一場。」

乍看之下是毫無關係的回答，不過所代表的意思卻很明確。一旦以某種方式借出名義，就甚至會有常態化的可能性。至少，在做出某種了結之前，短期間內會一直持續吧。就算考慮到參謀本部忠於例行異動與例行人事的人事方針，弄得不好別說是幾個月，甚至有可能要好幾年。

要說這有哪裡難受的話——譚雅在心裡邊打著盤算邊嘆氣。

就是沒有否決權。

譚雅．馮．提古雷查夫這名軍人有修完參謀將校課程。這換句話說，就是參謀本部能憑一己之見任意調動單位的身分，也就是簽訂綜合職契約的員工。

不論是上司，還是下屬，就連分配單位都無法選擇。

就連下達的命令，也豈止是行政命令，而是軍令。一旦拒絕，可不是遭到解僱就能了事，甚至還可能會派行刑隊過來出差。而且因為是公務員，所以就連罷工權也沒有。哎呀，還真是讓人驚訝的惡劣工作環境不是嗎？雖然明白，但還真是難受的現實。

「……如果可以的話，我想確認一下在運用之際的各種實務問題。」

「有關這部分，貴官會面臨到的實務問題幾乎沒有。我會做好一到任就患病後送的安排。」

「那麼，下官是擔任副指揮官？」

「戰鬥群的實質指揮權會獲得追認。此外，沙羅曼達戰鬥群這個名稱，也會容許以『雷魯根戰鬥群序列之下』的名目繼續存在吧。」

「了解。總歸來講，我會是不存在的雷魯根戰鬥群的副指揮官，並維持著沙羅曼達戰鬥群指揮官的地位。」

「沒錯。」

不過——欲言又止的雷魯根上校，最後露出了由衷感到抱歉的表情。

「怎麼了嗎?上校。」

「唯有一件事，無論如何都要勉強貴官答應下來。」

「勉強?」

沒錯——雷魯根上校帶著沉痛的表情開口說道：

「公報上刊登的戰果報告將會用我的名字，而不是貴官的名字。」

換句話說——雷魯根上校一臉羞愧地低頭賠罪。

「也會在名目上奪走貴官的軍功。」

當然——他慌張地把話說下去。

「參謀本部對此事完全理解。相信會在人事考核上盡可能地給予關照。只是，無論如何……都有可能讓妳在授勳與吊床號碼（註：依照成績順序排寢床號碼，並會依照號碼的高低決定升遷的速度的制度）的方面上遭到低估。」

拜託了——雷魯根上校深深低頭的賠罪話語，恐怕是發自真心的想法。

「對不起，還請妳務必諒解。」

唉——這讓人嘆了口氣。

譚雅嘆的這口氣不是因為失望。是儘管安撫著內心的興奮，卻也還是克制不住的鬆了一口氣。

不僅準備了名目上可用來推卸責任的負責人，還能夠做人情給那些管轄「參謀將校」人事的傢伙。到底為什麼要放棄這種機會啊？除非是想出名想瘋的傢伙，要不然都會發自內心地欣喜接受吧。

對極為富有自制心的合理現代人譚雅來說，答案是顯而易見。

不過，她不會以表面上看得出來的形式上鉤。就算表現得依依不捨會有點過火，某種程度的矯揉造作也一樣具有價值。

深吸一口氣，譚雅說出戲言。

「下官……是發誓願成國家公僕的軍人。」

作為大前提，將自己的立場明確化。

明確指出職務的範圍，就結果來說，會讓人容許用職責這個詞彙省略掉大部分的說明。

軍人即是要服從命令——這是顯而易見的定義。跟有所誤解的自稱軍人不同，譚雅是正規軍的軍官，所以這會是當然的事。

「不敢說毫無怨言，但下官可以理解。」

不過——也沒忘了要強調一下。如果不想成為方便的棋子，就算表現得若無其事也要強調自己的犧牲與貢獻。

自己究竟付出了多大的犧牲，做出了多少貢獻，要是不強調的話也會影響到之後的升官。也不能忘了要符合人性地，做出吐露真情的表現。

「不過，還是希望能有一定以上的關照。」

果斷提出要求。要求補償時，不能太厚臉皮，也不能太過謙虛。

「老實說，我鬆了一口氣。」

「咦？」

「我有做好說不定會被開槍的心理準備。」

「上校還真是會說笑。」

「那麼……」是在調整呼吸吧。

稍微搖了一下頭後，雷魯根上校開口說道：

「在觀察官面前，補給也會多少優待一點。不過就算是這樣，也沒辦法弄成顯而易見的波將金部隊。」

所謂的提議，不能讓雙方得不到好處。

至少，表面上要是這樣。

說難聽點，交易也就是基於良知的慾望的雙重一致性。就算是一百塊的水，也有辦法用五百塊賣掉。不過，想用一萬塊賣掉的人，就將會失去在商業交易上所必要的信賴這個單字。

投資並不是投機。

既然說會在人事考核上給予關照了，那在這件事上的要求就很簡單。說穿了，譚雅的要求就只保留在些許的物質要求上。

「那麼，就是咖啡與巧克力，然後希望能特別關照一下襪子。想領取等同戰鬥群人數的份量。」

「『襪……襪子』？」

錯愕反問的上校，因為穿著漂亮的軍服，所以才理解得這麼慢吧。理解在東方的泥濘裡，指揮官得為了一條襪子傷透腦筋的這個現實。

「以帝國本土環境作為基準的服裝規定，在這裡會很勉強。」

「就算是這樣，沒想到居然會請求襪子啊。」

「戰前的話還行得通，但如今是以本國外勤務為主流。希望能務必關照一下。」

我知道了——雷魯根上校儘管點頭答應，但還是一臉困惑。

「我本來打算也聽一下前線的意見呢。」

解說

【波將金】就是好看的裝飾品。說是粉飾似乎太過分了。就只是稍微「動點手腳」，讓情況符合利益罷了。就像是這樣，把事情粉飾得偏離現實的典型案例。畢竟不欺瞞前來視察的人，就沒辦法出人頭地呢。這是沒辦法的事。

對嘆了口氣的他來說，或許會有種聽取失敗的感覺。這或許可以說是議程設定失敗了吧。

畢竟——譚雅不得不帶著苦笑提醒。

「要是被問到戰局，大概就很難提出襪子的話題了吧。」

「就是說啊。不過我還真是作夢也沒想過，會有一天在前線被銀翼突擊章持有人請求襪子。戰爭還真是充滿著意外。」

是呀——譚雅也打從心底的點頭贊同。

就連自己在為了累積資歷決定從軍時都自以為有做好覺悟，知道軍隊會是個極不講理的地方。儘管如此，還真是從未想過居然會有一天，得為了確保襪子動用到人際關係。

到底有誰能預想得到啊？帝國軍這個精密的戰爭機器，裡頭極為精緻的齒輪竟會為了尋求襪子這種東西而感到苦惱。

「萬事拜託了。」

「嗯，那麼等一下，就來演一場繼承指揮權的鬧劇吧。」

「請交給下官吧。是要在大隊面前進行嗎？」

儀式、儀式、儀式。不過，畢竟是政治動物。只能死心認為這麼做也是有必要的。

「不，不需要做到這種程度。雷魯根戰鬥群就只存在於文件上。我想盡可能減少知道真相的人。」

「那麼，就只需要製作文件嗎？情報管制就限制在下官、副官，還有副隊長之間？」

「不需要做得這麼嚴格也行吧。不過，我希望能侷限在軍官之間。」

嗯——思考到最後，譚雅提出了一個要求。一旦要製作文件，僅限軍官就會稍微有點麻煩。

「可以的話，下官想將限制範圍擴大到指揮所的兵上。」

「可以。那麼，有關接收的事情，就拜託妳了。」

了解——答應下來的譚雅隨即大聲喊道。

「謝列布里亞科夫中尉！謝列布里亞科夫中尉！」

「是的，中校！」

把暫時離開的副官叫回來後，譚雅就直接下達命令。既然必須拜託人做麻煩事，當然是要拜託可信用的人了。

「雷魯根上校有指示。要我們立刻準備接收貴賓。」

「是的！貴賓嗎？可是俘虜的收容設施是在友軍的管轄之下。」

不對——譚雅忍不住插話。

「不是那種貴賓。是要端出正常的咖啡、溫熱的麵包的那種貴賓。」

「咦？」

「貴賓，是貴賓！」

「是……是的。」

一臉茫然的副官是只想得到俘虜吧。霎時就像無法理解似的，很難得露出了只能說是當機的困惑表情。

「貴賓之中，也是有不會朝我們開砲的傢伙在喔。」

對於咦了一聲，就像有點無法理解的部下，譚雅不得已，只好仔細地跟她重新說明。

「是同盟國的軍事觀察官，中尉。要是失禮的話，很可能會演變成國際問題。要徹底做好準備，絕不能發生意外。」

啊了一聲，就像理解般正要點頭的副官僵住動作，不知所措地注視起譚雅的眼睛。

「怎麼了嗎？」

「那個，中校。這要怎麼準備才好呢？」

「咦？」

什麼東西怎麼準備——正要詢問時，謝列布里亞科夫中尉就戰戰兢兢地開口說道：

「畢竟，是第一次……」

「唔，原來如此，是這麼一回事啊。」

不需要問是什麼事情第一次。

譚雅這時總算是明白溝通障礙的理由了。這麼說來，這個戰鬥群是專門針對戰鬥強化的呢。

「禮儀還真是麻煩。或是說，勤務兵和接待人員該怎麼辦……考慮到要兼作為護衛的話，就要有一定數量的魔導軍官與士官了吧……」

除了「互毆」之外都不太擅長。

這算是太過強化軍事通用性的弊害嗎？為難的是，也不能一味感慨著「真傷腦筋」，然後把任務丟回給上級。

「我記得應該有教範……不對，也把拜斯少校叫來確認吧。為了小心起見，我也想先重看一遍典禮諸則。」

統一曆一九二七年四月二十八日　東方戰線　沙羅曼達戰鬥群臨時野營地

是為了做好接待人員這種不習慣的工作，而在翻找資料時睡著了吧。在自己的臨時床鋪上醒來的譚雅，直到數秒後才理解自己為什麼會醒來。

「警報！全員就戰鬥位置！」

響徹開來的警報，將兵們四處奔馳的腳步聲。

啊，該死。

「咦？還來。該死，這也太忙了……」

聯邦軍也稍微怠工一下有什麼關係！是在傾銷勞動力，拍賣勞動者的權利嗎？該死的共匪，究竟是為了什麼的共匪啊？

不管怎麼說，譚雅是軍官，也是指揮官。是不會有人體諒她應該還沒睡醒的。

就算邊戴上軍帽邊快步衝進戰鬥群指揮所裡，糟糕，自己是最後到的。

「中校！」

「我遲到了。」

抱歉——邊微微向眾人低頭，譚雅邊開口發問。

「情況呢？」

直接的詢問，回答也很直接。所有人都明確知道自己該怎麼做的組織，是效率這個詞彙的體現者。

「航空魔導大隊已集結完畢。隨時可以出動。裝甲、步兵也皆已就位。砲兵也展開完畢。」

「辛苦了，副官。感謝……啊，還有這個！」

譚雅發出歡聲，微笑起來。居然還幫我送上醒腦的咖啡！

這就是能將想要的東西在要求之前就先準備好的部下的美好之處。即使是針對戰鬥輔助強化，也依舊忠於自身職務的謝列布里亞科夫中尉太棒了。

譚雅喝了一口送上的咖啡，停頓了一會兒。就算是遭到敵襲，該怎麼做也早就安排好了。事到如今沒必要驚慌失措。

所以有時間喝杯咖啡。下午茶時間或咖啡時間存在的事實，正是準備周到的象徵。

「中校，是據點司令部的聯絡。」

「他們做事也很快呢。好啦，拿過來吧。」

拿起聽筒進行簡短對答的內容也跟前幾天差不了多少。硬要說的話，就是在獲得增援後，想法也變得大膽起來了吧？

這次的任務跟前幾天不同，變得更加積極了。或是說，是沒必要拘泥在陣地防衛上了會比較正確吧。

「全員注意！我等沙羅曼達戰鬥群的任務是，主軍的掩護。」

「那麼，還是跟以前一樣擔任陣地防衛嗎？」

阿倫斯上尉一臉不悅地問道，到頭來還是不高興被拚命用在陣地防衛上吧。儘管譚雅不具備想衝向戰爭的感性，但如果是想藉由積極行動自發性解決問題的心情，就倒也不是無法理解。

畢竟放棄主導權總是件難以說是愉悅的事，會這麼想也是當然的。

「問得好，但不是。」

也是呢——譚雅接著說下去。

「就記好吧，阿倫斯上尉。」

就算非常不願意，但學習的成果就必須適當發揮出來。在戰場上，拙速勝過巧久。

「數量劣勢的一方就算集結起來也只會遭到吞沒。如不主動出擊，就無活路可走。上級司令部他們是打算發動攻勢呢。」

「那麼？」

沒錯——譚雅看著阿倫斯上尉充滿期待的眼神，向他點了點頭。

「你的部隊也要出擊喔。是全力出擊。」

「正合我意！」

很好——譚雅點了點頭，簡單概述起作戰概要。

「主軍會去擋住來敵。我們要趁這時以迂迴機動從側面捅下去。」

總歸來講，就是跟往常一樣。

活用帝國軍擅長的機動力，以精準的戰力集中解決問題。是鐵鎚與鎚砧的正統派，穩健的運用方式。

咧嘴笑起的航空魔導將校也都懂吧。不論是在萊茵、諾登、東方還是在南方大陸，要做的一直都是相同的事。

「可說是如教範一般典型的機動戰吧，也是我們所熟悉的戰法。」

如果是你們就不會有問題——譚雅向眾人保證。不對，實際上也能發自內心地相信他們。我很期待你喔，阿倫斯上尉——伴隨著這句話，譚雅輕輕拍打起部下的腰際。

「就由我們打開缺口，再由你的部隊與友軍步兵合作跟上的三階段去做吧。我相信如果是沙羅曼達戰鬥群，就一定做得到。」

這是以實績、信用、能力獲得的證明。可計算的確實戰力對管理職來說，就像是所有人都渴望得到的寶石。一旦陷入戰爭就更加是如此。在戰爭迷霧之前，「確實」的稀有性是沒經驗者怎樣也無法想像的。

「那麼，阿倫斯上尉、托斯潘中尉，我衷心期待貴官能與友軍適當配合。」

「「是的！」」

「這邊就全權交給較資深的阿倫斯上尉負責了，不過基於作戰性質，你們也會收到友軍步兵部隊的請求吧。就極力回應，不用擔心戰力的磨耗。」

姑且不論借花獻佛，我可是最討厭消耗自己的棋子。只不過，沒辦法挑三揀四是戰爭的為難之處。

「梅貝特上尉！就給你維斯特曼中尉的補充魔導中隊進行砲兵觀測。就儘管高興去用吧！」

「謝中校。不過，可以嗎？」

砲兵將校的視線朝看似充滿幹勁的年輕軍官瞥了一眼。嗯——稍微想了一下後，譚雅詢問起當事人的意見。

「維斯特曼中尉，補充中隊的情況如何？」

「沒問題，就算是補充中隊，也能承受住最低限度的要求吧。」

意志不錯。不過，他的答覆沒有達到譚雅所能接受的標準。必要的是質，如果不是能動的部隊就會跟不上戰況。

「你們還是在本營支援梅貝特上尉吧。」

「中校，我們也……」

「不行，中尉。我欣賞貴官的熱情。不過，你們配合不了。現在先退下。」

有點遺憾地垂下頭來的他會成為一名優秀的戰士吧。雖然譚雅無法理解，也毫無同感。

不過——譚雅重振精神，朝自己一手栽培的部下看去。

「大隊是要準備全力出動？」

「跟往常一樣呢。那麼，就出動吧。」

以點頭表示明白的拜斯少校為首，第二〇三航空魔導大隊的眾人還真是值得信賴。擁有信賴與實績的部下。哎呀，這可說是非常重要的。能相信只要結伴起飛，自己的搭檔——副官的身影就會在身旁也讓人很安心。

而且，副官也是個能陪我稍微演一場小短劇的對象。

「中校，是一如往常的機動戰呢。」

是呀——譚雅向謝列布里亞科夫中尉點點頭。航空魔導大隊要動起來才有價值。無法理解自己該做什麼工作的人比敵人還有害；反過來就是大大有益。

「雖是通常編制的大隊，但我期待你們能做出相當於加強大隊的奮戰喔？」

「就交給我們吧！」

雖是隨口閒聊的語調，但卻是以說給周遭人聽為前提的對話。為了讓將兵們聽見，誇張回應的副官把聲音喊得很清楚。

以說著「我們能做到喲」做出保證的模樣輾轉消除掉大隊緊張的表現，算得上是一種名人特技吧？我還真是培養了一個難能可貴的人才。

「……只不過，還是想恢復成加強大隊的員額數。」

最重要的是，能看出現場氣氛的人很珍貴。她還能顧到眾人的心情，讓語調低沉下來。

「補充人員的訓練會是今後的課題呢。」

「……只要有不錯的補充人員的話。」

「很難呢。最近的補充人員也都無法期待……」

就戰術面來看，新人只會是個拖油瓶；有即戰力的新人可說是幻想生物的夥伴吧。

不過，「還真是奇怪的發言呢。」譚雅朝副官笑起。

「謝列布里亞科夫中尉，貴官也變得很會擺老了呢。」

「咦，什麼？」

「貴官跟我本來也是補充人員吧？給我提高警覺。我可不想去申請副官的補充人員喔？」

在萊茵戰線，自己是與當時還是下士的她組成搭檔。兩人都是在戰力徹底不足時的補充人員。向低頭表示「是我失禮了」的副官點頭說「沒關係」後，譚雅就朝做好出擊準備的大隊迅速看了一眼。

裝備妥當，人員妥當，氣氛妥當。再來就是去將熟悉的工作確實做好了。

無法斷言這會是簡單的工作。

即使如此，也只要穩健去做就好了吧。出擊，路線是朝著敵地一路東進。在適當的時機運用作戰單位，甚至可說是帝國軍的拿手好戲。

被譽為航空魔導大隊本願的機動力、火力，還有衝擊力。

算了，就廢話少說吧——一副這種感覺的譚雅，就在簡單組成突擊隊列的友軍最前列上笑起。

問題必須要解決才行。

「那麼，大隊各員，要上了。雖是偽裝作戰……不過表面上就定為包圍殲滅戰吧。以一個魔導大隊迂迴襲擊敵後方，向敵人提供遭到包圍的恐怖滋味。」

數量劣勢的帝國軍要是老老實實進行據點防衛，就只會被數量差距消磨殆盡。只能率先去做敵人討厭的事，努力基於軍事合理性逼迫對手退後了。

以神出鬼沒的魔導大隊進行騷擾、擾亂攻勢。雖是窮人的戰術，但非正規作戰就連強大的歌利亞都會感到棘手，這故事算是很有名吧。

接受自己的弱小，針對敵人的弱點而不是自身弱點是優秀戰術。不過，還是想向逼得我們不得不採用這種戰術的戰略環境提出抗議就是了。

「不用我說，真正的目標是對前線的防衛支援。是想威脅敵方的後勤路線以促使他們撤兵。絕不能起殲滅敵野戰軍的貪念，做出擾亂戰線的行為。」

「那麼，是典型的佯攻嗎？」

「沒錯，拜斯少校。」

明確肯定後，譚雅靈巧地向他聳了聳肩。

「雖說，這本來就不是正常的戰力差了。」

譚雅喃喃說道，沉重地把話說下去。

「哪有可能真的去打什麼該死的包圍殲滅啊。數量劣勢也有個限度。我方部隊很可能會在包圍之前就慘遭驅散。」

要進行包圍，就必須要集結某種程度的數量。戰爭，也就是數量之爭。像羅斯巴赫會戰那樣與兩倍以上兵力為敵而華麗大勝，實際上是很困難的。

「過去曾將三個師團當成童子軍般驅散的我等第二〇三航空魔導大隊還真是感到無比落寞。」

拜斯的感慨是對的。敵人變強是個壞消息。

「嗯，會被對空射擊嚇得逃竄的軍官還真敢說。」

「這還真是嚴厲。可悲的是，最近『不逃』會很危險才是現實呢。」

在達基亞戰線是這樣沒錯。真是可悲，有別於過去的達基亞大公國軍，聯邦軍是名副其實的暴力裝置。

如要補充的話，就是聯邦軍正逐漸蛻變成專業人士。

近期內隨處可見他們疑似從意識形態偏重型組織，轉變為實利重視型軍事機構的傾向也很讓人苦惱。也無法奢望近乎傳說的霍耶斯韋達戰役那般奇蹟似的損耗比吧。

「總之，就是這樣了。」

「……不過，這實際上可是意外遭遇戰。敵方會有充實的對空防衛兵器嗎？」

「不錯的觀點呢，格蘭茲中尉。是想試看看你的腸子會不會再挨上一槍吧？」

瞥見到向部下說出危險發言的副隊長臉上滿是淘氣。儘管知道他是在玩，譚雅還是開口介入。

「到此為止，拜斯少校。別再玩部下了。」

「我這是在效法長官的作為。」

「就感慨已身不德吧。好啦，我的軍官們，是工作的時間了。」

出發兩小時後　帝國軍翼尖部　沙羅曼達戰鬥群

開始前進，收拾掉差不多的敵部隊後，譚雅的小規模衝突就結束了。畢竟打從最初就基於突襲敵側面這種直接的任務性質，沒有要與敵主力發生衝突。

也跟他們比較沒有遭遇到敵人有關吧。

「已抵達指定地點。梅貝特上尉表示可繼續砲擊支援。」

我知道了——譚雅向副官的報告點頭。

「回報CP。同時等待與阿倫斯上尉會合。嚴加警戒周遭。可能的話，就將散兵線……」

「司令部！司令部！請立刻支援！」「右翼正逐漸崩潰！」「砲擊支援還沒嗎！」「直接掩護的魔導師在哪裡！」

解說

【羅斯巴赫會戰】是七年戰爭中爆發的一場會戰。腓特烈大帝發揮變態般的巧妙用兵本領，率領人數居劣勢的普魯士軍贏取勝利。敵我的損耗比是一比二十左右。大帝儘管變態，但很強呢……

「嗯？是跟友軍的串音干擾吧。去確認一下。」
「奇怪。從這裡確認不到……不，等等。」
在遠望到連續閃爍的微弱閃光時就大致察覺了。
「中校，請看那邊。」
「是呀。該死，主軍右翼遭到攻擊了嗎？」
就算迂迴部隊已就定位，該作為錨砧的主軍要是被壓制的話就毫無意義。這邊明明就完成自己的任務了，是在搞什麼鬼啊。
我可沒有被分配到更多的工作。不過，在這裡隔岸觀火是二流的選擇。很明顯是要遭到解僱、撤換或降級的對象吧。
正因為能以綜合觀點做出判斷，才會是軍官。所謂的軍官，是能夠自主思考的管理人員。權限是與責任成正比的，責任也就是自身的職責。
與表面上或名目上的管理職不同，真正的管理職必須靠自己的腦袋思考。要是做不到，又怎麼能期望將來能身居高位？能希望只需把吩咐的事做好就好的，就只有微不足道的參與者。
只不過——譚雅苦笑。
因為連吩咐的事都做不好的人太多了，所以下級層級會有誤以為「把吩咐的事做好」就是最高價值的風潮也是在所難免的吧。

不過，放棄思考的人做的工作即是「誰也能做」的工作。創造附加價值需要巧思。為此存在的自我裁量權不是誰都能獲得的，能獲得這種權限也是受到期待的證明。

既然如此。

這種時候要是能趁機累積自己的功績，就該把握機會。

只要能繳獲新型或收集到相關情報，多少的超時工作都算在薪水範圍內。要是還能期待獎金的話，意外是筆公平的交易。

嗯——重新盤算起來的譚雅打定主意。

「這裡就交給阿倫斯上尉。告訴他，繼續支援友軍的側面攻擊任務。」

副官謝列布里亞科夫中尉就像確認似的以眼神詢問「要出動嗎？」，「當然。」譚雅意志堅定地點頭說道：

「一旦主軍右翼遭到敵新型攻打，機動戰的大前提——鐵鎚與鎚砧的平衡就讓人不安。說不定會被當成在多管閒事而遭到討厭，但也不該拘泥於界線袖手旁觀友軍的困境吧。」

解說

【霍耶斯韋達戰役】 普魯士軍（腓特烈大帝之弟領軍）與奧地利軍以幾乎同數的兵力交戰。戰後，普魯士軍受到的損害最多也只有百人左右的樣子；奧地利軍則陣亡六百人，遭俘虜一千八百人。

「誠如中校所說的。」

「很好，聯絡司令部。同時集結部隊。」

把事情交給回著「遵命」答應下來的副官就沒問題了吧。那麼——面向長距離通訊機的譚雅工作是強賣人情。

「ＨＱ，這裡是Salamander01。希望優先處理。」

「Salamander01，貴隊的負責戰線也有敵增援嗎？」

這是在向已經很緊張的對象提案。多少紓解一下緊張感也會談得比較順利吧。面對語帶緊張的回應，譚雅特意以輕鬆的語調回答：

「Negative。我方已就指定位置。現在能派遣一個魔導大隊支援主軍右翼。包含指揮官在內，大半是自萊茵以來度過各種戰場的Named。如有必要，請下令。」

「ＨＱ收到。不會對維持現有戰線造成障礙嗎？」

「如果後續部隊正在趕來，就幾乎不會。外加上，就算我隊維持住這裡，要是主軍右翼遭到擊潰就毫無意義了。」

「……請稍等一下。」

司令部對這件事毫無迷惘。考慮到詢問的時間，無線電是以只能說立刻的速度傳來指揮官的聲音。

「中校，妳能上嗎？」

「是的，閣下，如有必要的話。」

「有必要。」

直截了當的說法並不壞。在變化不斷的戰場上，愈是能迅速做出適當判斷的軍官就愈可靠。

「那麼？」

「右翼有很多新兵。應該是分配了負擔較輕的戰區，卻遇上敵人的新型。這種時候如有剩餘兵力且能派出戰力的話，就想請妳去一趟。」

「遵命。」

「拜託妳了。」

伴隨這句話掛斷的無線電還真是性急，換句話說是件好事。這世上有慢了會不好的事，卻沒有快了會不好的事。

也符合譚雅的個性。

她朝副官看了一眼後，就宛如一拍即響。

「航空魔導師已集結完畢！」

「辛苦了，謝列布里亞科夫中尉。動作這麼快很好。不對，該說幸好還沒分派到散兵線上吧？」

「就是說呢。那麼，就跟往常一樣？」

沒錯——譚雅向一臉明白的副官點頭。

「戰鬥群長通知全體戰鬥群。航空魔導大隊毅然決定前去攔截壓迫右翼友軍的敵新型。各隊在收到其他命令前，依照前令維持前進陣地。」

就拜託了——說完這句話，譚雅就率領著自己一手栽培的部下開始出擊。

於是起飛的大隊沒有必要以上的緊張，也沒有過度的鬆懈，是宛如鍛鍊過的肌肉般緊實的戰力。

這就是帝國軍的標準——無法如此自豪還真是可悲。

「……看樣子，混亂狀態還沒結束？」

譚雅在空中喃喃自語。一旦是救援任務，友軍的通訊混亂就是司空見慣……但以雜感來說，混著雜訊的通訊也太過分了。

可以說愈是接近，不好的預感就愈加嚴重吧。

「Group leader 呼叫戰鬥群各員。是敵人的新型。很遺憾的，相當能幹。」

「防禦殼太厚了！爆裂式系打不穿！」「給我集中火力！用光學系術式單點突破！」「不行！太硬了！」

譚雅．馮．提古雷查夫中校聽著這種摻雜慘叫的通訊在空中全速奔馳；金髮隨風飄揚，她雪白的纖纖玉指緊握著手上的演算寶珠。

光看畫面，那會是女武神，或是足以評為天使般嫵媚的飛翔倩影。

儘管如此，內在卻是完美的自我保身主義者。只不過，她並非沒有工作能力。本人有著也能確實理解現況的自負。

並同時以最大限度展現自己所能做到的事。這是簡單明瞭的真理吧。不過，正因為她是這種人，所以也不是對現況毫無意見。

她嘟囔起某種抱怨。

「……敵人的新型很棘手嗎？」

「居然是新型，聯邦軍不知好歹的程度還真讓人困擾。像我們這樣用習慣的道具不就好了。」

格蘭茲中尉應和著。譚雅是在自言自語，但他似乎是很老實地有了反應。不過，與部下交流也是上司的工作。

「你說得對呢，中尉。這似乎會很麻煩。」

「不過也正因為如此，才需要我們出馬吧。」

對格蘭茲中尉來說，這是非常認真的一句話吧。不過，也是讓譚雅忍不住微微苦笑的一句話。

「你也變優秀了呢。真了不起。讓人懷念起在萊茵像頭小羊一樣顫抖的貴官。」

「俗話說打鐵趁熱，是砲彈讓我熱起來的。」

哎呀，就連耍嘴皮子也變得這麼會了——譚雅佩服起來。實際上，過去的他可是名恐怕會不敢回嘴的年輕人。該說他有了相當長足的進步了吧。

「是想說你闖蕩過戰場了？有聽到吧，拜斯少校。」

「哎，火候還不夠喲。他的遺辭用句算得上是富有風趣，但有點太過直接了呢。」

「就是說呀。好啦，就適可而止吧。雖是我起的頭，但也不能在友軍苦戰時愉快聊天吧。」

「『收到。』」

「……能在上戰場前好整以暇是件好事呢。」

她哼了一聲嗤笑起來。

然後傾聽著開始往來交錯的友軍通訊。

「Group leader 呼叫各隊！狀況，回報狀況！」

「不准離開崗位！保持隊列！」「等等，第三中隊的指揮官是誰！不是01嗎！」「請求支援，十萬火急！」「遵守代碼！向哪個空域請求支援！』

「砲擊支援，沒有砲擊支援嗎！地區B23！趕快壓制！」「觀測魔導師快送出諸元！」

相當混亂呢——譚雅真想嘆氣，

「收到的友軍通訊還真慘呢。」

謝列布里亞科夫中尉朝著喃喃說道的譚雅一臉凝重地點頭。

「聯邦軍反倒是氣勢相當高漲吧。儘管只聽到片段訊息，但從友軍的氛圍看來，是被對方的氣勢壓倒的樣子。」

「我等萊希的將兵被敵人的氣勢壓倒了嗎？」

譚雅用鼻子輕輕哼了一聲。

靠質量優勢與組織力克服數量劣勢的軍隊怕起敵人了？

這樣還打什麼仗啊。

我是不打算陷入全面肯定精神主義的思考停止狀態，但也不可能容許輕視士氣這樣要素吧。

首先，畢竟光是靠「工作價值」這句魔法話語，就能催生出不惜進行黑心勞動的「勤勞者」了。

話語不是能隨便輕視的東西。

「01呼叫02，看來我們會比預期的還要受歡迎呢。」

「02收到。就誠如中校所說的。」

「中校，梅貝特上尉表示據點防衛的戰力不足。」

「……有道理，稍等我一下。」

該分派格蘭茲中尉回去嗎——譚雅沉思片刻。留守的兩位上尉都是在某種程度內很能幹的可信賴人物。

梅貝特是砲兵專家；相對地阿倫斯是裝甲專家。這是很平衡的分配。尤其阿倫斯上尉是名能幹的裝甲指揮官，相信會展開機動防禦戰吧。

當然，就算是裝甲部隊也沒辦法長時間獨自作戰。外加上光靠補充魔導中隊，陣地防衛與彈著觀測精度也讓人不安。就算有著一副現在正是砲兵發威之時氣勢的梅貝特上尉支援，既然砲彈有限，就難以擺脫資源的限制吧。

不過，也不是「立刻」就會崩潰。

「Non。要他們用手邊的戰力守著。不會拖太久的。」

不能忽視戰力的分散。

與其猶豫，還不如集結戰力衝進戰區以求早期解決——譚雅打定主意。

「就趕緊行動吧。」

「就這麼做，也不能讓他們等太久。」

就這樣，譚雅咬緊牙關地前進。光看外表，甚至會覺得那雙散發堅強意志的凜然碧眼，彷彿在述說她不畏恐懼的勇氣，咬緊牙關的白皙皓齒就像是在表達她對友軍困境的擔憂。

然而有別於外表，譚雅是在心中盛大地後悔自己的決定。

直接說出心聲的話，就是對敵方新型似乎比預想得還要優秀這件事的警戒心。不久前還打著既然有新型出現，就去接觸一下收集情報，可能的話就順便繳獲的主意。

大半時候，所謂的新型都會是實驗白老鼠。但就算是這樣，只要能繳獲聯邦的新型，就能獲得相對的功績。儘管打著這種輕率的主意，但打從一開始就戰力化的話就有點不太妙了。

雖然認為敵人應該也沒充裕的時間熟習新型吧……但這項判斷也會是錯的嗎？

總之，不進行接觸是不會知道的。

「Group leader 聽到請回答。這裡是沙羅曼達戰鬥群01。聽到請回答。」

目前通訊線路的狀況良好。外加上只是要求情報的話可是免費的。懷著他應該很忙的心理準備乾脆地開啟通訊線路後，一下子就 ping 上了。

「Salamander01，這裡是 Group leader！」

「Group leader，這裡是 Salamander01，沙羅曼達戰鬥群目前已派出一個魔導大隊趕去。請發送敵新型的情報。」

與右翼確立連線了——這件事讓譚雅微微綻放笑容。是似乎能進行組織性抵抗的徵兆。組織尚未瓦解是個好傾向吧。

「很遺憾的，這很困難。」

「……困難？恕我失禮，這是什麼意思？」

「現在前線正陷入混亂，無法發送詳細情報。」

譚雅蹙著眉頭在心中喂喂喂地喊著，友軍管制官甚至還用懇求般的語氣提出了要求。

「我有聽聞過貴隊的威名。如果有辦法的話，希望貴隊能在接觸敵方的同時，逐一回報右翼的狀況。」

「我隊並未攜帶偵查觀測任務的裝備。會以襲擊裝備衝鋒。」

「Group leader 收到。這是有辦法再去做的請求。」

「Salamander01 收到。我理解並尊重這項請求。我們會盡最大的努力，但請體諒我們的能力有限。」

「這是當然。那麼 Over。」

唔了一聲，譚雅暫時專心思考起來。通訊很簡短，但內容卻很詭異。前線部隊的混亂雖是常有的事，但這怎樣都讓人有種不只是受到襲擊而混亂的印象；感覺就像是無法對抗新來的敵人而陷入恐慌所導致的崩潰。

不用搞不好，現況就是自己主動闖進了危險地帶嗎？

「拜斯少校，友軍無線電的監聽與解析如何？」

「很慘。就從監聽到的無線電來看，友軍就像是外行人一樣。竟然還用了未經加密的明碼文件在嚎啕大哭喲。」

「新兵就是這樣吧，少校。」

「就連魔導將校，最起碼是到中隊長層級都有陷入錯亂的跡象呢。」

讓人忍不住想吹起口哨的慘況。

她是不會說自己旗下的戰爭販子是標準的帝國軍中隊長層級。不過……不過……一旦當上帝國軍的中隊長層級，就會要求具備應有的能力。

不論是古羅馬軍的百夫長，還是戰列艦的水手長。中間管理職爛掉的組織是沒有未來的。

要說的話，就是像譚雅過去跟隨的史瓦魯柯夫中尉那樣支撐著優秀現場人員的立場。這種人陷入錯亂？

「右翼的救援說不定會比想像中的還困難。」

部下是戰爭狂，但我自己可是保身主義者啊——她在心中猛烈地後悔。

「傷腦筋的是，少校。要是遲到的話會很丟臉。」

「就盡可能努力活躍吧。沒什麼，格蘭茲和維夏等中尉他們可是年輕人。」

譚雅哼了一聲，配合副隊長說笑。

「喂喂喂，我也一樣很年輕喔。」

輕輕咦了一聲的人是副官。不會聽錯的。立刻瞪了過去後，那裡有著一張就像是寫著「糟糕」兩字的表情。

「謝列布里亞科夫中尉，妳有意見？」

「恕我失禮……中校是那個？」

「怎麼啦，副官。是想把我排除在外嗎？」

她「是的」點頭，讓譚雅嚇了一跳。

「如果校官也要有相對應的體統的話。」

「……原來如此，妳說得沒錯。」

譚雅才想說奇怪，就聽到她回了一句意外的話。這樣譚雅也無法反駁了。體統、威嚴，或是伴隨職務的權限。

要說自己有著與年輕截然不同的老成就會是這樣吧。如要將外顯而出的成熟內在評為人德的話就沒辦法了。

「CP呼叫戰區管制。沙羅曼達戰鬥群正前往戰區增援。預定六百秒內抵達。」

不過事到如今要是不阻止的話，就連自己也會被捲入麻煩事態裡。所幸，既然肉盾沒有全滅，還只需要從後方掩護的話，就當作是運氣好吧。

「全員準備戰鬥。要衝鋒了！」

遵照戰區管制官的引導開始衝鋒後，有什麼很奇怪。

要問是什麼很奇怪，也有點不知道該怎麼回答。不過，在偶然注意到後，答案就不言而喻了。通訊未免也太清晰了吧！

……敵魔導師為什麼沒有進行干擾？這裡要是達基亞，就很清楚是敵人未具備這種能力。

這裡要是諾登，就很清楚協約聯合軍好像本來就沒預期會爆發正式的武力衝突。

但是，這裡是東方戰線。是帝國軍與聯邦軍將龐大的國力不斷投入無意義的消耗戰中，盛大地持續消耗生產力的奇怪空間。

在這裡，航空魔導師完全沒進行干擾是件非常奇怪的事。要是敵航空魔導部隊還靠著新型寶珠大顯威風的話，可說是更加奇怪了吧。

譚雅板起宛如人偶的臉蛋，將警戒度提高一級。

只想像得到糟糕事態的蹙起眉頭。

「Char……Charlie leader 呼叫 Salamander。正在發送資料中。」

光是聽到發送來的概要，就不容拒絕地理解到事態的嚴重性。所謂的前線是一條千瘡百孔的可笑戰線。就連應該要有的據點都已經遭到蹂躪了嗎？戰線被截斷到讓人忍不住想抱怨幾句的程度。

「……這也撐太久了吧。真是由衷感到驚訝。為什麼都到這種狀況了，戰線還沒有瓦解？」

雖然有想說現場是不是崩潰了。

「友軍能支撐到現在是個奇蹟呢。果然是靠老兵在撐著嗎？」

是下級指揮官的本事吧？

儘管人數不多，也依舊混著幾名行動不錯的軍官，勉強遏止住決定性的崩潰吧。這正是在崗位上的最佳作法。

然而，在闖進戰區後收到的資料，真是讓人不得不愕然。

友軍魔導師大隊被敵魔導師中隊突破截斷，最後還是友軍步兵部隊在個別抵抗。一言以蔽之，是就算形容是慘遭蹂躪也無妨的狀況。

而且，還是聯邦軍魔導「中隊」在蹂躪帝國軍魔導「大隊」。

「難以置信……難道不是反了嗎？」

要說這是傲慢，我就承認吧。但就算是這樣也難以接受。

帝國軍被聯邦軍的質壓倒了？怎麼可能。

「訓練水準的差距竟會逆轉到這種程度？或者那是傳聞中敵方的近衛魔導部隊嗎？不管怎麼說，這可不是開玩笑的啊。」

「不過，中校，情況很奇怪。」

「等等，拜斯少校，是哪裡奇怪？」

譚雅一面詢問，一面將視線集中在敵部隊上。

「敵魔導中隊的動作，該怎麼說才好，不覺得太過直線了嗎？」

「……的確。」

是簡單明瞭到會想譴責自己「怎麼會等到他說才發現啊」的事實。敵部隊的動作難以說是優秀。

「而且就假設是以精銳為對手來說，友軍的步兵部隊似乎也太驍勇善戰了。不是不好，但不可能。」

他們能抵抗到這種程度，肯定需要某種其他的原因。

「外加上，友軍陣地還有複數健在？原來如此，是很奇怪。」

就老實說吧。這是個難以想像的狀況。

優秀的航空魔導師會是對地攻擊的專家。如果敵人投入了新型演算寶珠，應該會進入對地蹂躪戰造成屍橫遍野才對。

也沒辦法用一句友軍的努力，就把支撐下來的現況笑著帶過。

「……該不會是誘餌吧？」

適當地打擊陣地把航空魔導師引誘出來，感覺也像是陷阱捕獵的典型手法。假如這種可能性很高的話，就只能找個適當的藉口全速反轉離開了。

「姑且向友軍確認一下這是不是個陷阱。」

「怎麼能問對方這麼失禮的事啊！請別強人所難了。」

「怎麼啦，你們莫名客氣呢。」

在「咦？」的僵住表情的部下面前，譚雅不得已只好自己呼叫起現場人員。

「這裡是Salamander01。想詢問一下。敵人沒有鎖定各位攻擊嗎？還是儘管有打卻打不中？」

所幸，這次也未受干擾就連上通訊了。

……果然很奇怪。緊抿著小巧唇瓣，在內心底打著逃跑的盤算。譚雅邊想著退路邊等待答覆。

「妳是在開玩笑吧！不僅是遭到猛烈攻擊，要是被那誇張的威力擊中，可是沒辦法平安無事的！」

「我理解了。也就是相當頑強且火力強大，但不用特別擔心會被擊中吧。」

「……順道一提，防禦殼還硬得誇張。」

「具體來說是？」

「不用八十八mm直擊就打不穿。」

「……真傻眼。」

忍不住想抱頭但克制住了。考慮到士兵的目光，改以雙手環胸代替。

「嘖，看來是出現了不同以往的對手呢。」

答案看樣子是誇張火力與重裝甲。就算命中率低，也打算靠火力彌補的概念。考慮到硬得可怕的防禦殼與防禦膜，是徹底的機能特化。

……「是要靠減法，而不是加法」去設計的吧。

設計者毫無疑問有著大量生產思考並適合戰爭。相較於修格魯主任工程師，聯邦軍在這種地方上很正常嗎？真搞不懂。

所幸，敵人的動作似乎很遲鈍，所以也有辦法對應吧。不過戰術必須得多花點功夫。換句話說，就是需要稍微鋌而走險。

這次有肉盾在，所以會相當輕鬆……譚雅才剛這麼想，就想起這次是救援任務，落得重新忍住咂嘴的下場。

也不能對地面的友軍見死不救。

啊，該死，已經能看見敵人了。

該怎麼做？不管怎樣都只能先打再說了。

「反魔導師戰鬥的基本是一擊脫離。各位就稍微試一下吧。」

雖是超長距離，但部分敵魔導師已進入攻擊射程圈內。迅速將魔力灌入九七式突擊演算寶珠，就連事先儲藏的凝聚魔力都毫不保留地注入。

這儘管是類似長距離砲擊的爆裂系，不過由於友軍有保持距離，所以不用擔心誤炸。雖說如有必要的話，也打定主意要不惜誤炸……但也不用在不重要不緊急的時候這麼做。

在寶珠上顯現術式。

一面高速飛翔，一面將鎖定範圍縮小到極限的顯現爆裂式。邏輯與魔術的成果干涉世界，最後以不可能脫離的速度在敵中央引發強烈爆炸。

是朝著為了展開對地蹂躪戰而聚集起來的蠢蛋發出精密且超乎常規的一擊；是將魔力注入到

短期注入極限等級之後再擊發的攻擊。她有著確實命中的手感。
就連譚雅自己都在心中期待著某種程度的戰果。
「怎麼可能！健在！目標居然還健在！」
衝擊太過於強烈。過度的驚愕，令譚雅都忍不住在空中茫然佇立。
譚雅忍不住因眼前的光景瞠目。不對，不只有自己。
「……太驚訝了。吃了中校的一擊後，別說是浮空了，居然就連飛行都沒有出現障礙。」
副官說的是事實。
這是尋常魔導師光是吃到就會墜落規模的爆炸。不論是在萊茵、諾登還是在南方大陸，譚雅與她的航空魔導部隊都證明了自身的能力。
僅此瞬間。
聯邦的魔導師在他們面前承受住了直擊。
「坦白講，真難以置信……繼續攻擊！」
將術式改為引導系，提高打擊力與部下一起朝敵部隊齊射。
「引導系，已著彈！」
「目標仍舊健在！」
喂喂喂——這堅固到讓人想笑。包含 Named 在內，就連在帝國軍中也算是強者雲集的第二〇三航空魔導大隊，居然就連敵人的一道防禦殼都打不穿？

「敵兵正朝我方急速接近！被鎖定了！」

「開什麼玩笑啊！」

該死——即使破口大罵，也有確實在動手繼續工作。

「再硬也要有個限度吧！」

譚雅將「這不可能吧」這句話吞了回去，重新檢討起術式。判斷就只能試著將貫穿力提高到極限了。

「用集束系統的光學系攻擊！給我確實打穿！」

伴隨著抱怨，裝填子彈、顯現、開槍。

「直擊！」

可惡——直擊後疑似依舊健在的敵人身影讓人咬牙切齒。這可是連在光學系狙擊式中都算是特別強化貫穿力的一擊啊。

不對——譚雅就在這裡修正評價，判斷也有對敵人造成些許打擊吧。

敵人的防禦膜全壞，防禦殼也似乎不是完全沒有受到打擊。從動作惡化變得搖搖晃晃的情況來看，敵人也受傷了。

那個是……出血了嗎？至少證明了有辦法打穿。這是個不錯的徵兆。

「只要集中火力，就有提高把握的手感呢。」

能找到「有用」的可能性是個讓人高興的驚喜。她立刻重新檢討攻擊方式。敵人很堅固且富有火力。結論，以超長距離的狙擊擊破是正確答案。可能的話，從高空的不間斷射擊是最佳答案。

「活用速度！他們的機動力不高！進行不間斷射擊！」

在這種狀況下，該如何對應地上的當地部隊就等之後再想吧。現在總之就以迎擊最優先。畢竟都冒險前進到這裡了。可不能空手而歸。

正因為如此，於是打起就憑藉速度玩弄敵人的盤算。

這麼做的結果，讓這件事結束得比想像中的輕鬆。

「衝鋒、衝鋒！去炫耀自身的速度吧！」

「掩護拜斯！代替煙幕，不要停止爆裂術式！」

讓大隊前衛衝入敵陣，譚雅自己率領著後衛組從高空展開長距離射擊戰。就算缺乏效果，爆裂系也是遮蔽視野的最佳選擇。

當然，混戰中的爆裂術式總是帶著誤炸友軍的風險。正因為是高手雲集且默契絕佳的第二〇三航空魔導大隊，才有辦法實行這項戰術。

沒有會誤射我方的蠢蛋。這要說的話，就是不遮蔽射線，但也不怠慢掩護。

幹練的軍人還真是讓人感激，也幸虧不缺能在這場混戰當中依舊有辦法狙擊的高手。

如果是光學系集束式的話，就連厚重的防禦殼也有可能貫穿。儘管未必能一擊必殺，但至少能造成有效打擊。

只要能藉此牽制敵人的動作，料理起來就簡單多了。之後不論是讓貼近的隊友拿魔導刀砍死他們，還是遠距離把他們打成蜂窩都行。

「空域清空！」

「辛苦了，少校！」

不管怎麼說——或許該這麼說吧。

襲擊友軍主軍右翼的聯邦軍魔導部隊在徒勞的奮戰之下，遭到第二〇三航空魔導大隊大致解決。

敵人的組織性抵抗已遭到瓦解。

「各位，幹得好！」

譚雅滿意地點頭後，迅速確認起部隊的損害。

自己的中隊是燙傷程度，其他兩個中隊也沒有太大的損害。正因為有著損害會再大一點的心理準備，所以是個令人高興的誤算。

另外，雖是多餘的消息，但遭受突擊的友軍部隊儘管被逼入絕境，但損害本身似乎也很輕微。考慮到將來，也有必要詳加調查損耗比率吧。

不過，現在是該擴張戰果的時機。

就算是視死如歸的剽悍聯邦兵也一樣是人。如果是受到督戰的話也就算了，一旦「部隊」遭到「擊破」，就會不得不意識到「生存」。

人類就是這種生物。

「敵人動搖了！Salamander01通知全員。毅然進行追擊戰。去粉碎敵軍戰意吧。」

大喊「衝吧」並奔馳著還真是痛快。

那些僵住的傢伙這樣一來就潰不成軍了。

譚雅一副「哈哈哈，瞧瞧他們那副鳥樣」的態度笑起。這是受到出色管制的暴力將曾受過管制的過去式暴力驅逐的最棒景象。

譚雅這時才總算恢復理性的一面。頻頻反省自己似乎太沉醉在戰鬥這種異常事態之中了。

本來的目的是敵新型的繳獲。雖說讓別人去幫忙收拾自己擊墜的獵物也不是不行啦。

「搜索敵魔導師的墜落地點。目的是回收全副武裝。儘管也想收容遺體，但要是能確保俘虜的話，就以俘虜優先吧。」

首先就以當初確保敵新型演算寶珠的目的優先。

有辦法的話，也想盡可能收容聯邦軍魔導師的遺體，藉此掌握敵人的武裝與健康狀態，她也下令回收。

「時間有限。動作快。」

所幸有逮到一名苦撐著想恢復管制的當地部隊的士官，要他提供協助，人手相當充足。這當然是命令。不過，也沒忘了客氣地補上一句「請你幫忙」。畢竟遭到現場厭惡的管理職所能做的事情有限。以粗暴口吻指使他人這種事，如果沒必要就該避忌是當然的吧。

讓人煩惱的是，就連這種事也不懂的新人太多了。說到知道那些傢伙作為綜合職被僱用時的絕望啊……

算了，我有向歷史學到教訓了——譚雅苦笑。

也就是要仿效前例。

只要遵循反覆嘗試後成為標準程序的方式去做，大半時候都會順利。

「還有，去調查友軍部隊的損害。」

「咦？」

「我想知道其他部隊的相對損耗。出現犧牲總是會讓人心痛吧，但我判斷應該要去了解一下情況。」

雖是在模仿政治家，不過呢，這該說是有益的訣竅吧？

假裝關心這方面的損耗是想飛黃騰達的人的必備技能，而裝出一副感同身受的樣子也是很重要的社會技能。尤其考慮到在「組織內部」的對內宣傳的話，就絕對不能怠慢。

不論事實如何，形象都非常重要。儘管這就跟「我很遺憾」是相同等級，但選舉也證明了這麼做確實有效。因為這世上還有著同情票這種意義不明的選票在。或是說，有時光是不被討厭就能獲得選票。搞不好甚至有可能成為決定性的一票。人類就是這種生物。

所以在這世上姑且不論有沒有感同身受，如果只是要假裝有的話，在有餘力時裝一下是不會吃虧的。

「遵命。」

我戰隊的士兵就在行了個迷人的敬禮後飛奔而出。

如果是他們的話，就不會懷疑我的意圖吧。

比起讓譚雅咧著嘴笑說「我很遺憾」，他們要是能真摯地感到同情的話，也能夠增加可信度。

譚雅就在這時呼地嘆了口氣說出感想。

「真是麻煩的對手呢。總之很硬。讓人討厭的硬。」

就連萊茵戰線的共和國軍 Named 都沒堅固到這種程度。當然，他們也相對地富有機動力與火力，所以要問哪一邊打起來輕鬆的話，聯邦的新型就跟野鴨一樣……不過光是比 Named 還要堅固的防禦殼，一般來講就是個威脅了。

「不將高度差當成一回事的硬度，真讓人厭煩。」

譚雅點頭贊同副官的話，苦澀地狠狠說道：

「就連我們都打得這麼費力喔？這樣一般的步兵部隊會束手無策吧。靠步兵砲的威力，很可能會在打穿防禦殼之前先慘遭蹂躪。」

實際上，不得不說真的出現了很棘手的新型。總而言之很硬這點，要擊墜就得花費相當長的時間。

考慮到這是以數量主義的聯邦為對手，這就會是個無法忽視的重大問題。特別是在遭遇時，地面部隊的損害將會達到難以容忍的程度吧。

倘若地面部隊的主力是由幹練士官率領的精銳部隊的話，情況說不定就會稍微不同了……

「真是慘不忍睹。只懂得驚慌逃竄的我方新兵與隨便亂追的聯邦兵。」

絲毫感受不到訓練水準的空虛消耗戰。是個會讓人實際感到戰場上逐漸呈現出外行人互相廝殺的局面而忐忑不安的結果吧。

就彷彿述說著帝國在東方戰線確實深陷泥沼不能自拔的困境。假如在我們為此疲於奔命時，世界情勢朝著不利的方向發展的話會怎麼樣？

帝國軍在東方磨耗著。光是南方傳來義魯朵雅的蠢動跡象，就甚至讓以勇猛聞名的參謀本部渾身顫抖。

再拖下去，帝國的戰略環境將會加速度地惡化。這是公然的事實。正因為如此——譚雅才會認為「雷魯根上校帶來的計畫也是不得已的吧」而點頭答應。

必須要把義魯朵雅來的客人緊緊拉攏到我們這一邊才行。真傷腦筋呢——譚雅瞬間煩惱起將來的事。

統一曆一九二七年春季例行戰技研究聯絡會議收
關於東方戰線繳獲之敵軍新型寶珠的技術報告書

如要定義第一印象，就是粗糙。

無須等詳細的研究分析，繳獲的複數樣品即是雄辯的證人。確認在東方出現的聯邦製新型寶珠，加工精度完全不及帝國基準。

就主管軍官所見：「那個並不存在著纖細的概念。」

擔任運用的航空魔導部隊表示：「讓人想大叫『去給我重翻字典上航空魔導師的定義』程度的誤解了機動性的意思。不僅遲鈍外加不靈活，高度性能更只有舊型以下的性能。由於致命性的低加工精度，導致了比起擊中敵人更容易波及我方的射擊精度。」

於是，任誰都毫不動搖地做出了明確的結論。

直截了當地表示：「不適合我軍運用。」

儘管具備火力，但坦白說除了硬度之外，整體上難以視為優秀。針對聯邦軍新型的前述見解是無法動搖的吧。

不過，就算是這種演算寶珠，也有著帝國軍當事人不得不承認的「幾項」優點。

首先第一點，是加工精度低，外加上不要求使用者具備「高超能力」的特徵。最適合大量生產，分發給大量養成的士兵使用。

第二點，是高生存性。儘管遲鈍，但裝甲堅固，一般的步兵部隊要擊破是困難至極。

就結論來說——參謀本部頭痛不已——這顯而易見具備著該說是帝國軍天敵的性質。畢竟——任誰都憤恨地說道——這可是擅長人海戰術的軍隊投入大量航空魔導師的前兆。

面對高素質的軍隊，用馬馬虎虎的素質打過來的，數量具優勢的敵人。

真是棘手至極。

T3476型演算寶珠之技術部報告

[chapter]

III

第參章

努力與計畫

Effort with plan

為什麼……沒有人……覺得這很奇怪啊？

——— 義魯朵雅王國軍　軍事觀察官（卡蘭德羅上校）　在東方戰線視察時的低喃 ———

統一曆一九二七年五月一日　義魯朵雅王國　加斯曼上將勤務室

一踏進加斯曼上將的勤務室，開朗的……或是說戴著這種面具的房間主人就起身歡迎著「一介」上校。

「雷魯根上校，歡迎來到義魯朵雅。遠道而來真是辛苦你了。別太緊張，儘管放輕鬆吧。」

彷彿充滿溫情的態度。要是一無所知的話，似乎會忍不住因對方的「面具」熱淚盈眶。畢竟受到上將閣下如此慰勞，要不被打動還比較困難。

不過，雷魯根上校戴在臉上的表情也同樣是「面具」。以就像是感激不盡的態度陳述謝詞，算是某種形式美吧。

「感謝親愛的同盟國如此盛情款待。」

「別在意，誰叫我們是自古以來的好鄰居呢。有困難時就要互相幫忙。」

要來一根嗎？——親密推薦的是南國產的高級雪茄。是在萊希就連帝國都早已告罄的東西。

像這樣炫耀似的遞來，也讓人感受到他的意圖。「感謝上將的款待」雷魯根上校儘管面帶笑容收下，內心卻不得不感到五味雜陳。

「……有困難時……是的，就誠如上將所言。」

「哈哈哈，你沒必要緊張喔？最好也別太在意階級的差距。畢竟是我國與貴國的交情。希望你別太客氣，有話直說就好。」

以「那麼，就承蒙加斯曼上將閣下的好意」的形式，雷魯根開口說道：

「下官就單刀直入說了。上將是想仲介議和對吧。」

「沒錯。」

一面點頭一面抽起雪茄，他們悠哉進行著對話。

「我就明說了。即便是帝國軍也似乎在東方打得很辛苦呢。讓我們想以某種形式助貴國一臂之力。」

「……我國很感謝貴國對南方大陸遠征軍豐厚的補給支援喔？」

「啊，是這樣呀，確實是有這回事呢。」

「不過現場有帶來經常延誤的怨言。」

「凡事都不可能一帆風順。還希望貴國能夠理解呢。就算對同盟國存有道義上的責任，義魯朵雅也有義魯朵雅的情況。」

「我國理解。」

「能考慮吧？」

是的——雷魯根上校向加斯曼上將點頭。露出有點難以看出「他到底在想什麼?」的眼神。對這種眼神起疑而注視自己的上將，催促著接下來的話語。但這是彼此彼此吧。雷魯根自己也由衷渴望知道加斯曼上將與義魯朵雅王國的心究竟偏向哪一方。

「坦白說，我國也有考慮讓南方大陸遠征軍撤退。如果在交涉上有必要的話。」

「喔，這是一個積極的提案呢。」

加斯曼上將就像覺得不錯似的點頭，不過隨即帶著笑容直攻要害。

「只不過。雷魯根上校。貴官似乎有一個誤會。」

「誤會?」

朝著故意裝出一副「我不懂你的意思」嘴臉的雷魯根上校，加斯曼上將面帶笑容發出譴責的話語。

「不就是帝國該先跟誰協商的優先順序嗎?也就是要與目前正持續大規模戰鬥的聯邦之間恢復和平!我認為這才是最緊要的問題。」

「要先與一手提議交涉，另一手揮打過來的對手交涉?恕下官失禮，義魯朵雅王國的作法還真讓人費解。」

「你說得沒錯，聯邦方的對應確實是很粗暴吧。」

但是——他一臉疲憊地把話說下去。

「凡事都有著相對應的理由，貴國也是知道的吧？」

那怕心知肚明，帝國也不可能接受這種事。所以作為信使的雷魯根上校就只能徹底照著戲碼演下去。

「閣下，請容下官提一個非常失禮的反問。理由是？」

輕嘆一聲。加斯曼上將搖搖頭開口說道：

「是貴國提出的暫時交涉案。就以草案來說，坦白講這也太貪心了。如要我作為仲介人客觀評論的話，貴國交涉的意圖令人懷疑。」

聽好——加斯曼上將疲憊似的說道：

「聯邦方的提案可是無賠償、無割讓、無條件停戰吧。」

還真是自私的要求——雷魯根上校嗤之以鼻。表示不可能接受「這種過分的條件」，對交涉負責人的雷魯根上校來說等同是「義務」。

因此，區區的上校才會對上將閣下擺出這種態度。這本來可不是捏一把冷汗就能解決的事，不過他會被容許擺出這種態度，是因為雙方都暗中默許這就是「這麼一回事」吧……該怎麼說才好，還真是驚人不是嗎？

「相對地，帝國方則是以賠償請求、領土相關要求，外加上『現占領地完成公民投票』為前提的停戰交涉。」

「就身為受害者的帝國來看，這些不過是微不足道的要求吧。」

「我能理解蒙受龐大損害的貴國立場。不過，這些與其說是賠償，更該說是貪得無厭的要求。」

不管他怎麼說，但國家安全上的必要性算得上是正當理由吧。本國嚴格下令無論如何都要取得安全的空間。就算要將獲得的領土控制在最低限度，確保安全地帶也等同是參謀本部的夙願。祖國安全被放在天秤上衡量，對雷魯根上校來說比不懂自身立場的極力反駁還要無可奈何。

「恕下官失禮，閣下。就請笑我們貪得無厭吧。」

「喔？你有自覺啊，上校？」

「請考慮下官不得不說『我們要提出要求』的立場。這並非下官個人的意思，而是本國的嚴格命令。」

加斯曼上將嘆了口氣，苦澀的表情述說著事態陷入膠著的徵兆。

「這並非是要對外公開的交涉，而是實務者協議。為了達成議和，也想找出妥協點啊……而且不正是帝國這種頑強的態度，聯邦軍才會發動攻勢的嗎？」

「閣下還真是能說善道呢。說要交涉卻一拳打過來的傢伙，只需要有太古的蠻族就夠了。」

「很好。我能理解帝國的意見。作為同盟國，就這樣吧，我會妥善處理的。」

「這真是令人感激的關照。還請務必拜託了。」

不論是擔保「就交給我了」的加斯曼上將，還是低頭說「就拜託你了」的雷魯根上校，雙方都理解雙方的意見，心知肚明這是一場為了摸索妥協點而進行協商的文字遊戲。

對作為受到侵略的帝國方代表的雷魯根上校來說最讓人焦躁的是，無法否認遭到擊退的現況讓他們的立場變弱了。

他在有禮貌地退離加斯曼上將的勤務室，返回駐義魯朵雅大使館的歸途上，忽然望向天空祈求起友軍的奮戰。

請贏得勝利吧。

如果能留在東方實際指揮雷魯根戰鬥群的話會有多麼輕鬆啊？只能夠祈禱真是難受。

「……哼，徒有其名的戰鬥群長也很可悲呢。」

正因為如此，他只能相信——相信現場的將兵，還有留下來的戰友。

統一曆一九二七年五月一日　帝都柏盧

雪茄與香菸的煙霧瀰漫室內，在菸灰缸裡搭建起菸蒂要塞的作戰會議室裡，坐在首位上的盧提魯德夫中將簡潔地開口要求報告。

「東方一般概略。」

絕對算不上大聲卻聽得一清二楚的聲音。做出回應的是機械裝置、精密的戰爭機器——或是說參謀將校。

「已擋住全面攻勢！前線勉強支撐下來了。」

起身報告的作戰將校的表情略為良好。少了幾分疲勞與焦躁的臉色，比什麼都還能明確述說他們負責領域上所發生的狀況。

「成功達成組織性後退！各部隊正逐漸恢復秩序！」

點頭說聲「辛苦了」的盧提魯德夫中將朝鄰座的友人瞥了一眼，只見他露出略為凝重的表情。傑圖亞中將語帶疲勞地開口：

「物資儲備與動員狀況？」

「並不樂觀。特別是前線倉庫遭到摧毀的部分，想要系統性地重新編制，目前還需要一點時間。」

前線大幅後退的結果，就是讓一心想要前進而偏向前線建造的倉庫受到毀滅性的損耗。在冬季到春季之間拚命儲備的大半物資因此燒燬。大多是為了不落入敵人手中自行破壞的，算是不幸中的大幸吧？

……早在不得不說這很幸運時，情況就糟透了。

「航空艦隊的運作率穩定。撐過了敵方發起的航空殲滅戰。勉強確保住在東方全域的空中優勢。」

很好——傑圖亞中將點點頭問起一些疑問。

「就考慮到敵航空部隊增援的可能性，努力維持空中優勢吧。能隨時安排航空機材的補充與人員的支援吧？」

「是的，閣下。有關這點，請容下官報告。緊急派遣的兩個空中偵察單位已在當地開始活動。現在已是能進行東方全面性戰略偵察的狀況。」

「勉強趕上了啊。」

眾人以作戰將校為中心鬆了一口氣。特別是作戰將校的老大——盧提魯德夫中將還滿臉喜色地綻開笑容。

「應該是做到滴水不漏的偵察網要是這麼簡單就癱瘓的話，也就難以帶著確信掌握敵人的意圖了。多謝你了，傑圖亞。」

「能聽你這麼說，也不枉費我努力湊出兵力來了。」

「然後？雖然還沒仔細調查過資料……但你怎麼看敵方這次的攻勢？」

「糟糕至極，但勉強算不上致命呢。」

總而言之，就是在討厭的時機被攻擊了。

這是無法否定的事實。

「……東方、南部，不論哪裡都微妙地讓人煩惱。」

是呀——傑圖亞中將這時就像忽然想到似的向老友問道：

「外交交涉的狀況？交涉團有說什麼嗎？」

「現場表示仍處於簡單的初步協商階段。根據他的報告，雙方皆已提出主張，是在摸索妥協點之前的問題。」

他——也就是雷魯根上校的報告會是這樣吧。就算這是無法期待短期解決的事，但在協商階段帝國軍遭到攻勢壓制，時機也太糟了。

「聯邦軍在這種狀況下積極展開軍事活動的意圖，你怎麼看？」

「……是兼作為引子的交涉手牌吧。看得出來是打算讓我們自覺到自己有多麼弱小。」

傑圖亞中將苦澀地喃喃低語。帝國軍如果將戰力集中在東方，義魯朵雅就很可能會在南方國境線上蠢動。

只要俯瞰大局，這就會是典型的佯攻手段。

「我們要是深入東方，義魯朵雅就可能咬住我們的咽喉嗎？」

「任誰也無法百分之百否定。我們就只能害怕著這場惡夢。你能斷言不會嗎？盧提魯德夫中將。」

「……不過，也不得不認為這或許正是敵人的企圖喔。」

事到如今，盧提魯德夫仍舊是帶著疑心與煩悶地不斷問著。這是早就討論過無數次的話題。這說不定是佯攻，說不定是偽裝成佯攻的主攻，也或許兩者皆是。

聯邦方很擅長這類的交涉與威嚇。這說不定是為了有利於暗中進行的外交接觸所做的工作；或者也可能是打算基於外交接觸的擬態發動大規模攻勢。

讓人苦惱的是，不論是何種假說都被認為具有一定的合理性與或然性。

「就承認吧。我們正面對著軍事上的兩難困境。」

傑圖亞中將抽著雪茄，語帶苦澀地吐露心聲。

「要是反擊就會深陷其中；不過要是後退，也會喪失至今為止的地位吧。」

而且——接著說出的話很沉重。

「也由於不得不承認對敵人的意圖與實力的情報不足，所以無法對應。我們已無數次地認為殲滅了聯邦軍的野戰軍……然而，實態卻讓人驚訝。敵預備戰力的龐大，甚至讓人感到暈眩。」

做出錯誤評價的心情會有多糟，尤其只要是參謀將校的話任誰都很清楚。特別是無法把握正確的敵戰力這點，簡直就是一場惡夢。

「聯邦軍暫時沒有大規模會戰的能力——做出這種判斷的情勢分析是大錯特錯。」

當然——傑圖亞中將為求正確表現的開口補充。

「敵人也在勉強吧。沒有總量平衡、收支平衡，也不可能動員如此規模的兵力。但至少那龐大的身軀，讓他們對損害的容忍度比我們還要高吧。真是打從心底羨慕到生氣呢。」

「你怎麼說得像事不關己一樣？」

「沒這回事。倒不如說，我每天都痛切地體會。」

「這是負責籌措的人說的話嗎？」

聽到盧提魯德夫中將這麼說，傑圖亞中將聳聳肩發起牢騷。

「我希望你能回想起來，戰務可不是鍊金術師的別名喔？就算我想努力，也沒辦法靠手頭上有限的資源一直維持無限的必要下去。」

盧提魯德夫中將用鼻子哼了一聲叼起雪茄，從喉嚨中擠出話語。

「……你的意思是，後勤上的限制困住了軍隊？」

「儘管遺憾，不過正是如此。」

「所以怎麼啦。你難道是要我們『後退』嗎？」

就算被狠狠瞪著，傑圖亞中將的答案也不會改變。

「我無法否定。現況下，在東方唯一的解決對策是以持久戰為前提的遲滯防禦與戰線的重新編制吧。我不會要求大幅後退，但只要讓戰線退到不勉強的範圍內，就也有可能減輕後勤上的負荷。」

「然後呢？」

「只要爭取到時間，最起碼能度過這場危機。只要能穩定住戰線，就有辦法擠出用來對應的緩衝時間吧。」

別無他法了。雖然用了陳腐的說詞，但這對傑圖亞中將來說也是毫無虛偽的現況認知。

「你也鏽得很嚴重了。」

「咦？」

所以，他才會因為友人的一句話僵住。

我生鏽了？

……難道還有其他好主意嗎？

「戰爭是種比起躊躇，更該靠意志力解決的東西吧。巧久不過是紙上談兵。要速斷速決，即使是拙速也要以我方的意志逼迫敵人。」

「你又想打破窗戶了嗎？還是算了吧，給戰時生產力造成負擔可不是件好事。」

又來了——盧提魯德夫中將嘆了口氣後，狠狠朝身旁的友人投以凶惡的眼神。

「戰爭讓你變小氣了嗎？傑圖亞。」

「我要訂正一下，是我知道錢包裡的東西有限。你只需要提出要求，但籌措東西的人可是我。物資動員是有限的。我們可沒有萬寶槌喔？」

「如果要在破產與敗北之間選擇，破產還比較好吧。」

用鼻子哼了一聲的盧提魯德夫中將所做出的割捨，以作戰將校來說是正確的。另一方面，是判斷只要能戰鬥到最後一刻，就算破產也無所謂吧。

「該說早就是了嗎？國家財政早就開始出現破綻了。就算戰爭結束，等到那時候，究竟會變得怎樣啊。」

是這樣嗎？——傑圖亞中將聽到這歪頭質疑起來。

「是呀，你說得沒錯吧！不過，這是兩回事！縱使我們是該煩惱，但也不是現在。等到結束後再去煩惱吧。」

「什麼？」

「你要一面煩惱財政一面打仗？」

簡直愚蠢——盧提魯德夫中將笑起。

「那可不是我們的工作喔，傑圖亞。我們的本分是勝利。可不能將預算花在敗北的藉口上。」

是正確且冷酷的事實認知。

既然是軍人就無法否定。不過，肯定這件事也讓傑圖亞中將焦躁不安。

「為此，我打算再賭一場。」

「賭？」

「敵人出擊的現在，正是千載難逢的好機會喔？」

「……難道是對聯邦領地的大規模侵略計畫？」

沒錯——老友嚴肅點頭的態度讓傑圖亞中將頓時領悟到他在打的主意。這還真像是盧提魯德夫會有的靠拳頭解決的方案。

順利的話就算了。不過，要是失敗的話呢？

「等等，你瘋了嗎？」

「敵人從巢穴裡溜出來了。雖說我們的前線也醜態百出……但只要重整態勢，就也是個包圍殲滅的好機會。」

盧提魯德夫中將就像大好機會到來似的揚起猙獰笑容，簡直是戰意的結晶，猛將就該如此的作戰將校的典範。

「順利的話，就能配合這次行動推進前線吧。算是某種追蹤追擊戰。如果能比芝麻開門還順利的話……」

怎麼可能——傑圖亞中將用眼神表示不贊同。

就算是萊茵戰線的旋轉門，在包圍殲滅共和國軍主力之前也進行了相當多的事前準備。只要百般勉強，就能讓後勤、情報都準備得萬無一失已是過去的事了。

「這跟萊茵當時可不一樣喔？」

「我們不得不這樣做。」

「這賭太大了。你是要將手頭上所有的籌碼都放到賭桌上嗎？做這種像是把雞蛋都在放同一個籃子裡的事。」

「窮人就只有這種方法。」

這是很正確的說法吧，的確，帝國軍正逐漸變得窮困。儘管如此，傑圖亞中將也不得不提出反駁。

「為了避免逐漸窮困，很可能會讓我們立刻破產。」

「討厭風險是健全的感性。不過，我的朋友。在逐漸惡化的狀況前袖手旁觀可稱不上是風險分析。我們必須要行動。而且要盡可能地戲劇性。」

「不論你再怎麼說，都不可能採取這種作戰。」

「為什麼？」

就讓我說一句吧——傑圖亞中將狠狠說道：

「後勤撐不住！」

「讓它撐住。」

「去拜託鍊金術師或魔法師吧！」

這可不是我的工作——傑圖亞中將板著臉指出這件事。這是調度各種瀕臨枯竭的資源，勉強支撐住東方戰線至今的當事人想抱怨的一句話。

坦白說，帝國的國力已瀕臨極限。東方的損耗早就超出容許範圍，帝國軍的缺編情況已惡化到嚴重的規模。

徵募年輕人，用老人、女性填補後備役的空缺，最後就連戰時俘虜都用作為勞動力活用了，但即使這麼做也不可能填補所有的空缺。

「……我不認為應該行動。這就跟把有限的活力用盡一樣。」

「反了，傑圖亞。應該要趁還有活力的時候行動。最重要的是，聯邦軍可是向我們發起了運動戰喔？」

「這件事，為什麼會導致這種結論！」

「敵人離開了作戰基地。換句話說，就跟引蛇出洞一樣……這可是你播下的種，傑圖亞。必須收割才行。現在正是收割的時候！」

「等等，你說我播了什麼種？」

看著納悶問道的傑圖亞中將，盧提魯德夫中將一臉傻眼地說下去。

「你在東方播下了民族自決的夢想吧。那就在反聯邦的種子即將在占領地開花結果的現在，去試著把聯邦軍的主力殲滅掉啊！」

朝著唔地啞口無言的傑圖亞中將，盧提魯德夫中將滔滔不絕地說道：

「聯邦是撐不下去的！就像盧斯王室瓦解那樣，聯邦共產黨也會像老鼠一樣潰散！」

「請提出根據。這不會是樂觀的推論吧？」

「歷史就是證人。」

「還是別聽這傢伙的意見吧。就我所知，他可是在關鍵時刻時『最惡劣的騙子』。」

聽傑圖亞中將這麼說，盧提魯德夫中將就「哈哈哈」的笑起，朝著他聳了聳肩。

「不錯的指謫。但要是命運是善變的話，也還是能用鐵拳一把抓住吧。」

「很有你的作風。」

「彼此彼此呢……總之，要整理戰線。可能的話，就展開反擊戰吧。得做好準備才行。」

統一曆一九二七年五月一日 東方戰線 沙羅曼達戰鬥群指揮所

對來自南國的人來說，東方戰線那怕是春天也依舊寒冷吧。儘管是愛打扮的小白臉，這位上校卻穿得有點厚。反過來說，該稱讚他有事先調查戰場的情況，知道要確實準備防寒衣物吧？

不管怎麼說，身為社會性生物的譚雅沒有忘了社會性的規範。和藹的笑容，恭敬的態度，還有軍人風範的毅然敬禮。

一面答禮一面走近的上校也是同樣的心態吧。臉上貼著可疑的微笑表情。

「初次見面呢。不知道該稱呼妳為Fräulein（小姐）好，還是中校好。」

「凡事我都有過經驗了，上校。雙手雙腳沾滿了敵人的鮮血。Frau（女士）也好，中校也罷，就請隨意稱呼吧。」

「真是辛辣啊。」

對了——男人就在這時突然收起笑容。

「就讓我自我介紹吧。我是維爾吉尼奧．卡蘭德羅上校。是義魯朵雅王國派遣到同盟國來的軍事觀察官。」

「下官是譚雅．馮．提古雷查夫中校。名目上是參謀本部直屬雷魯根戰鬥群的副指揮官，但希望上校能記住下官是沙羅曼達戰鬥群的實質指揮官。」

對人貼標籤的第一步即是經歷與頭銜。在雙方初步接觸的和平階段上，譚雅個人很中意卡蘭德羅上校。

用個不禮貌的說法，該說他是名優秀的業務吧？會來到這種地方的人不會是無能。

「我有從雷魯根上校那邊聽過白銀的別名。正因為聽說過妳是活生生的銀翼突擊章持有人、Named、真正的軍人，才讓我對眼前的模樣有點困惑呢。」

「嬌小是有好處的。受彈面積會很小。」

「這可困擾了。在戰場上我就彎腰走路吧。」

「恕下官失禮，敢問實戰經驗是？」

「有在山地連隊受過訓練，但這類的大規模作戰還是頭一遭，中校。情況跟一兩次小氣的祕密作戰不一樣吧。」

是有著能夠說笑的靈活性，還便利到能在這種微妙時機投入最前線的將校。哎呀——譚雅感到肩膀上的負擔輕了一點。

比起送個無能過來，送個能幹的將校過來在各方面上也比較好做事。當然，考慮到他的一舉一動都會微妙地別有含意，今後可沒辦法掉以輕心了吧。

「上校謙虛了。上校是對微妙情勢的專家。恕下官僭越，我認為上校應該是最適當的人選。」

「拜這所賜，讓我被丟到偏遠的東方來了。」

是呀——就連譚雅也帶著苦笑感到心有戚戚焉了。這是作為因為優秀而被送到這種最前線來的人發自內心感到同意的感慨。

「歡迎來到最前線。請容下官代表同盟國歡迎上校。」

「就請妳多多關照了。這次主要是來實地見聞，希望能讓我看到最真實的一面。」

「下官了解。儘管作為接待人員的水準恐怕會將近不及格，但請讓我們笨拙地盡力接待吧。」

「就麻煩各位了。」

統一曆一九二七年五月二日　東方戰線　帝國軍野營據點

「提古雷查夫中校，接敵了。」

謝列布里亞科夫中尉的一句話，讓譚雅從幸福的小睡中驚醒。就跟巴夫洛夫的狗一樣。光是聽到「敵人」就會立刻從淺眠中醒來。

把「唉」的嘆息聲吞回去，向謝列布里亞科夫中尉喊一聲我知道了。

「立刻就去！」

與床鋪上親愛的睡眠訣別，毅然衝進指揮所後，譚雅就在瞥看報告概要之前先把嘆息吞回肚裡。

「接敵嗎？果然比參謀本部預想得還要快。」

要忍住憤然與抱怨是件難受的事。

敵人前進得太快了。這與其說是超乎預估，還不如說是出乎意料。不想認為這是因為參謀本部與前線的感覺出現了會想以樂觀推論假設希望性環境的歧異。

這樣一來，不是敵人比參謀本部預估的還要能幹，就是還要有優勢了。

不論是前者還是後者，對譚雅來說都是不樂觀的發展。姑且不論運動，這可是在戰爭。比起與強敵競爭，擊敗弱小的敵人要來得遠遠地有益且富有實用性。

「……只能感慨自己的立場弱到無法挑三揀四嗎？」

譚雅切換腦內的思考優先順序。反省與假設都同樣是奢侈的思考。要是不先消除眼前的威脅，為了自由思考的未來就很危險。

「拜斯少校，說明詳細的狀況。」

「不久前，阿倫斯上尉與敵戰車群遭遇。我方的損害為零，擊破敵戰車五輛。不過，由於敵戰車有步兵支援而決定後退。」

「報告似乎遲了呢。以阿倫斯上尉來說還真罕見。是無線電失常嗎？」

「有輕微降雨的樣子。」

雨水對電波不太好。就算是這樣，也不想認為光是點小雨就會造成失常……是致命性地運氣不好嗎？

更糟糕的是，也無法否定整備不良的可能性。在東方遭到狠操的精密機械的精度無法期待。畢竟在設計階段並未假設過以本國運用為前提的裝備要在東方遭到狠操的用途，這也是沒辦法的事。

該死——她咂了一聲。

「卡蘭德羅上校入室。」

負責盤查的值班人員的叫聲，讓思考切換了模式。

該說是一眨眼吧。譚雅就依照禮儀一蹦而起，做出一如教範的漂亮敬禮。

「敬禮！」

「謝了，中校。」

好久沒遇過比自己高階的軍官在戰鬥中來到自己指揮所裡的狀況了。坦白講，真難做事。所以我才會跟雷魯根上校那樣說啊——就算感慨也無濟於事吧。

「抱歉了，我本來沒打算介入的。」

「參謀本部有下令要我們做到應有的對應。」

所以請不要介意——只要話中帶有這種言外之意，對方也會理解的。他甚至還微微點頭說「有勞關照了」表示歉意。

「能詢問狀況嗎？」

「下官也才剛到。就請值班軍官的拜斯少校代為說明吧。」

說明吧——在譚雅的催促下，拜斯一臉明白的點頭開口。

「先遣裝甲部隊接敵。在敵步兵對敵戰車的支援下，我方戰車隊開始後退。指揮所正準備派遣托斯潘中尉的步兵部隊前往。」

「接敵的地點是？」

「以區塊來講據報是在這一帶。具體來說，應該是在這附近。」

回應卡蘭德羅上校的問題，拜斯少校說著「請看這裡」在地圖上指出地點。

就爬上身旁的椅子一起窺看的譚雅看來，是個會讓人想咂嘴的地形。

朝卡蘭德羅上校瞥了一眼，發現他也十分理解狀況的樣子。

「……離居住地相當近呢，中校。」

「是呀，真是棘手。」

很遺憾的，這雖是精度與其說是軍用品，更像是挪用民用品的地圖，但即便如此也依舊足以掌握大致的輪廓。

是居住地。不對，嚴格來講該說是城鎮或村落也說不定……總之有很多遮蔽物這點讓情況與野戰不同。

「能容我僭越詢問一件事嗎？這種時候，帝國軍的標準對應會怎樣處理？」

很敏銳的提問呢──譚雅苦笑回著卡蘭德羅上校。軍隊不論好壞都非常喜歡教範。正因為居住地區的基本對應策略是軍事上的難題，同時也是法律上的難題，所以想學習帝國軍在實戰中琢磨得出的見解──這種義魯朵雅王國軍的姿態以軍事觀察官來說十分正確。

要說抱歉的話，就是我不得不告訴他這世上沒有這種便利的東西吧？

「就如上校所知，居住地是頭痛的來源。儘管很可恥……本國雖然有在檢討標準的對應方式吧……但直到現在都還沒能確立。」

「真的嗎？」

是的——譚雅點頭。

「要是有確立教範，真不知道會有多輕鬆啊。」

譚雅發自內心感慨。要是有確立教範的話，只需要按照標準程序走就能迴避相當多的責任了。

「只要是將校，任誰都會這麼想吧。要是有教範的話，就能將麻煩事推給上頭的規則迴避掉了。」

聽他說得這麼白，也只能苦笑了。

「這種說法是有點極端，不過大致上就誠如上校所言吧。作為實際上的問題，一旦前進路線上有居住地就會遲遲無法前進。」

儘管無可奈何，但城鎮戰的研究就連帝國軍都沒有在能兼顧陸戰公約法規之下認真檢討過。如果在聯邦沒有加盟國際條約時，就想定進攻時的狀況確實檢討的話就好了……這部分該說是暴露出太過強化內線戰略的帝國軍的弱點吧。

「就連戰歷豐富的幹練軍人都難以應對啊……」

「恕下官失禮，上校，是反過來。」

「反過來？」

有別於愣住的卡蘭德羅上校，周遭的部下說著「是呀」的點頭贊同。隊上眾人十分理解譚雅話中的意思。

儘管難以說是文明的見解，但像居住地這樣不適合戰爭的空間也很罕見。還真是充滿著障礙物，讓人喜歡不起來。

「只要對居住地有過痛苦回憶，不論是誰都一樣。」

朝周遭環顧一眼，就剛好有名負傷經驗者。會是就連高手雲集的第二〇三航空魔導大隊的將校都討厭居住地的好樣本吧。

「我有說錯嗎，拜斯少校？」

「這似乎是會讓以前受到的舊傷發疼的話題。還請中校高抬貴手。」

在對共和國戰中遭到擊中的部下帶著苦笑說出這句話。

該說就連像他這樣的幹練軍人都一樣吧。要在居住地持續警戒著四面八方幾乎是不可能的事。

雖說在空中飛行時也有要警戒三百六十度的必要，不過障礙物頂多是雲。老實說，有人居住區域的偵察難度還要遙遙領先。這一旦提昇到城市的程度，要說的話就是水泥叢林了。要是能乾脆迂迴避開的話會有多輕鬆啊。

在唉聲嘆氣的譚雅等人面前，卡蘭德羅上校就像察覺到某種程度的事情似的苦笑起來。

「哈哈哈，這就是所謂的經驗知識吧。」

「大概吧。」

「下次有機會再另行請教。現在只希望不會妨礙到妳指揮。」

感謝——在對他的顧慮慎重致謝後，譚雅就特意以平常時的語調開口。

「好了，拜斯少校？」

「是的，我知道。是要前進吧？」

一拍即響的反應。所謂優秀的副隊長正是如此吧。「沒錯」譚雅略為滿意地點頭。

能省下說明的麻煩是件讓人高興的事。不過，儘管聽起來很矛盾，但說明可是譚雅的義務。上司必須盡可能隨時讓所有人徹底理解自己的意圖，所以這也是當然的吧。

不會依賴他人的專業人士之間的工作，會以簡潔確實的報告、聯絡、商談與徹底落實的確認作為基礎。

「有鑑於無線電狀況不佳，我要讓司令部前進。之後再與阿倫斯上尉會合，掌握狀況。」

「遵命！」

對命令的快速反應。能放心交代事情的信賴感還真是可靠。就這點來講，必須做確認的事情該說是種麻煩吧。

不對，說麻煩也太失禮了——譚雅邊在心裡反省，邊向一旁的軍事觀察官搭話。

「就如同下官所講的。不知上校意下如何？」

「喂喂喂，因為危險所以就要我躲起來嗎？」

「下官沒這麼說，但沒辦法輕視風險。當然，就算是我也不想司令部遭到襲擊……不過一旦到前線附近，也預期會遇到一如字面意思的偶發遭遇戰。」

流彈或是埋伏狙擊兵的騷擾攻擊。

一旦來到前線附近，就算有著非戰鬥地區、不是前線之類的詞句，但在安全面上毫無意義。堅持百分之百沒問題的主張等同是詐欺。然後，譚雅不是詐欺犯，是具備近代倫理與規範意識的誠實文明人。

「我早就考慮過風險了。」

可是——譚雅再次警告。除了守規之外也希望能顧及公共形象。當然，具決定性且重要的還是法律。

不過，有無做好萬全準備或倫理上的瑕疵這點也無法輕視。

不論是組織內部的自我保身還是社會性的信號理論，早期對應以防止問題發生都是極為重要的事。

「也無法保證聯邦兵會在瞬間認出卡蘭德羅上校是義魯朵雅王國軍的軍事觀察官，而停止攻擊。」

「……我知道妳是在擔心我，但被當成深閨公子哥看待也讓我有點意見。希望妳能讓我過去看看。」

我知道了──譚雅以勉為其難答應的形式點頭。

「恕下官直言，我並沒有事情要隱瞞同盟國。如果上校堅持，就請隨意參觀吧。」

「我很清楚這是無理的要求。抱歉，中校。」

真想說既然如此就給我自重一點。考慮到雷魯根上校還有他背後的參謀本部的嚴格命令，這要是出了什麼差錯──一想到這，就過度擔心到幾乎要脫口說出這句話了。

只不過，譚雅嘴巴上卻是說出了違心的恭敬話語。

「不，這怎麼會是無理的要求呢。」

因為她是富有社會性的政治動物吧。譚雅．馮．提古雷查夫中校是有辦法滿面陪笑，恭敬說出奉承話的。

「這是參謀本部所託付的光榮任務。上頭也有交代要滿足上校的需求，所以還請不要客氣。有事就請儘管吩咐吧。」

「那我就恭敬不如從命了。」

「……會強調風險也是下官職責上的義務，還請上校寬貸。」

「我尊重貴官的義務，中校。在尊重之餘，想請讓我以自發性的意思前往。」

上校在司令部人員的眾目睽睽之下表示這是他自發性的意思。這是在拒絕自己相當不情願的忠告之後的同行，再來只需要幫他安排護衛，義務就萬無一失了。

假使這名上校中彈身亡，也有辦法向參謀本部辯解吧。儘管希望這種事不會發生，不過在事先假設狀況是很重要的。

如果上校堅持的話——表面上維持恭敬態度的譚雅困擾似的向守候一旁的副官吩咐了一句。

「幫卡蘭德羅上校帶路吧。」

「遵命！」

謝列布里亞科夫中尉姑且不論作為接待委員的表現，作為保護要人的護衛可是很優秀的。能信賴她應該會在萬一時確實保護好上校，是件讓人高興的事。

要是還能順便以帶路的名義暫時把人趕出司令部的話就完美了。

「對了，中校，方便嗎？」

「是的，請問有什麼事嗎？」

「如果不礙事的話，移動後我想參觀一下應對會議的情況。」

聽到卡蘭德羅上校這麼說，譚雅沉思了片刻。老實說，很想拒絕。有誰會想在交易對象的董事面前進行商務會議啊？

不過，譚雅的立場也沒辦法對軍事觀察官大人說不。還真是不能瞧不起生不入官門死不入地獄這句古老的警句吧。

「……如果希望的話，當然可以。」

可是——譚雅不免得要謹慎遣詞地提出要求。

「這麼說儘管非常失禮，但在徹底執行軍務上，能希望上校做出特別的關照嗎？」

「具體來說？當然，我會盡可能提供協助的。」

譚雅一面低頭說聲「感謝」，一面明知無禮地說出更進一步的願望。

「在當地現場，下官想最優先進行作戰指揮……上校的陪席，形式上能保留在有上校級將校在場的事實上嗎？」

直截了當地說，就是想請他成為擺設的厚臉皮要求。不過，就唯獨這件事，就算要彎腰拜託也只能讓他答應下來。一面幫上校大人講解一面打仗對譚雅來說太難了。

所謂的戰爭是不論何時都只能全力以赴的難題。要是偷懶，別說是社會評價，甚至可能引發直接關係到自己生命與財產的問題。

「當然沒問題。就當我是旁觀者吧。」

「真是非常感謝。」

克制住鬆了口氣的心情，譚雅深深地低頭致謝。他能理解真是太好了。當然，是沒辦法無視到完全不予理會吧。真難做事——就算這麼想，也不能把這話說溜嘴。

一面注意貴客的目光，一面照往常一樣做事是很困難吧。不過，這是兩回事。既然要做，就必須徹底做好。

於是，儘管抱持著些許擔憂事項，譚雅等戰鬥群的主要指揮官也開始往前線移動。雖然天候有點不佳，但街道上就只有戰鬥群的前衛經過吧。地面狀況相對良好。

不論馬匹、車輛、人員，能輕鬆移動是比什麼都還要感激的事。順利前進的譚雅等人平安無事地與阿倫斯上尉率領的裝甲部隊完成會合。

該說畢竟是這種情況吧。就算會弄得有些滿身泥濘，忙碌的將兵還是四處奔走，俐落地領取或發送著補給品的繁雜氣氛。

一旦來到最前線，會比起形式更加重視實質效果也是沒辦法的事。說到就像是急忙搭建的臨時司令部，頂多就是掛著一張布篷的野戰司令部。

儘管如此，譚雅等人也早就習慣了。這看在深感興趣似的東張西望的卡蘭德羅上校眼中，不免會覺得很新奇吧，不過他很快就見怪不怪了。

美其名是會議室的地方，就只是個雜亂陳列著折疊桌、無線電和地圖的簡樸空間。不過，只要有著最低需求的東西就能工作了。

「各位，就跟你們聽到的一樣。開始掌握狀況吧。」

在只有擺出樣子但適合作戰指導的空間裡，譚雅很快就開工了。

「阿倫斯上尉，狀況是？」

「在與敵裝甲部隊意外遭遇之後的嗎？是亂七八糟。」

「就跟往常一樣？」

是的——苦笑點頭的他也是一名幹練軍人。有辦法迅速說明狀況的表現，在該人欠缺狀況把握能力時會相當不可靠。

「在那不久後，就連敵步兵也攪和進來。由於敵人躲進居住地裡，我就為了避免城鎮戰而暫時退開了。」

嗯——譚雅等人氣憤地理解狀況了。

敵兵躲進居住地裡，也就表示真要打的話，就得面臨包含區域掃蕩在內，類似城鎮戰的麻煩戰鬥。

戰鬥群具備這方面的應對能力。只要讓魔導大隊與步兵部隊的黃金組合衝進去，就有辦法掃蕩居住地吧。問題是，這麼做太耗費時間了。

只要不是需要朝包圍的敵據點步步逼近的局面，就必須對時間做出最大限度的顧慮。

該怎麼做呢——就在陷入沉思時。

「……聯邦軍躲進居住地裡？」

卡蘭德羅上校發出了疑問。

「那個，卡蘭德羅上校？」

雖說是旁觀者，但似乎也是提問者的樣子——忍住想擺出臭臉的衝動，譚雅很有禮貌地開口。

「請問有什麼事嗎？」

「侵入居住地也就是要打城鎮戰。聯邦兵難道不在乎嗎？」

光是要幫喃喃提出疑問的卡蘭德羅上校解說，就會浪費司令部的作業時間。本來的話，這會讓人想在大喊一聲礙事後把他踢出去，但這種暴行是不可能會被容許的。

所以我才跟雷魯根上校說，以中校為最高階級的戰鬥群很難接收上校級的軍事觀察官啊——真想嘆氣。不過傷腦筋的是，現在就連嘆口氣都會失禮的樣子，成為了讓人更加頭痛的原因。

沒辦法——譚雅就一副「回答長官問題吧」的態度重新看向部下。

「阿倫斯上尉，長官有疑問。回答吧。」

在用眼神傳達「給我機靈點」的訊息後，阿倫斯上尉也是經驗老到，看出了譚雅沒有明說的言外之意吧。

就見他端正姿勢，以作為軍官毫無瑕疵的模範報告口吻開始說明狀況。

「是的，是以大規模的敵步兵部隊為中心據守居住地。就誠如上校所說的，是打算守在建築物裡進行抵抗吧。」

「在居住地？你是以怎樣的方式確認的？」

「在裝甲部隊接敵後，主要是靠步兵進行確認。之後，也有透過飛來支援的魔導師進行觀測確認。」

「……原來如此，帝國軍會將航空魔導師活用在搜索任務上。」

儘管對在嘟囔著什麼事的卡蘭德羅上校不好意思，但對譚雅來說，因為這種程度的確認事項就打斷會議流程可是打不了仗的。

「上校，能讓下官繼續嗎？」

「啊，抱歉。請繼續。」

感謝──譚雅一面致謝，一面在心中以十二打為單位的開始抱怨。階級比自己高的軍官，而且還是形式上的同盟國軍人！還真是讓人難做事。

一定要向參謀本部要求充足的接待經費。

「各位，就如阿倫斯上尉的報告所說的。一旦聯邦兵據守在居住地裡，用正攻法就太費時了。」

「那麼，請交給砲兵吧。」

「沒錯。這樣一來，就輪到貴官出馬了。」

「不過也有殘彈的問題……請問能全力射擊嗎？」

無所謂──譚雅向梅貝特上尉點頭。倒不如說，甚至是對專業笨蛋變得會擔心殘彈了一事感到高興。

「一旦是意外遭遇戰，就不是該運用我方機動砲兵的局面吧？」

會特地配備自走砲這種昂貴的武器，完全是因為帝國軍參謀本部重視機動力到極端的程度。儘管殘彈的問題讓人害怕不已，但此外卻有著能靠砲擊摧毀麻煩據點的絕大好處。

「就運用魔導師作為前進觀測人員吧。適當地引導砲兵，排除敵人的抵抗據點。根據必要，由托斯潘中尉與格蘭茲中尉的步兵魔導聯合部隊進行壓制支援……」

「嗯？請等一下。」

「好的，卡蘭德羅上校。請問有什麼事嗎？」

他又打斷流程了。還來啊——就算是要恭敬地把這句話吞回去的精神費用可也不容小覷啊。我絕對要連同各種機會成本的損失寫成詳細的明細，向參謀本部請求全額費用。是全額，就連一毛錢也不准少！這要是不連同陪我做這種事的部下的補償在內，全額請求應有的權利的話，我的臉要往哪擺啊。

「砲兵的攻擊命令？對居住地？」

「是的，是這樣沒錯。」

「妳是認真的嗎？」

「咦？啊，是的，那個……是在指什麼呢？」

一臉茫然的回答是譚雅的自然反應。敵人位在麻煩的地點，而我方有砲兵，那為什麼用砲兵攻擊會被懷疑是不是認真的啊？

不對——譚雅先把疑問擱在一旁。卡蘭德羅上校是帝國軍外部的人。外部與內部有著不同的觀點是常有的事。原因是組織文化的不同吧？

「在意外遭遇戰時，居然一下子就對居住地發出砲擊命令。未免也太不妥當了。」

「恕下官失禮，這是考慮到戰鬥教訓的結論。正因為認為這是雙方在前進途中的意外遭遇戰，才會判斷這應該是能避免讓居住地化為陣地的有效手段。」

「作為參考我想問一個問題……妳真的是認真的嗎，中校？」

是的——譚雅點頭。

是與義魯朵雅王國軍的軍事準則不同嗎？有點不太理解他視為問題的理由，而體驗這種作為地位微妙的中間管理職，在部下面前向長官說明自身意圖的悲哀也讓人不太愉快就是了。

「下官會以堅定的決心徹底執行任務。若容許下官依經驗法則表示意見的話，這類遭遇戰在東方並不罕見，能判斷是妥當的作法。」

要有不安的因素，就是時間了。甚至沒什麼時間用來議論這件事。擔心敵人會不會趁現在推進陣地化而提心吊膽著，對心理衛生來說難以說是件好事。

「就算違反戰爭法也無所謂？」

「……咦？恕下官失禮，上校是不是完全誤會了？」

「誤會？貴官知道國際法是什麼嗎？」

「是該堅決遵守的國際規範。」

「我想冒昧詢問一下……妳有學過嗎？」

這儘管不是會想在部下的將校面前進行的對話，但想說沒辦法的譚雅還是回答了。

「是的，是問國際法的學習經驗嗎？這是當然，下官自認為對標準法務課程有著萬全的理解。」

「真的嗎？居然說非常理解……」

那怕被一臉質疑的卡蘭德羅上校凝視，譚雅也堂堂回應著。

「下官有在帝國軍軍官學校及軍大學參謀將校課程中修完標準法務課程。就學期間也曾針對國際法的運用解釋進行過研究。」

儘管對唉地嘆了口氣的卡蘭德羅上校不好意思，但法律對譚雅來說可是最該重視的規範體系。沒有明文規定的事情說不定就不存在。不過，就只有猴子才會容許輕視成文法。

「……我就直說了，提古雷查夫中校。攻擊可能住有民間人士的生活區域，是明確違反戰爭法的行為吧？」

「啊，原來如此。」

「中校？」

總算知道卡蘭德羅上校是認為哪裡有問題了，這讓譚雅的困惑與疑問獲得冰釋。

原來是這種事啊！

「總之就是居住地區域內禁止戰鬥的規定吧。上校會懷疑這違反了交戰規則，就一般論來說是很正確的看法。」

譚雅一副上校說得很對的樣子點了點頭。但要解開這個誤會其實很簡單。

「不過，在東方……請放心吧。卡蘭德羅上校，有關這類的法律問題已全部解決了。」

「解決了？妳在說什麼啊？」

真沒想到會有一天得在這種臨時的野戰司令部裡與人議論法律解釋，儘管覺得有趣，不過譚雅也沒忘了這是在浪費時間。儘管很遺憾，不過既然是在戰爭，這種奢侈的時間運用方式就必須要適可而止吧。

因此，譚雅直接說結論。

「此事不適用戰爭法規定。」

「豁免適用？怎麼會，例外規定是……」

雖然不存在——譚雅點點頭，淡然地提醒。正因為這類的法律解釋假如沒確實做好就會玩火自焚，所以才要嚴加檢討。法律不是用來打破的，是用來鑽漏洞的。要與法律正面交戰，就只能是最後的最後的最後的緊急避難。

「嚴格來講，聯邦並未加入幾項國際條約，所以不在條約的保護對象之中。」

向部下保證行動沒有法律問題是上司的義務。下令去做違法行為，不論在軍法上、民法上，本質上都欠缺著法律依據。

灰色還可以說成是白的。但黑色就是黑的。就算能允許黑字，法律上的黑在現代社會中也很快就會遭到排斥吧。是身為文明人想要避免的事。

「……沒有錯嗎？」

「是的，就連雙方的城市都早已淪為戰場了。」

「等……請等一下。提古雷查夫中校。雙方都？」

「聯邦軍發動攻勢時，我方的城市也被轟炸得很慘。儘管難以說是文明，但是實情。」

譚雅一副「還希望上校能夠理解」的態度把話說下去。

「不管怎麼說，就算是對城市砲擊也有法務部門在法律上做擔保，作為實戰部隊就只需要依循中央的法律解釋。這樣解釋還可以接受嗎？」

「……我獲益良多呢，中校。」

「是的，我也曾想方設法想迴避這類的法律問題。沒想到一句非條約適用對象就將這些暴行正當化了。真是驚訝。」

譚雅苦笑地說下去。

「不管怎麼說，像我們這樣包含軍規與國際法在內富有守法精神的軍隊也很少見吧。關於這點，下官對部下能做得這麼好感到自豪。」

「……富……富有守法精神？」

「儘管是名目上，但既然戰鬥群是參謀本部的直屬部隊，這就是當然的事。此外，母體是航空魔導大隊也幫了一把吧。航空魔導大隊的交戰領域本來就廣，所以各軍官的法務教育也落實得很徹底。」

沒有法律防衛，戰爭要怎麼打下去。這是當然的吧——譚雅向卡蘭德羅上校打包票。是對譚雅簡單明瞭的回答深受感動吧。卡蘭德羅上校安靜下來，譚雅就趁這機會回到被打斷的軍官會議上。

「那麼各位，雖然遲了，但我們就言歸正傳吧。我們要排除敵人的抵抗。但是，這種時候只要能大略排除敵人就好。」

指名喊著「梅貝特上尉」的譚雅朝砲兵將校看去。

「我想以貴官的提案為基礎。雖說航空魔導部隊是負責支援，但我可不想弄得滿地瓦礫妨礙友軍喔？我要一個適當的方案。」

「那麼中校，有關戰鬥計畫……就照這個樣子。」

上尉所提出的方案，是針對幾處會是交通要點的建築物進行先制砲擊。易守難攻的高層建築……在這種偏僻的居住地會是教會的望樓……就一棟也不留的先制擊潰吧。

會比炸毀水泥製的碉堡來得簡單有效率吧。

「也就是典型的模式吧？很好，我認可。」

譚雅點點頭，一面迅速在地圖上指著，一面向戰鬥群的將校確認戰鬥計畫。

「沒必要標新立異。一面擊潰敵人的火力點，一面壓制。」

砲兵耕耘，步兵推進。就算是在居住地，這個大原則也依舊不變。尤其一旦是無限制戰爭的話就更是如此。

「儘管預定用梅貝特上尉的砲兵計劃性地打擊敵人的火力點，不過也該假設路線遭到瓦礫阻斷的情況吧。」

所以——譚雅補上一句提醒。

「觀測魔導師要用心執行精確導引，盡量避免製造出瓦礫。」

「那基於訓練水準的問題，我想屏除維斯特曼中尉的部隊，由格蘭茲中尉的部隊擔任觀測。」

「少校的意見也有道理，不過與托斯潘中尉配合得最熟練的應該是格蘭茲中尉的中隊。托斯潘中尉，你能跟維斯特曼中尉搭檔嗎？」

瞥了過去，就看到托斯潘中尉那張呆臉。不過，這個呆臉男人也在戰鬥群受過教育了。

「如有命令，我就會努力去做。不過，臨陣磨槍就……」

會很難吧——能清楚認知到現實是件值得讚賞的事。懂得說NO的托斯潘中尉，比明知做不到卻還說YES的托斯潘中尉遠遠來得有益吧。能認知到做不到的事並還能向上司報告，也是作為齒輪的優秀成長。

要是不承認這種小小的進步就沒辦法培育人才。這讓想說總有一天要寫一本培育人才書籍的譚雅注意到一件非常重要的事。

會想著這麼和平的事，自己果然是徹頭徹尾的和平愛好者吧。忍住這種苦笑，身為指揮官的譚雅重新考慮起人員安排。

「沒辦法。拜斯少校，你的中隊能負責直接觀測嗎？」

「我這邊沒問題。」

「很好。那就由你的部隊觀測。維斯特曼中尉是預備戰力。格蘭茲中尉的部隊直接支援步兵。阿倫斯上尉，不好意思，裝甲部隊也要支援突擊。」

「「「遵命！」」」

那麼——譚雅就在這時說出一個小小的藉口。

「我的部隊在本部待命……如有必要的話會作為預備戰力投入吧，但畢竟還有客人在。絕對不能讓敵人突破包圍。」

我必須要保護卡蘭德羅上校，所以不能上前線喲。

這還真是個優秀的口號吧！就便利性來講，要說是有著些許以上的副作用吧，麻煩事也很多，但以讓自己不用上前線的藉口來講，應該要給予高評價吧。

……雖說要是卡蘭德羅上校真有了什麼萬一？譚雅的前程將會是一片黑暗也是事實。

「我相信各隊……不過萬一時就拜託妳了，謝列布里亞科夫中尉。」

「下官了解。請交給我吧。」

很好——譚雅點點頭，在心中打起盤算——先不提本人的性格，卡蘭德羅上校果然是個基於立場上的麻煩呢。

從轉為攻擊態勢到就戰鬥位置，在戰爭中意外地費時。能照預定計畫完成預定的配置，光是這樣就是優秀的技術證明。

這該說是為了消除無謂的行動，各級指揮官理解自身的職責，士官發揮出領導能力之後才有辦法實現的專家技術吧。

「各隊已就指定位置。」

「比預定的還要快呢。漂亮。」

譚雅朝手錶瞥了一眼後，滿意地回覆副官的報告。

「托斯潘中尉請求在突擊前使用煙霧……」

「叫他把壕溝戰的基本給我想起來……不對，是這樣呀。他不知道吧。就先通知他在突擊的同時使用。沒必要特地通知對手我們準備發動攻勢了吧。」

了解——點頭拿起聽筒的副官，是理解何謂報告、聯絡、商談的那類人，能判斷交給她就不會有問題。

這樣一來，關鍵就會是——譚雅拿起一旁的有線電話。

「梅貝特上尉。準備好了嗎？」

「交給我吧。我會敲響鐘樓上的鐘給中校聽的。」

「……哈哈哈，這點子不錯。我也最喜歡教會的鐘響起來了。」

「是這樣嗎？」

儘管部下隔著聽筒傳來狐疑聲，譚雅還是「當然」的向他保證。

「是為了誰敲響鐘聲的吧？這我不討厭喔。不管怎麼說，我都打算舉著雙筒望遠鏡在這看守著。」

「我會努力避免白費工夫的。那就請等到指定時間吧。」

「嗯，我會等你的。」

放下聽筒，確認起距離梅貝特上尉保證的指定時間為止的微妙時間。既然各部隊比預定的還要早就指定位置，就沒必要勉強趕時間。

因展現出五分鐘前行動的精神而滿意點頭的譚雅，心情好到在想要不要把副官找來泡咖啡。這種時候就以優雅的心情觀察情況吧……是這種不管事的表現不好吧？

「提古雷查夫中校。能打擾一下嗎？」

被臨時司令部的真正觀察者搭話的譚雅忍住「還來啊」的真心話，恭敬地轉身面向卡蘭德羅上校。

「是的，上校。請問有什麼事嗎？儘管非常抱歉，但就要發起攻勢了，還希望你能快一點。」

「當然。就快點吧。」

「是的。」

妳看——在催促下，譚雅目視到卡蘭德羅上校所指著的東西。在居住地區域內，預定突擊的位置上……什麼嘛，是教會啊。

「……教會似乎成為了砲擊對象？」

「原來如此，下官理解上校在擔心什麼了。」

不過——譚雅微笑起來。

「還請放心，這完全沒有問題。」

「咦？」

「根據聯邦法律，那個是國有財產。儘管很可悲，不過聯邦並不承認教會財產的概念。」

「等等……妳在說什麼啊，中校？」

愣住的卡蘭德羅上校是個常識人吧。關於這點，譚雅也非常能理解。看在正常的文明人眼中，否定私有財產實在無法讚賞是腦袋正常的作法。

聯邦這個共產主義者的抬頭，還真是讓人惴惴不安吧。

「戰爭法的解釋是法務部門的管轄。根據通知，在聯邦民法上幾乎沒有國有、私有的區別，所以在攻擊設施之際，國際法上的……」

在卡蘭德羅上校喊著「等等」開口制止後，譚雅抬起頭來。

咦，我有那裡說錯了嗎？

「提古雷查夫中校，貴官應該是知道的吧。特意攻擊宗教人員，應該是明顯觸犯戰爭法的行為。」

「誠如上校所言。是在擔心這件事嗎？」

譚雅一副「總算明白上校在擔心何事了」的態度點了點頭。

富有守法精神的卡蘭德羅上校基於善良市民的義務指出違法的可能性，是完全正確的行為。

不過——譚雅在尊敬法律這方面上可也是個專業人士。

「會擔心裡頭說不定有宗教人士是很理所當然的事。只不過，經確認後並未目視到特殊標誌。」

譚雅邊向愣住的上校遞出手上的雙筒望遠鏡邊說：下官並未說謊。儘管有大略觀察過那棟位在臨時司令部也能目視到距離內的望樓，不過並未發現到禁止攻擊的標誌。

「已有複數軍官以目視確認過了。機會難得，想請上校也幫忙確認一下，不知意下如何？」

「……萬一發現的話，妳就會停止砲擊嗎？」

「這是當然。就算是我也不會命令部下砲擊被視為宗教設施的設施。倘若上校肯幫忙確認的話就能增加確實性了，還請務必這麼做。」

這不是什麼謊言，而是很高興他能夠幫忙確認吧。畢竟只有帝國軍人的目視確認也不能說是毫無偏頗。就算不是能稱為第三者的中立存在，不是帝國軍人的軍人的目視確認，可是在寫報告書時的最佳證據。

雖說不喜歡所謂的宗教設施……也承認要說不想砲擊是在騙人的。

實際上，就譚雅個人來說是超想砲擊的。

不過既然是基於國際法的保護對象，就算可恨也要確實克制住砲擊。戰爭如果用個人的感情去打，就只是野獸的鬥爭。

那怕是戰爭也有著最低限度的法律，譚雅也與積極打破規則的自滅性質無緣。

規則不是用來打破的，是用來讓對手打破的；法律不是敵人，是要拉為夥伴，用法理把對手痛扁一頓的工具。

「那……那麼……妳真的要砲擊教會？那可是在街道的正中央喔？」

「是的，因為很可能成為有力的抵抗火力點，所以認為應該要擊潰。」

「……要打城鎮戰？」

「是的，對方如果是聯邦就沒有國際法上的問題……事情就是這樣，請問有問題嗎？」

「不，沒有……沒有。」

不論對方是不懂規則還是不守規則，總之要是因為某種理由不加以利用的話，我方也沒有「顧慮」的義務。

「儘管也做過確認了，但妳能肯定那裡面沒有宗教人員嗎？」

哼——譚雅帶著苦笑回答卡蘭德羅上校的問題。

「上校認為說不定有？」

這是律師與檢察官常在法庭上使用的誘導性詢問技巧。

要是不小心斷言「沒有」，就會被要求提出根據吧。

要是認為「說不定有」，就會被指責違反了法的精神吧。

這是典型的以行為不符合法的精神與理念進行攻擊的引導式詢問，不過譚雅有著不會被這種小伎倆釣到的自信。

因為所謂的典型，就是連最佳答案都已經教範化了，只要知道就有可能迴避。這是知識助人的正確且最佳的例子吧。

知識就是武器。在前往戰場時，必須用心準備好武器才行。

「上校的問題，下官有點難以理解。明明沒有標誌，卻還認為有宗教人員在？」

要是真有的話，就採取「這種事我作夢也沒想過」作戰。這是訴訟大國出身的幹練律師所推薦的最佳防禦手段。

像是不否定也不肯定，但是也不拒絕證言的表現會拿到高分等等。

「妳認為沒有？」

譚雅維持著錯愕的表情與語調直接回答：

「請考慮到那裡並沒有設置標誌。不論任何可能性以極端來講都無法完全否定，但在未發現到標誌時，就該懷疑沒有設置的意圖吧。」

「妳的意思是？」

「縱使有人……我想是聯邦軍部隊駐紮的可能性很濃厚吧。不管怎麼說，我都擔憂部下會因此犧牲而打算排除。」

對了——譚雅就在這時恭敬補上一句。

「那麼，有關目視確認的事……請問有看到標誌嗎？」

「……沒有。」

「感謝上校的協助。哎呀，就快到指定時間了呢。看樣子是聊過頭了……還請容下官回頭處理軍務。那麼，下官先告辭了。」

看著提古雷查夫中校離去的背影，卡蘭德羅上校一個人啞然徘徊到指揮所外。

手中握著的雙筒望遠鏡前方，是聯邦不知該說是村落還是城鎮的居住地。基於訓練過的習慣環顧四周，就在目睹到帝國軍各部隊大致完成配置時，卡蘭德羅上校心中縈繞起一股怎樣也無法認同的異常感。

「……這是怎麼了？」

明明不是中世紀卻在攻擊城鎮。包圍戰。恐怕會波及民間人士吧，不，在這之前，說到底，軍隊是為了做這種事而存在的嗎？

「帝國軍和聯邦軍究竟是怎麼了？」

他好像也曾在報告書之類的文件上看過都市攻擊戰已成為理所當然的情報。不過，等到親眼目睹後……無法理解。

「怎樣也不覺得這是正常人會做的事。」

帝國軍將兵身上看不到遲疑。

這不僅限於提古雷查夫中校一個人。人人都像理所當然似的將砲口或槍口對準了居住地，期待著發起攻勢的指定時間到來。

「是打算不斷重複著這種事嗎？是想說在國家理性之前，人倫是沉默的嗎？究竟要堆積起多少屍體，才打算結束這一切啊？」

在指揮攻擊時，指揮官會被迫背負起異常的緊張感。不論是誰都想毫無犧牲的完成攻略，但願望總是不一定能夠實現，所以這也是當然的吧。

就算官方文件上是記載著雷魯根戰鬥群的名字，但沙羅曼達戰鬥群要是瓦解，背負責任問題的可是譚雅，就算會擔心也是當然的結論。

要打從心底切盼能毫無瑕疵的制定戰鬥計畫，應酬著卡蘭德羅上校這個累贅，最後還得認真擔心會不會有存在X之類的礙事者介入，是自己的職責嗎？

這絕對難以說是愉快的等待時間吧。負責人就算看起來只是在那邊耍威風，但這其實是在跟腸胃上的壓力奮戰的工作。

就拜託了——譚雅邊想邊開口。

「傷亡報告。」

「損害極為輕微！」

統計好各隊損害報告的副官傳來的聲音，聽起來究竟有多麼讓人感激啊！

「幹得好！」

沒有比知道這全是杞人憂天時還要讓人擺脫壓力了。滿臉喜色地鬆了口氣。

「我方目前正在掃蕩殘敵及重建戰線。」

「掃蕩殘敵沒必要做到徹底。儘管很遺憾，但徹底進行搜索追擊會讓部隊分散。逃走的敵人就讓他們逃吧。」

「可以嗎？」

沒辦法吧——譚雅向她點了點頭。既然暫時確保了住所，會想以這邊優先是指揮官的習性。在確保奉命前往的地點後，為了能從該處射出下一支箭矢，就必須讓部隊恢復可動作的狀態。

「我們的任務不是搜索殲滅。不能無謂地讓部隊分散。」

所以……譚雅正要開口，就發現到那名為了來臨時司令部報告而出現的軍官，綻開笑容。

「中校，我回來了。」

「啊，辛苦你了，少校。梅貝特上尉的砲兵那邊，你引導得很漂亮。托斯潘中尉的部隊想必也不會被瓦礫絆倒了吧。」

回答「那真是太好了」的副隊長真是可靠。朝四周重新確認了一眼後，譚雅就趁著會偷聽的卡蘭德羅上校不在場的機會向副隊長招了招手。

「話說回來，有關那個教會……」

「這部分請上校放心。我在敵掃蕩作戰中有擅自確認過了。真的就只是個空殼的樣子。」

拜斯少校並不是會特別在這方面的事情上對譚雅做假報告的人……但真的只是空殼嗎？

「喔？我還以為會多少有些動作。」

「不過有墓穴被挖開，陪葬品遭到洗劫的痕跡。」

「什麼？」

「是在我們抵達之前就遭到共產主義者洗劫了吧？他們感覺像是把有價值的東西毫不遺漏地通通後送了。」

我明白了——譚雅點頭回應著副隊長的答覆。

說到聯邦軍，最近可是不遺餘力地在徹底找帝國麻煩。這要說的話，就是有價值的東西就連寸土也不留給帝國的意志。也讓人感到一股惡意。

這就是缺乏對他人的溫柔、博愛與善良精神的作為。

「唉，我們總是慢了共產主義者一步啊。」

「咦？」

「是怠慢了敵情調查嗎？照聯邦軍政治宣傳的說法，我們似乎是命在旦夕。」

然後——譚雅面帶笑容繼續說道。

「他們似乎總是比帝國快了一步。聯邦那些傢伙偶爾也會準確地說出真相喲。」

「哈哈哈，這笑話不錯呢。」

譚雅帶著苦笑開口說道：「不，我是認真的。」實際上，譚雅不吝於承認聯邦的敏銳度。

他們以政治宣傳揭發了真相——資本主義也並不完美。

只不過——譚雅同時笑起。與不肯承認錯誤的共匪不同，資本主義是以失敗為前提。該說這正是人因工程的正確應用吧。自稱完美不會犯錯的有存在X這樣的傢伙就夠了。資本主義的強處是適應、改善、進化。

另一方面在理想論這點上，共匪對「應有的理想型態」可是包含自己在內，遙遙領先了資本主義者不只一兩步。如果不承認他們直到懸崖邊都不勒馬的勇氣是不公平的。

「不過，不得不承認他們掠奪的手段之好還真叫人可恨呢。那麼，就帶卡蘭德羅上校參觀倒坍的廢棄教會，減輕一下拘泥國際法的上校的精神壓力吧。」

「說起來，還有這件麻煩事呢。」

「拜斯少校，這會造成外交問題喔。給我說話小心點。」

「是下官失禮了……他讓我重新體會到前線與後方的認知差距了。」

「我也是喲，少校。」

真想沒到——譚雅不得不語帶嘆息的指出一件事。
「居然會被認為是在砲擊教會呢。」
「就是說呀。就算是我們，可也是比照國際法與基準在做事的。」
真的呢——譚雅向他嘆了口氣。說到卡蘭德羅上校，看來是在無意間把我們當成野蠻人看待，讓人無法接受。
「真不想被人叫作不懂法律的野蠻人呢。這讓我由衷感到遺憾喲。」

統一曆一九二七年五月三日　東方戰線　前線附近　戰鬥群基地

在搶來的房子裡睡上一場勝利的午睡……說起來是很好聽吧。實際上，就算只是將老舊建築的一部分當床睡，舒適度也是天壤之別。
就在熟睡一場，享用完像人吃的餐點，苦笑說著似乎能度過有文化的一天時，譚雅就收到司令部傳來的通知。
上頭總是這麼自私。譚雅所被允許的只有嘆一口氣。再來就只能肅然從命。
面對在軍官集合的吶喊下聚集起來的戰鬥群軍官，譚雅直截了當地告知他們要後退的事。

相較之下很快就接受的魔導大隊的軍官們，不免是早習慣本國的橫蠻無理了吧。該說很意外吧？梅貝特與阿倫斯兩位上尉，還有維斯特曼中尉也都看不出有太大的不滿，真了不起。

就這點來講，某種意思上該說是一如預期的是托斯潘中尉吧？

「後退命令？恕下官失禮，我們雖然才剛占領居住地，但防衛陣地的構築進行得很順利。下官很懷疑後退的必要性。」

「所以？啊，不，我沒有要打斷你發言的意思。機會難得。托斯潘中尉，你就把話說完吧。」

「我們有辦法防禦。那還有放棄的必要嗎？這在最壞的情況下，可是會讓敵人奪回，給予他們踏穩腳步的時間吧？」

「這是個好問題，托斯潘中尉。」

譚雅一面點頭，一面為了新人教育不惜勞苦地問起他對現況的認知。

「以貴官的觀點來看是這樣嗎？」

「是的，中校。以前線的狀況來說並不壞。現況下我們儘管與聯邦軍爆發了意外遭遇戰，但不也踏穩腳步了嗎？」

哎呀！意外地有在想呢。能高興地看到托斯潘中尉的成長這件事讓我感到驚訝。考慮到他的步兵部隊在占領時的活躍，是該承認他已經能做到身為軍官的最低要求了吧。

如果是這樣的話，譚雅也會不惜辛勞的教育他。

「這以地面的觀點來看是對的吧。」

「所以是……？」

一臉疑惑的托斯潘中尉該怎麼說呢，是在應用上有問題。不是能聞一知十的料。很可悲的，這傢伙是譚雅旗下的一名將校。

不過，用現有的人力做到最好，就算不是軍人也是當然的事。更何況托斯潘中尉有在以他自己的方式努力。既然如此，作為長官提供協助就是不容拒絕的事。雖然也不是不覺得自己還真是熱心教育……但這對一名好市民來說是當然的吧。

另一方面，譚雅也不得不帶著苦笑指謫他一件事。

「你要是活在古典的二次元世界裡我可就困擾了。現代戰爭可是三次元的喔？」

「咦？」

對於理解不過來的托斯潘中尉，譚雅點名航空魔導將校作為解說人員。

「拜斯少校，你覺得呢，在看過敵我前線之後的感想？」

「太錯綜複雜了。」

原來如此——一臉明白地點頭的梅貝特與阿倫斯雖不是魔導將校，但也不愧是受過訓練的將校；一臉茫然的托斯潘中尉則有必要再稍微教育一下吧。

不過，就算說沒辦法聞一知十，要責備托斯潘中尉也還太早。

姑且不論校官，現況下他算是平均水準。儘管彼得原理說得很對，但在無法升遷的現況下要求職位以上的能力是我太自私了。

「貴官認為我們推進了前線。」

「是的。既然整體友軍都跟我們部隊一樣在繼續進軍，目前就沒有後退的必要……」

「你的意見並沒有錯，但同時也是片面性的看法吧。只要俯瞰現狀，這也能說是在最前線的混戰。」

聽好——譚雅朝托斯潘開口說道：

「這樣要圓滑地運用部隊會極為困難喲，中尉。」

舉例來講——譚雅伴隨著具體事例繼續解說。

「假設我要為了托斯潘隊請求砲擊支援吧。此時，當作敵方陣地近在貴官的眼前好了……你會不想被誤射炸飛吧？或是說，應該要先問砲兵願不願意接受這種亂來的請求吧？」

朝砲兵將校看一了眼，就見他一臉凝重。

「……這不是我能負起責任的距離。這種時候，只要沒有將敵人連同托斯潘中尉一起殲滅的命令……」

就在梅貝特上尉說出這種事的瞬間。

這句話就像是預告般的響起了彈著聲。只要被砲擊慣了，那怕再不願意也會理解——是近彈，我們被攻擊了。

「砲擊！」

在某人叫喊的同時，司令部的軍官隨即抱持著共同的擔憂。

「敵襲！怎麼會！偵查……」

到底在幹什麼——搶在譚雅脫口大喊之前，似乎注意到什麼事的砲兵將校梅貝特上尉就發出慘叫。

「是後面！從後面打來的！」

面對砲兵將校斷言這是來自後方砲擊的這個事態，譚雅卻搖了搖頭。

「……這怎麼可能！」

後方遭到滲透，而且直到遭受砲擊之前都沒能發現？這裡有這麼多蠢蛋嗎？——譚雅難以認同梅貝特上尉的發言。

解說

【彼得原理】是當功績社會以「能幹」作為升遷條件時，極端來講，整個社會就會充滿無能的一種悖論。比方說，有一名能幹的一般員工。當他因為能幹而晉升課長時，要是他具備著能晉升到「更高職位」的能力，就還有辦法進化成為「經理」吧。可是，一旦他的能力只到這裡，就會作為一名無能或平凡的課長永遠停滯下來。這就是組織整體的原理！等注意到時，組織裡早就充滿無能了！——就是這樣恐怖的發現。

不過就這點來講，梅貝特上尉不愧是砲兵將校的專家。

「這恐怕是友軍的砲擊！是友軍砲兵隊誤射了！」

什！——瞬間啞口無言後，譚雅改變想法承認梅貝特上尉恐怕是對的。

就連在萊茵戰線當時，不是也偶爾會經常發生因為砲兵隊該死的計算失誤，讓砲彈落到頭上來的事情嗎？

然而，又一次著彈。比起剛剛的更加接近了？

「這是……觀測射擊！效力射馬上就要來了！」

多虧梅貝特上尉發出警告，能更明確地理解狀況的譚雅咂了一聲。這不是計算失誤！而是更糟糕的狀況。是誤認！

打一發基準砲後，修正偏差。自己以前也引導過砲擊，也有過被敵人引導砲擊的經驗，但沒想到，居然會被友軍這麼做！

「全員撤離！撤離！同時對空警戒！」

譚雅基於經驗法則知道——只要阻止觀測魔導師，至少砲擊就不會立刻發射。

「該死，沒辦法！」

以艾連穆姆九五式壓倒性的輸出強制顯現電子反制戰。將整個空域的收發信一時性的壓制後，譚雅就不掩殺意地直接呼叫起應該在這裡的觀測魔導師。

「我以神之名宣告！這裡是沙羅曼達戰鬥群！在C39區塊差點擊中友軍的蠢蛋，現在立刻停止砲擊！我的慈悲與忍耐可沒有主那麼深喔！」

「沙羅曼達戰鬥群？那個，呼號是……」

「混帳東西！攻擊友軍還有膽發問！」

滔滔不絕的譚雅是打從心底的忍無可忍。

「立刻停止砲擊！」

聽好——譚雅將殺意注入話語之中，朝著該死的薪水小偷發出怒吼。

「Salamander01呼叫觀測魔導師！你這廢物！是飛在哪裡啊！」

看他不發一語的反應，是無法期待靠對話解決吧？心想「外行就是這樣才困擾」而更加焦躁的譚雅當下甚至堅定起擊墜友軍的覺悟。

攻擊過來的傢伙，不論國籍、所屬全是敵人；意圖攻擊我的蠢蛋全是我的敵人。這個理論儘管粗暴，但肯定沒有錯。

「識別信號準備好了！」

「發射信號彈，快！」

副官迅速的準備正是專家的表現。「就發射給外行人看吧！」譚雅發出號令。要是他不認識滾滾冒起的信號彈煙霧，就該發動攻擊了吧。

「給我確認！有看到嗎！」

「我……我是看到了……」

「別讓我說第二次！立刻停止觀測射擊！拒絕的話，不管ＩＦＦ（註：敵我識別器）是怎麼顯示的，我都會視你們為敵人反擊！」

「為……為何貴隊會在那裡？」

「懷疑是敵軍的偽裝？很好。有膽就向沙羅曼達戰鬥群發射效力射看看啊！航空魔導大隊將會向你們全力展開反砲兵襲擊戰！」

我有自信就連砲兵師團都能蹂躪。相對貧弱的帝國軍砲列，我一擊就殲滅給你們看……這還真是會讓人悲從中來的自信啊！

「是要我讓你們知道，我在萊茵戰線的擊墜數不是掛假的嗎！」

譚雅是要讓他們知道，自己懷著發自內心的憎惡與憤怒的語調是認真的。我不想攻擊友軍。

不過，法學上也確實存在著卡涅阿德斯船板的概念。

為了不讓自己溺死而捍衛自己的船板可是正當權利。

因為意圖消滅沙羅曼達戰鬥群這面盾牌的愚者，而擊潰只為了保護這傢伙的砲兵隊，是緊急避難的行為。

由於對方的反應遲鈍，譚雅就語帶焦慮地大叫起來。

「航空魔導大隊，準備快速反應出擊！只要打過來就視為敵人！」

「遵命，中校！」

在前線分辨敵我的基準就只有一個。那就是有攻擊過來還是沒攻擊過來——僅此而已。就算雜亂無章地掛著ＩＦＦ還是識別記號什麼的，本質也不會改變。

「只要敢攻擊，我就將你們視為聯邦軍砲兵隊『處理』！快叫負責人出來！向我們謝罪！否則，就斷殺吧！」

毫不掩飾焦慮的譚雅，這時忽然注意到加密過的無線電收訊機傳來呼叫。

「Ｈ……ＨＱ呼叫 Salamander ＣＰ，請緊急回答！請緊急回答！」

「Salamander01 呼叫ＨＱ，請說明。」

光是沒用公開廣播就算很好了吧。

「這是誤認。是觀測魔導師的訓練不足……」

不過一聽他說是誤認，譚雅就爆炸了。

「辯解日後再以正式的文件格式送來！受到友軍的觀測射擊，要我怎麼保持部隊戰意啊！」

「是觀測魔導師的誤認。由於是在混戰……」

「就連標準程序也不懂嗎！當敵我方的識別信號與通訊暗碼是用來幹麼的！」

「真是非常抱歉。會以正式的文件謝罪並申請懲處……」

啊啊，官僚性的答辯。

「夠了！做成兩份送到參謀本部還有我的部隊來！我之後再來確實追究責任！」

譚雅喀噹地摔下電話，再做了一個深呼吸後整個人炸開。

「這群大外行！到底把戰爭當成什麼啦！這可是事關帝國軍將兵的人命啊！給我認真點！連確認都沒有是在開什麼玩笑！」

這可是人命，是無法挽回或復原的東西。

隨隨便便就遭到誤認砲擊，誰受得了啊。是把事關人命的重要性當成什麼啦。目睹到欠缺專家意識所導致的災難，讓譚雅不得不愕然。

「該死，這究竟是怎麼搞的，觀測魔導師就連區分敵我方都不會！觀測魔導部隊是拿來幹什麼的！」

如果是被敵人砲擊還算可以接受。

我們也會反擊。而這就是所謂的公平。

但被我方砲擊可就不公平了。

縱使是在移動彈幕射擊之際發生的砲擊意外或其他事故，也都還能忍受吧。畢竟就連照預定進行的砲擊，大砲的彈道也無法百分之百地一如預期。

「傷亡報告！」

「未受到嚴重損害。只有防衛陣地中彈數發的程度，並未出現損害。」

拜斯少校隨即說出的答覆，讓譚雅忍不住反問：

「什麼？確定嗎？」

「是的，中校。」

副隊長不是會未經確認就做出不適當報告的人。只要知道這件事，就能明白拜斯少校這話說得相當認真。

「……真是，太好了呢。」

唉——安心地鬆了一口氣。因為這種理由出現損害，可是件讓人絕望的蠢事。儘管遭受砲擊的事實也導致了憤怒，不過沒有損害的現實，讓人充滿希望到讓差點爆發的腦袋冷靜下來。

「姑且確認一下。車輛與大砲的損害？」

「沒有損害。如有必要，還能依命令展開反砲兵射擊。」

「哈哈哈，很高興現在好像沒這個必要呢。」

能看得出司令部內正逐漸取回放鬆或是說溫暖的氛圍。沒有損害的事實，真是不幸中的大幸吧。

不過心想著「真受不了」的譚雅，她的辛苦並沒有到此結束。

「打擾了，中校。」

「卡蘭德羅上校？你要是被友軍砲兵隊殺死可是外交問題，下官儘管很擔心，但看到你平安無事真是太好了。」

突然出現的卡蘭德羅上校依舊生龍活虎。

「是呀，幸好沒事。貴國的砲兵隊意外地差勁呢。」

「多虧這點得救了。下官作夢也沒想過會有一天高興他們的技術差勁。不對，就是因為技術差勁才會朝我們開砲也說不定呢。」

「「哈哈哈。」」

做蠢事的人會被瞧不起，這是天經地義的原理原則。

「話說回來，貴隊真是優秀呢。我雖然懷著說不定會遭到正式效力射攻擊的心理準備而閃避了，但就途中所看到的表現……貴隊的反砲兵防衛做得太優秀了。看起來是有對士兵進行相當徹底的鍛鍊。」

「真是難為情。這是因為我們經歷過萊茵的砲兵戰……」

「不知道那有多可怕的我，果然沒辦法靠感覺理解也說不定呢。這點讓我體會到了經驗上的差距。」

「是呀，畢竟我跟那裡的副官、副隊長都一樣，可是經驗豐富喲。」

是一同度過苦難的精銳——譚雅稍微自豪著。

「那麼，儘管認為上校已經知道了……要下官姑且說明一下狀況嗎？」

「請務必。」

譚雅向表現出興趣的卡蘭德羅上校嘆了口氣。

「直截了當地說，就跟上校猜想的一樣是友軍的誤射。原因是友軍的觀測魔導師把我們誤認為聯邦軍了。」

「誤認？哎呀，戰爭迷霧說得還真對啊。」

「就是說呀。不過，所幸避免了遭到全面性砲擊的事態。」

應和著「這是不幸中的大幸」的譚雅，受到卡蘭德羅上校有點猜疑的眼神。

「就是這件事，中校。妳能在進入效力射之前阻止砲擊這件事讓我嚇了一跳。這究竟是怎麼辦到的？」

「咦？就只是用通訊呼叫，透過暗碼讓他們住手罷了。」

「這可說是相當出色的配合度……不過是怎麼做到的？姑且不論理論，在實際運用上我是完全不懂。為了將來著想，還希望妳能指導一下。」

「我們也是在賭命的，所以就只是啟動了最後一道安全裝置。」

「能詳細說給我聽嗎？對軍事觀察官來說，可是極度渴望知道這段過程的詳細內容。」

是這樣嗎？——譚雅在陪笑表情的背後狠狠說道——怎麼能說啊。不論你再怎麼深入試探，威脅友方逼他們住手都不是能直接說出口的事！

就試著留下紀錄看看啊！記錄在正式文件上的事情會變成官方事件。要是遭到誤射後威脅友軍的事情被記錄下來，不就會在個人簡歷上留下汙點了嗎！

這跟激憤當下時的道理不同。只要有餘力以長期自我保身的觀點考慮事情，就也會出現適度掩飾自己的必要。

完美的履歷表，完美的經歷，完美的未來——這成套的三件事無論如何都要死守住。

「重點會是敵我方的識別代碼，還有適當的溝通吧。就跟祈求主的恩典差不多吧。」

點頭說著「原來如此」的卡蘭德羅上校會在答謝後離開室內，是基於不想在我方繁忙之際打擾的顧慮，要不然就是想再稍微視察一下現場的打算吧。

不論如何，他肯消失是件值得感激的事。

「被這些無能搞得很累呢……但願把這些蠢蛋送到前線來的教育負責人能遭遇不幸。砲兵的觀測精度可是帝國軍火力的根本喔！」

這要是變得隨便的話，前程可是一片黯淡。

「……損耗的最大化，必然會導致補充人員的品質下降。」

「這我當然知道，拜斯少校。」

把老手換成打工人員後，還期待一切都能照往常一樣毫無問題地發揮機能的人才有問題……

參謀本部不是會寄託低劣的樂觀推論到這種程度的組織吧？

唔——譚雅暫時沉思起來。

愈是恢復冷靜，就愈是覺得這件事很奇怪。必備戰力不足是眾所周知的事實。作為窮極之策將新兵投入前線作戰的手段，理論上也無法否定。

可是，這不一樣。在本質的部分上，帝國軍這個軍事機構仍擁有結實的人才。磨耗與枯竭的意思也截然不同。

「……只要本國沒有絕望性地錯亂，這事說起來就有哪裡很奇怪。」

如此的醜態。難以想像會毫無任何前兆就突然出現。這儘管不是保險的統計，但事故往往是發生前的小型未遂事故所累積爆發出來的結果。

就以友軍的失誤來說，誤射的規模怎麼說也太大了。這樣一來，就是友軍的質出現驟變？就在這幾天內？

「要說到這幾天的話，就是昨天的前進命令和今天突然的後退命令。」

命令可說是朝令夕改。本來的話，可以說這述說了帝國軍所面臨的混沌程度吧。

「本來的話」。

「……現場沒有因此而混亂還比較奇怪，但現況卻是有秩序地在行動？」

也能認為這是特意要將戰局帶入混戰狀態，但總而言之是太過突然的方針轉換。由於前線錯綜複雜，暫時後退的命令可是說來容易做來難。

要是敵前後退有這麼簡單，就不用每次戰線整理都必須安排殿軍了。

「……可是，上頭卻打算這麼做。」

而且——譚雅在心中小小聲地補充。不能說是毫無混亂。但鄰近部隊儘管是一群新兵，但至今除了誤射外，實際上都相對維持著組織性行動！

這顯而易見地很可疑。除非是有人在背後特意牽線，不然是不可能的吧。

「這樣一來的問題，就會是導演的意圖了吧。」

稍微前進，等接觸敵人後進行的戰線整理。根據教範，之後大概會發布構築防衛陣地的命令吧，不過話說回來……前線附近有大量的新兵？讓資深老兵自由是打算做什麼？

「武裝偵察？只不過，以在全戰線上推進來講……」

通常的話，只會投入像自己等人這樣的戰鬥群吧。這不僅沒必要動用到全軍，軍團規模的武裝偵察運用在帝國軍內部也還很陌生。

「中校，怎麼了嗎？」

等回過神來時，譚雅已沉浸在獨自思索的世界裡相當久的樣子。居然直到窺看過來的副官敦促為止都沒能注意到。

「啊，沒有，稍微沉思了一下。這可是將校的壞毛病呢。」

不管怎麼說——譚雅稍微搖搖頭。只要將疑惑留在腦中的備忘錄上並回想起自己的職責的話，要做的事情就很單純。

重新面對眼前的狀況。

必須提出善後策略，向部下發出接下來的指示。

「那麼，各位。很高興不用面臨需要突擊愚蠢友軍的局面。卡蘭德羅上校要是有什麼三長兩短可是外交問題，不過這邊也沒問題真是太好了。」

哈哈哈大笑起來的軍官，包含托斯潘中尉在內全都逐漸在東方鍛鍊出粗壯的神經了吧。就跟譚雅認為的一樣，適應是很偉大的。

哎呀——這讓人感慨起來了。

再來，就是交互提出適度的緊張感與適度的休養了。這是譚雅與參謀本部這種負責管理人事方的職責。只要適當管理，人力資源就能發揮萬全的機能。

「司令部那邊，就去勒索道歉與賠罪品吧。作為徵收人員，我們當中似乎最不懂得客氣的謝列布里亞科夫中尉會很稱職吧。」

「等……我……我要抗議！中校！」

不過氣急敗壞提出抗議的副官意見，在司令部裡是少數派。總歸來講，就是軍官也都被她狠狠洗劫過了吧。

「不愧是中校，十分了解部下呢。」

「我自認為看人的眼光很準喲，阿倫斯上尉。倒不如說，除了魔導將校外還有很多人被她洗劫過嗎？」

「下官就作為一名將校向中校報告，我再也不想跟她玩牌了。」

痛切地喃喃說道的阿倫斯上尉，臉上隱約帶著沉痛的表情。看來這傢伙也被洗劫了什麼吧。朝周遭瞥了一眼後，似乎全體軍官都很同意的樣子。

「梅貝特上尉、托斯潘中尉，就貴官們的表情來看，是跟阿倫斯上尉同意見嗎？聽到了吧，拜斯少校？」

「是呀，我們大隊的軍官還真是叫人慚愧。一點也不懂得客氣。」

唉——演奏起嘆息二重奏的時機完全一致。

以輕鬆說笑來講並不壞吧。這說不定是無聊小事，不過有辦法共享著相同的品味，在與人一塊工作時可是很重要的。這對最近擔心起自己的笑話品味是不是跟部下不合的譚雅來說，感覺就像是發現到了一個驚人的好題材。

「……我也不會要妳對敵人客氣吧？但連對部下與夥伴都這麼殘忍，就有點問題了喲。」

「中校！少校！」

哈哈哈的笑聲重新出現在司令部內部，正代表著無可取代的日常恢復了。和平的概念是任何事物都無可取代的。

「好了，各位。責任就追究到這裡吧。等下記得去跟謝列布里亞科夫中尉說想要的東西名單。」

要言歸正傳了──譚雅收斂表情。

「我們要為了戰線整理迅速退往指定的位置。殿後就交給拜斯少校吧。退路確保由阿倫斯上尉全權負責。」

瞥了一眼，就看到一臉明白的幹練軍人集團。由具備機動力的航空魔導大隊殿後，再讓突破力優秀的裝甲部隊擔任脫離的前鋒。這下就做好穩健的脫離準備了──譚雅向眾人逐一告知自己的意圖。

「托斯潘中尉，貴官納入梅貝特上尉旗下。支援砲兵後退。謝列布里亞科夫中尉，貴官也同行，護送卡蘭德羅上校。」

「遵命！」

只要交給副官就沒問題，是副官人事安排得很順利的證據。是難得的副手呢──譚雅一面感謝部下，一面將工作逐一分配給同樣信賴的將校們。

「那麼，拜斯少校、格蘭茲中尉。我們就照慣例最後再走吧。哎呀，管理職沒有加班津貼還真是難受呢。」

「每次都是這樣啊。不過下官雖然是軍官，卻也是尉官級的下級軍官，所以希望能請領加班津貼。」

喔——格蘭茲中尉不經意的一句俏皮話讓譚雅噗哧笑起。對耶，拜斯少校雖是校官，不過格蘭茲可是中尉而且是部下啊。

「這是尉官的特權呢。哎呀，沒辦法。我就幫你準備申請加班津貼的申請書吧。只要你能讓法務部門和總務點頭的話，就能平安請領到吧。」

「……中校的厚意讓下官感動得都快哭了。」

「哈哈哈，基本上不得不待命準備緊急起飛的航空魔導師，應該要認為空勤加給與快速反應加給已經包含了加班津貼吧。」

「……本國的管理負責人似乎會這麼說呢。」

我投降——就他舉雙手投降的表現看來，格蘭茲中尉也很正確地認識到敵我的戰力差了吧。

「反應不錯呢」譚雅朝著拜斯少校微微苦笑。

「這沒什麼，我也是軍大學出來的參謀將校喔，多少也懂一些軍政的想法。」

「那麼？」

「可能的話，我也想找一份磨亮辦公桌的高尚工作來做啊。」

一臉寫著「真意外」的拜斯少校喃喃問道：

「這麼說來，中校當初是申請後方勤務嗎？」

「沒錯，拜斯少校。該說跟貴官不同吧。我並不是打從最初就申請前線勤務的。」

「這還真是嶄新的驚訝。」

「為什麼呀？」

「非常難以想像這會是幾乎跑遍所有戰線的將校所說的話。」

你說得對呢——譚雅接受拜斯少校的指謫呻吟起來。這種實際上就像是全勤的紀錄，就連自己也覺得有點奇怪。說不定該考慮一下工作與生活的平衡。

「我也覺得要是能不這樣的話，不知道會有多麼多麼地好啊。」

譚雅帶著苦笑地向他點了點頭。

「儘管如此。世界也不可能會變成自己所希望的理想模樣。自從在諾登被捲入戰爭以來到現在，戰爭就跟我比較有緣的樣子呢。」

或是說自從被該死的存在X丟到這個世界以來吧？就是因為這樣，具備惡意的存在對善良的文明人來說才只會是危害。

「哈哈，這說不定是命運呢。」

「命運？要是能大喊 Nein（才不是）的話，不知道會有多輕鬆啊。」

唉——譚雅嘆了口氣。

「這是場邊說著這種蠢話邊打的戰爭。對像我這樣的常識人來說還真難受，唉。」

「恕我僭越，我也有同感。」

「喔，你能體會嗎？哎呀，格蘭茲中尉還真是了不起。」

就連回著「就是說呢」的拜斯少校，認識格蘭茲中尉的時間也跟譚雅一樣，他想必也有所感觸吧。

「有種他成長了呢的感動喲。那麼，要來做一個簡單的測試嗎？」

「測試嗎？打算要他做什麼啊。」

儘管好像很有趣——譚雅被勾起興趣的問道。

「覺得這樣如何，就讓他試著分析一下目前的戰局之類的。」

「這點子不錯，那好，我就單刀直入地問吧。格蘭茲中尉，我就用軍官學校的方式問了喔。請概說這次的退後命令與其背後的狀況。」

是的——格蘭茲中尉在僵了一會後開口：

「……以重新編製防衛線來說，算是有點奇怪的整理。」

「理由是？」

「是的，中校。是時機的問題。不是在戰鬥結束後，而是在各處還在持續戰鬥時重新編製戰線……不覺得奇怪嗎？」

「貴官也這麼覺得？」

「是的，會這麼說……表示中校也是？」

「……我是覺得這該不會……或許——本國是在企圖大規模的反擊戰吧？怎樣都覺得戰力的移動方式很隨興。總有種特意的印象。」

啊，不過——譚雅向他們苦笑。

「這全是一介將校的猜測。各位，就聊到這裡吧。後退，讓我們後退吧。就退到後方，去向司令部碎碎唸砲彈的謝禮吧。」

「「「遵命！」」」

[chapter]

IV

第肆章

鐵鎚作戰

Operation Iron Hammer

參謀本部是徹底達成任務的組織。
既然要求我們成為魔法師，
那就使用魔法吧。

摘自帝國軍參謀本部的筆記

統一曆一九二七年五月五日　義魯朵雅王國　加斯曼上將勤務室

信使的職責是不論好壞都必須正確傳達發信人的意圖；換句話說，就是必須要有能將奉命傳達的話語不經「加工」傳達出去的才智。與軍官傳令任務的性質不同。

直到現在，雷魯根上校才發現自己從未注意到這件事。

不論內心怎麼想，他的立場都不得不依照本國的意思擺出表情，依照本國的要求調整語調，依照本國的希望「發言」。

這世上到底是沒有只需講話就好的簡單工作。面對跟往常一樣掛著開朗親切笑容的加斯曼上將閣下，雷魯根上校單刀直入地說道：

「關於先前的提案，本國傳來通知了。」

「請說，雷魯根上校。」

面對正襟危坐的上將閣下，雷魯根上校深吸了一口氣。就承認吧。區區上校要對上將閣下吐露這句話，必須要有很大的覺悟。正因為如此，雷魯根上校做好覺悟，以嚴謹耿直的態度開口。

「下官這就轉達本國的答覆。」

請聽好——在深吸了口氣後接著說道：

「去吃屎吧。以上。」

停戰與議和，總歸來講就是為了結束戰爭的努力……所以即使這麼做很奇怪，也還是有必要不甘示弱地擺出高壓的態度。

「喔，這就是貴國從本國傳來的答覆嗎？」

「若要下官直說的話，就是除此之外沒什麼好說的。」

這裡要是有面鏡子，肯定能看到一個桀傲不遜的帝國軍人吧。雷魯根自己也很清楚，自己原本的臉看起來毫無威嚇感。正因為如此，才特意勉強僵硬的表情肌擺出有點過度自大的表情。

……正因為在大使館的個人房間裡對著鏡子不停練習了很久，所以那個，想認為應該有像個樣吧。假如沒有，就只是個小丑了。

「針對聯邦軍以實力擊退帝國的戲言，本國已發動了鐵鎚作戰。如今正像是此乃軍人之夙願般，以堅定的意志進行基於軍方既定方針，用火砲與火藥招待共產主義者之行動。」

「還真是相當武斷的說法。」

聳了聳肩的加斯曼上將恐怕早就看穿自己在逞強吧。以長年浸淫軍政圈的軍人政治家為對手，就算要演戲，憑雷魯根的經驗也太過臨陣磨槍了；既然是以老奸巨猾的上將閣下為對手，會被在心底嘲笑是區區的屁孩上校也是當然。

「是下官太過失禮。可是閣下，聯邦方的發言也相當高壓。還希望閣下能睜一隻眼閉一隻眼。」

打從一開始，雷魯根上校就在努力接受自己是在扮演小丑的事實了。

「你知道這是在交涉嗎？」

「當然知道。」

不論是被嗤之以鼻，還是被狠狠瞪著都是早已料到的事。

帝國以有利的條件要求仲介，義魯朵雅王國方則是反駁「別獅子大開口了」是打從初次見面就一直暗示到現在的對抗模式。

「我還擔心你忘了呢。希望還有義魯朵雅能效勞的地方。那麼，就暫時……要先確認一下帝國方的條件嗎？」

「是的，這是當然。」

雷魯根上校恭敬點頭，不過有別於他的態度，這可是一趟被嚴格下令對所提出的要求一步也不能退讓的外派。既然如此，看在對方眼中這會是在做表面工夫吧。

……會被認為是有意圖地要做給他看的，也只是時間上的問題。

「就先不論一些非軍事區的確保、賠償金的請求吧。此外，針對戰略要衝的割讓、現有占領地的『公民投票』等貴國的要求，有要變更嗎？」

「本國有通知，如有必要願意接受現有占領地的中立化構想。不過前提條件是要以受條約保障的形式成立『自治領域』。」

「雷魯根上校，我就坦白說吧……希望貴國至少能在現有占領地的『公民投票』與『分裂固定化』上考慮妥協。」

「不可能。」

面對話一說完就斷然否決的雷魯根上校，加斯曼上將絲毫不掩臉上的不悅。即使是義魯朵雅方，也有在準備交涉的階段事先掌握到問題的癥結點，所以這是當然的反應吧。

不過，真的就唯獨這件事，是無法退讓的。

「就沒有商量的餘地嗎？只要貴國肯在這件事上讓步……義魯朵雅也認為能在當天就跟聯邦方做好決議。」

「閣下，萬分感激你能如此慎重地對待區區一介校官。感激之餘，還希望閣下能海涵下官的婉拒。」

「還希望貴國能理解同盟國的善意。」

「帝國還不到需要承蒙貴國善意的地步。」

「……我就作為一名軍人打開天窗說亮話吧。妥協點在哪？貴國到底想在哪裡做一個了結？我希望能知道帝國的要求限度。能請教你一下嗎？」

「如要坦白說的話，敝國想要賠償，也極度渴望地想要領土。不過，就坦承更加本質的部分吧。帝國想要安心。」

「安心？」

「帝國想要不會再受到攻擊的國家安全。」

會遭受戰略性奇襲、周邊國家包圍的地緣政治學條件。不論哪一點，都已成為了帝國的心理創傷。

畢竟一直以來所擔憂並甚至恐懼的情形真的發生了。對帝國軍參謀本部來說，無論如何都深切希望能從這種恐懼之中解脫。

……和平必須要是恐懼的終結。

「反過來說，此外的各項條件只要能滿足這點，那怕是賠償還是沒賠償，割讓領土還是沒割讓領土，帝國軍參謀本部都會樂意接受。」

「……以貴國的戰略環境，獲得完美的保障？」

不可能辦到吧——加斯曼上將險些脫口的這句話，雷魯根上校是瞭若指掌。實際上，這事說來容易。不限於國家安全的困境，某人能高枕無憂的理想條件，無法保證就連身邊的他人也能感到安心。

帝國希求的國家安全環境，反過來說就是對帝國太有利了。就承認吧，這對其他國家來說是門檻太高的要求。這個事實就連參謀本部都承認了。

……然而，要是考慮到帝國內部的輿論的話，就會反過來了。這種程度的條件會是最低條件吧。更低的條件會非常難以讓國內輿論接受。

「是正因為如此才提出的要求。」

「太難了。你難道想說這很現實嗎？」

「帝國已處理掉西方，處理掉北方，收拾掉東南方，就只剩下東方的威脅。是在這種情勢之下的最低要求吧。為何會說這太難了？」

會不斷向義魯朵雅方表示「這是無法退讓的底線」的理由很單純。以幾十年的停戰條約結束戰爭的條件，很可能會讓這種愚蠢的戰爭再度發生。

帝國需要的是「最終」且「永續」的「和平框架」。正因為如此，雷魯根上校才會像堅決不肯退讓似的，只能擺出冥頑不靈的態度。

「雷魯根上校，回想起理性與現實感吧。這讓義魯朵雅感到了要向同盟國提出忠告的義務喔。」

「請無須擔心。」

「喔，就憑逐漸遭到聯邦軍壓制的貴軍嗎？」

「……恕下官直言，帝國軍是在敵地而不是自國的國土上作戰。敵我之間究竟誰占優勢，早在這時就該明白了吧？」

就算明知這是在玩文字遊戲，也不得不虛張聲勢的堅稱我們沒有輸。是有聽人說過外交有時也必須說出誠實的謊言，這是讓人感同身受的抱怨吧。

「你知道何謂後勤嗎？上校。勉強進軍對帝國來說很痛苦吧。考慮到在東方的磨耗，我得苦口婆心地奉勸貴國或許該以早期協議優先。」

「某方面說不定就如閣下所言……不過我們認為已窺看到距離勝利只差一步的深淵。」

「如果真是這樣的話會讓人很高興吧？上校，我就明說了……窺見到的前方未必是理想鄉。據說潘朵拉的盒子底部沉著希望。不過，有誰確認過了？貓是生是死，不是直到確認之前都不知道嗎？

「或許是這樣也說不定。」

但是——雷魯根上校疲憊似的苦笑起來。

「我們已經播好種了……播下解決東方諸多問題的種子。」

「……貴國就連成功反擊聯邦方之後的事都安排好了？」

「當然安排好了。」

目送雷魯根上校離開室內後，獨自在自己的勤務室裡默默抽起雪茄的加斯曼上將，無意間嘆了口氣。

「……儘管想認為是在逞強。」

就目前所知，帝國軍的現況離理想相當遙遠。就算說不上是遍體鱗傷，相當疲弊也是很適當的形容吧。該說是在擺脫不了冬季的損耗並逐漸深陷泥沼的狀態下，好不容易才重整態勢的吧？

緊接著就遭到聯邦軍的攻打。

那完全是奇襲。帝國方的對應完全落於被動。就連後勤倉庫都被攻下這種事，是不像帝國會有的失態吧。

最為雄辯的證據就是前線的動向。不論是帝國軍各部隊將前線以公里為單位的大幅後退，還是潰逃的報告，他們的狀況都沒有好到能逞強的程度。該說是陷入泥沼吧？應該很痛苦才對。儘管如此，帝國軍卻絲毫沒有讓步的徵兆。

「交涉拖長是不錯……但這能談成嗎？除非某一方大勝或大敗，要不然這件案子說不定是暫時談不成了。」

對仲介人來說，交涉拖得愈長，就愈是能推銷自己能耐的好機會。但老實說，交涉要是拖得太長，也會出現讓仲介工作喪失魅力的局面。

「……這下只能等卡蘭德羅上校的報告了啊。」

統一曆一九二七年五月五日　帝都柏盧　參謀本部作戰會議室

帝國軍在東方必須要有一個突破局面的對策。讓遭到壓制的前線、徹底混亂的部隊後退以恢復秩序，然後防止全面性瓦解的策略。

當然，是要以現場層級做出必要處理。在士官為了發出斥責激勵，下級軍官為了盡可能掌握狀況，上級指揮官為了努力重新編制戰線而四處奔波之下，東方的帝國軍已恢復了秩序。

簡單來說，問題是基於戰略環境的下一步棋。

現況下正為了反擊逐漸籌備戰力——空降獵兵、航空艦隊、作為機動戰力的裝甲部隊，還有僅存的砲彈與馬匹。最低需求，儘管真的只有需要的最低限度，不過戰務還是宛如鍊金術師般的想方設法進行了反擊戰所必要的物資動員。

不過儘管如此，也無人能否認這是臨陣磨槍。最重要的是，也無人能確信作為緊急對應制定的大規模反擊戰是否這樣就萬無一失了。

平時的話，還會仔細做好風險分析吧。不過，現況下就只有在幾乎有限的時間限制中，絞盡腦汁硬是得出的推測作為基礎的作戰計畫。

非常難說是萬全的準備。最重要的是，正因為帝國軍有著再三掌握敵情失敗的前科，所以遲遲無法下定決心。

心理創傷已根深蒂固。對敵人的攻勢完全預測失敗一事，讓帝國軍參謀本部的情勢判斷能力蒙上一層陰影。

企圖等春季地面穩固後展開反擊戰的基礎——已對「敵野戰軍」造成極大打擊的判斷失誤了。任誰都不得不承認這是在無法挽回的層面上錯判敵情的失敗。要是再毫無對策地對峙下去，就將會遭到吞沒吧。

參謀本部為了挽回局面，而渴望著打破戰略困難的一手，在絞盡腦汁、拼湊起僅存的可能性後，最終讓一個「希望」成形了。

那個計畫就叫作鐵鎚作戰。

以對敵凌厲的前鋒揮下強力一擊作為主要目的，帝國軍參謀本部所緊急制定的作戰計畫是大膽過頭的機動戰。

就連主導計畫的盧提魯德夫中將本身，都不得不承認鐵鎚作戰就本質上而言，是孤注一擲的一場豪賭。

「喂，傑圖亞。如何？」

「……以最終方案來講風險太高了。只能這樣說了吧。我也同意無法否定鐵鎚作戰的合理性。

不過，果然怎樣都無法釋懷。」

「是現況下最好的選擇了。」

鐵鎚作戰的真意是將敵地後方的河川比擬成一面巨大的牆壁。而為了讓河川成為牆壁，所選擇的方式是針對渡河地點的空降作戰。由空降部隊阻斷敵地後方，同時以裝甲戰力為主軸的「鐵鎚」打穿敵戰區的截斷包圍。這以理論來講是完美的作戰。

為了彌補數量劣勢，打從數天前就下令整理戰線，讓情報部動員東方與中央的所有人力，成功在某種程度內判別出敵戰區的表現，可謂是歷史性的偉業。

但是，但是，但是。

「只能深切希望這一擊能解決所有問題……還真是丟人現眼。」

「希望？別說得像在祈禱一樣，傑圖亞。氣氛本來就沉重的參謀本部被你弄得就像是點了蠟燭似的愈來愈悶。首先，向主祈求可不是參謀將校的職責。而是該拜託隨軍祭司去做的事吧。」

你說得沒錯——傑圖亞中將儘管一臉認真地點頭，但還是很想吐露心中的疑問。

「我們是參謀將校。比起祈求奇蹟，引發奇蹟更像是我們的職責吧。這點我毫無異議。但是，我們能引發奇蹟嗎？」

「有引發的必要。既然如此，這就是我們的任務吧。」

淡淡說道的盧提魯德夫中將，在這件事上毫不迷惑地斷言。

「如有必要，就這麼做。」

「我原本就這麼打算的。該做的事情就只能去做吧。」

既然知道就別給我抱怨了——受到這種眼神的傑圖亞中將搖搖頭，喃喃說出一句。

鐵鎚作戰的大前提是依附在空降作戰是否成功之上。要將空降獵兵送進敵地，就無法避免航空殲滅戰。作為必要經費的航空燃料、機材與人員，帝國軍已接近極限地傾囊而出。

「盧提魯德夫，我就明說嘍。如今帝國軍的航空艦隊就等同是一條繃緊的橡皮筋。請記住這點。」

傑圖亞中將基於職責，明確地告訴盧提魯德夫中將——沒有餘力再延展下去，就跟能事先預測到斷裂是同樣的意思。

……總而言之，就是帝國軍在東方的航空戰力的第二擊能力可悲到讓人無法期待。就這點來講，運輸機也已達到動員極限。實際上就連空降到聯邦軍渡河地點的空降獵兵的補給也難以說是萬無一失。

也抹不去輕裝備的空降獵兵能占領橋梁到何種程度的不安。這全都會是與時間的戰鬥吧，要是遲了，就會造成無法挽回的局面。

「我們已盡人事了。既然如此，就相信將兵們的奮戰吧。」

唉——傑圖亞中將就在這時打從心底羨慕起可敬友人的包天大膽。

「你仍然是老樣子呢。」

「什麼？」

「真羨慕你那毫不迷惘的果斷。我就沒辦法有這麼大的自信。已經不想再走在薄冰上頭了。」

盧提魯德夫中將就像不屑似的用鼻子哼了一聲。桀傲不遜，然而參謀將校就是這種人。既然這被定義為是參謀將校的理想，那即使是受過參謀教育的高級將官，本質的部分上也是傲慢的。

相信自己的力量，忠於義務，抱持著身為專家的矜持。

「沒有風險就沒有戰果。」

「我就部分同意吧，盧提魯德夫。」

「什麼，部分？」

傑圖亞中將在點頭後隨即聳了聳肩，很乾脆地向他說出自己想說的話。

「如果是將能降低的風險降低之後，還有辦法承受的風險的話。」

「哼，嘴硬的傢伙。」

「盧提魯德夫中將，就讓我說吧……當然會嘴硬了。」

帶著沉重的嘆息，傑圖亞中將叩叩敲著室內桌面的左手手指略為神經質地震動著。他厭惡地甩了甩手，從雪茄煙盒中拿出一根雪茄，然後在遞到嘴邊之前脫口而出的話語也是他的真心話。

「這種賭博，腦袋正常的話怎樣都不覺得會認可。這要是在戰前，我可是會讓提案人退下去療養喔？」

「你是想說我們瘋了嗎？」

沒錯吧——傑圖亞中將用力點頭。

長距離的空降作戰，而且空降後的空降獵兵就連確實獲得補給的頭緒都沒有。光是假如失敗，就很可能會讓作為貴重的戰略預備部隊的空降獵兵全軍覆沒，這就夠讓人頭痛了。而且還是放棄東方防禦戰的反擊戰。

是假如在這裡失敗了，就甚至可能讓帝國軍各部隊面臨全面性瓦解的賭博吧……成功的話就能獲得極大的戰果也是事實。也能期待對目前正在義魯朵雅進行的祕密談判帶來廣泛的好影響。順利的話，說不定還能抓住停戰、議和的契機。

很可悲的，這是一場所有的希望都得加上「如果成功的話」這句但書的賭博。美其名是軍事作戰，實質上卻只能說是賭博的計畫。風險很高，說不定該說是太高了。

「不然還能怎麼說？就只有作戰計畫的根本理論勉強還算正常，但實際上卻是一連串的強人所難……打穿敵戰區的機動戰，除了教範外有多少成功案例在？」

簡直是瘋了——就在發著牢騷把雪茄壓在菸灰缸上的瞬間，傑圖亞中將朝自己倒映在窗戶玻璃上的表情瞥了一眼。

依舊是一張氣色不太好的臉……臉上泛著深深的疲勞。不知是過勞在作祟還是壓力造成的，總覺得頭髮也很粗糙。

就這點來講，身旁裝得意氣軒昂的友人也不例外。

「也無法保證一定能打穿。」

在望以就像在問「我有說錯嗎？」的眼神後，盧提魯德夫中將就微微蹙起眉頭。傑圖亞中將很清楚他雖是個宛如岩石般的男人，但老友在這方面上意外有著老實的表情肌。

「盧提魯德夫中將，我就老實說吧……是不可能抱持確信的。」

「慎重是很好。不過在實行之際就不該迷惘。到頭來正是因為遲疑而挫敗的例子，在戰史上要多少有多少。這正是你的專業領域吧，難道不是嗎？」

「你說得沒錯，但姑且不論道理……我也是人呀。」

喔——盧提魯德夫中將就像有趣似的挑起眉毛，傑圖亞中將帶著苦笑向他吐露真情。

「最壞的預想，可是把我這老不中用的小心臟嚇得半死。抱歉，但我實在是沒辦法坦率地保持平靜。」

我從剛剛就很在意一件事——盧提魯德夫中將稍微板起臉來開口說道。

「我從來沒看過你這麼沒自信，傑圖亞。到底怎麼了？」

「我也不懂。」

「什麼？」

就算他錯愕反問……實際上，傑圖亞中將自己也無法確定這種難以言喻的遲疑感的原因。正因為知道這太不科學且不合理了，所以才沒辦法好好說明，硬要說的話就是第六感吧？

儘管很愚蠢，但這是根據經驗法則所推測而來的警告也說不定。因此，明知這麼說很曖昧，他還是說出了心中的擔憂。

「我判斷不了風險，坦白講就只有這一句。我沒辦法明確知道這會帶來怎樣的可能性。」

是事前情報的分析不夠，還是戰力的準備不足，就連這也搞不清楚。不論哪一邊，都已盡自己所能的做到最好了，可說是已盡人事了。

儘管如此，卻沒辦法像往常那樣在作戰前抱持著確信。感受不到手感。

能認為這樣就能成功。

也能希望或許能夠成功。

然而，要說到能不能優雅地抽著雪茄等待成功……自己是騙不了自己的。他的心中縈繞著某種疙瘩。

「真意外，因為是你，還想說是不是在考慮過各種事情之後要跟我爭論。」

「……戰爭有太多出乎意料的事了。」

搞不懂的事情太多了。自開戰以來，有許多事實與現象是傑圖亞所難以理解也無法預期的。

最不可思議的是，如今回想起來，就能理解這一切或許全是「必然」的發展。事後想想，甚至會想大叫為什麼就連這種程度的事都預測不到。

是因為接連的失策，所以才會對自己的判斷缺乏自信嗎？

「你打從以前就是這種口氣呢。欠缺意志力的話，可難以說是個適任的高級將官喔。」

「儘管我沒這個意思，但也不想把匹夫之勇誤解成勇氣。」

「唯有行動才是解決對策喔。」

看到他這種剛毅的態度，傑圖亞中將感到些許不對勁。還想說面對東方情勢，就算是老友也不免膽怯起來，但他身為作戰將校的根本部分意外地沒有改變的樣子。雖說徹底貫徹行動的態度說起來是很有盧提魯德夫的風格沒錯。

既然如此，就真的是很難得地錯判了他的意圖嗎？

「……活用機動力。直擊敵方的戰區邊界，以及空降作戰與航空殲滅戰。還有攻勢前的欺敵工作與各種事前準備都已經做了。儘管如此，風險還是太大。老實說，這種事我不想做太多次。」

「你說得有道理，但我們『堅實的作戰制定能力』也多少有些實績吧？希望戰務的各位也能稍微相信我們好嗎？」

這是我今天聽到的最好笑的笑話喲——傑圖亞中將笑了出來。也很少有單字會像堅實這樣在參謀本部裡這麼罕見了。首先，將這種高風險的作戰方案作為唯一的計畫推進的人「堅實」？

參謀教育的根本，是將怪人變成能幹的怪人。會企圖率先去做別人討厭的事，率先靈活且臨機應變地徹底執行任務的帝國軍參謀本部的高級參謀，至今以來有曾採用過「堅實」的作戰嗎？

「如果是每次都在豪賭的傢伙，我倒是認識吧？」

「我們別無選擇。不是嗎？」

「……很該死的，沒錯。」

統一曆一九二七年五月五日　東方戰線　沙羅曼達戰鬥群指揮所

戰史往往會將所有的事情說得就像按照計畫進展一般。記述著作戰發動的隻字片語中，大都不會記載部隊在開始行動前的混亂。

帝國軍發動了鐵鎚作戰。

打從這一刻起，東方的現場指揮官們儘管嘴上抱怨連連，也還是作為精巧的戰爭機器善盡本分。

「通告！司令部的通告！軍官集合！」

以雷魯根戰鬥群的名義在東方展開的沙羅曼達戰鬥群也沒有例外。也由於是在微妙的後退戰鬥中調整位置後，要在本國下達其他命令之前待命的關係，戰鬥群的軍官很快就集結完畢。

「還想說是有什麼事，原來是大規模作戰嗎？鐵鎚作戰？又要……一下前進一下後退的，還真是忙碌。」

就像厭煩似的聳了聳肩的拜斯少校，還算是心有餘力的那一類吧。對這習以為常的軍官知道順應突然變化的情勢有多麼重要。

那怕遊戲環境變遷，也依舊能看穿規則的共通點，沿用已知的手法，並達到最佳化，就這點來講，資深軍官的價值可是無法估計的。

「太亂來了。居然要在這種無法維持秩序的狀況下展開攻勢……」

另一方面，抱頭苦惱的托斯潘中尉是會將眼前的難題看得太嚴重的類型吧。會從經驗中學習的軍官，不論好壞都往往會以這件事有多麼困難來推斷一切。

這是個好機會呢——譚雅懷著想趁機窺看部下個性的念頭，環視起指揮所內部。

笑咪咪的謝列布里亞科夫中尉算是例外吧。不論好壞都早就習慣參謀本部的強人所難了，她沒辦法作為參考。

開始默默將巧克力棒塞進背包裡的格蘭茲中尉，就這點來講算是很老實的那類人吧。雖然以軍官來講也不是不覺得這沒有問題，但懂得採用現場層級就能做到的對應這點，值得讚賞。

就連梅貝特上尉，也陷入算是自身職責的砲兵相關數字之中的樣子。才想說他的反應很有趣，就注意到補充魔導中隊的維斯特曼中尉略顯狼狽地向前輩的拜斯少校詢問事情的模樣。

「少校，關於鐵鎚作戰，難道沒有事前計畫嗎？」

「參謀本部的大人物說不定會有，但你以為我們會有嗎？」

「……啊，那麼，那個，我該怎麼辦才好。」

「你也不用想得這麼困難。中尉，就照命令去做就好。一下說要前進，一下說要後退，然後戰爭就在亂成一團的時候結束了。」

拜斯少校不悅地以無可奈何的語氣說道，臉上閃過的情緒會是久經野戰的軍官特有的前線症候群嗎？

不對，譚雅就在這時搖了搖頭。

「各位軍官，差不多要開始了吧。」

「「「「遵命！」」」」

受過軍紀教練的軍官能極為迅速地切換心態。直到剛剛應該都還只會抱怨的他們，一齊切換成身為專家的表情。

「中校，敢問狀況？恕我失禮，好像也沒有看到上校。」

拜斯少校代表部下語帶納悶詢問的內容是極為正當的疑問吧。看不到最近這段期間一直待在指揮所裡的義魯朵雅王國軍事觀察官的身影，無法否認是很顯眼。

「卡蘭德羅上校婉拒出席了。畢竟是這種情況呢。」

當想聽部下毫無忌憚地發表意見時，外部的大人物會是偉大的障礙物。早在本國知會的瞬間，就在明知理虧之下進行談判請求他不要出席了。

所幸他能理解這點。這種明白事理的人才不論在哪個現場都很珍貴。想必也會在義魯朵雅本國出人頭地吧。

自己是最前線勤務，那位大人則是臨時的最前線勤務。要說沒有對雙方之間的差距感到些許忌妒，是騙人的……雜念太多了呢——譚雅將意識切換過來。

「那就速戰速決吧。大規模反擊戰——鐵鎚作戰已發布下來了。」

「完全沒有事前通知呢。真希望他們能考慮一下前線部隊的混亂。本國往往都只用想的在制定戰鬥計畫，真讓人困擾。」

「這是為了保密吧，梅貝特上尉。參謀將校往往很容易會有這種想法。」

儘管稍微幫上頭擁護了一下，不過譚雅也知道梅貝特上尉的意見是對的吧。

戰線全區的大規模前進命令。考慮到動員的戰力，這就是軍團規模的大規模機動戰。看穿聯邦軍全面出動的現在正是敵人的攻勢極限，進而展開反擊這種話說起來容易，做起來可是難若登天吧。

「有電報。中校，請過目。」

「辛苦了。」

在看過通訊人員轉達的聯絡信文後，譚雅忍不住對上頭記載的驚人事實瞠目。

「嗯？這還真是……」

「中校，怎麼了嗎？」

「就只是被本國的判斷嚇到而已，少校。這該怎麼說好，還真是膽大包天呢。作戰計畫本身算是相對單純，不過是相當大膽的豪賭呢。」

「豪賭？」

是呀——譚雅向拜斯少校點頭。

「這項計畫儘管叫做鐵鎚作戰，但如果是我的話，就會改稱為垂直包圍作戰喲。該說是接近機動戰的極致吧？」

率先對機動戰的字眼產生反應的，果不其然是裝甲專家。不論好壞都很乾脆的裝甲軍官，問起話來也毫無遲疑。

「……機動戰的最低條件是空中優勢，這有辦法確保嗎？」

不錯的觀點——譚雅對阿倫斯上尉的提問點了點頭。

地面部隊假如沒有制空權就會遲遲無法前進；沒有制空權的機動戰是痴人說夢。一面被Jabo（註：戰鬥轟炸機）轟炸一面移動，不論是誰都是敬謝不敏吧。

「儘管放心吧。友軍的航空艦隊做到了……實際上，我們儘管有遭到敵砲兵攻擊，也有遭到愚蠢的友軍攻擊，但就是沒有遭到敵航空戰力騷擾吧？」

「……這不是偶然的嗎？我還以為是上帝保佑。」

「相信上帝還不如相信友軍吧，阿倫斯上尉。我方親愛的航空艦隊把事情做得很好的樣子。」

本領還真是好啊——就連譚雅都為之愣然……受到召集的航空艦隊漂亮地掌握了空域。

「究竟是怎麼辦到的？」

「聯邦軍那該死的航空戰力隨著地面部隊的前進，掩護範圍也變得極為廣闊而分散開來了對吧。就是針對這個破綻下手。」

應該是以支援撤退與整理戰線的名目動員的航空艦隊達成了航空殲滅戰，在短期內成功確保了空中優勢。東方的天空，闊別許久地成為帝國軍的庭院。

這所帶來的究極成果，則是剛剛傳來的一道通報。

「我也是剛剛才知道的……友軍的空降獵兵已先行出發。空降部隊要空降到敵後方地區大河周邊的幾處地點。目的是要阻斷渡河地點的樣子……航空魔導師則是負責支援他們。」

「空降作戰？在敵地後方的渡河地點？」

沒錯——譚雅點頭肯定拜斯少校語帶驚愕的提問。

老實說，除了投入的規模太過龐大之外，這是很典型的作戰吧。假使失敗的話，奉命占領敵地後方的空降戰力就會全滅……是一場超乎常理的豪賭。

恐怕，就算是重視果斷的參謀本部……假如沒有成功的把握，也不太可能批准如此大規模的賭博。

「是我們在亞雷努的手法的改變版。光靠航空魔導師的話，空降戰力的人數就會不足，但只要與空降獵兵配合就能補足人數，讓火力、壓制力都能達到一定程度的戰力吧。」

這是將討厭的事情率先去對別人做的手法，是競爭的標準吧。

面對聯邦共產黨這個惹人厭的高手，帝國軍展現出要與對方一較高下的幹勁也不壞。

「我們的工作是作為突擊的前鋒之一。而且還是中央打通組。」

「那麼？」

儘管部下感覺有點戰意過剩，但點頭回應部下的期待也是好上司的義務吧。

「是要確保與空降到敵地後方的友軍部隊之間後勤路線的重責大任。是下令要我們衝往河川的軍令喔。不用說，我們要是遲到，空降獵兵就很可能會慘遭全滅。責任重大。」

話一說出口，就知道這有多麼棘手。

主要是因為敵地後方……「很遠」。

簡單來說，是要在空降獵兵能在無補給狀態下持續戰鬥的期間內與他們會合，速度要是沒有非常快的話就會很吃緊。就算是高度機械化的沙羅曼達戰鬥群，一旦遇到敵人這個物理性障礙，也沒把握能按照計畫前進。

「請問戰區是怎樣分配的？」

「我們與第二裝甲師團、第十五師團、第三混合機械化步兵師團被分配在同一個戰區。簡單來講，實質上就是自走化的三個師團加上具備機動力的戰鬥群所組成的先鋒集團。」

考慮到這次是就連對帝國軍來說都很罕見地投入了機械化戰力，光就形式上可說是最精銳部隊……但指揮系統未經妥善磨合的部隊是不可能互相配合的。

如果要將個別獨自行動的結果作為團隊合作的話，風險就太大了。

「我能問個直接的問題嗎？」

「無所謂，拜斯少校。」

「就算沒有構築壕溝線，但要從聯邦軍的厚重壓力中穿越過去，也讓我有點擔心。這實際上，有辦法靠三個多師團突破嗎？」

「你說得沒錯。各位，就算是那個參謀本部，也不會毫無對策就要我們突破這些障礙。」

室內響起哈哈哈的乾笑聲是個好徵兆。

至少，還有辦法諷刺說笑時，會遠比陷入迷惘之中鑽起牛角尖的一群人還要來得能保持合理性與健全的戰略觀點。

「各位，看看地圖吧。」

只要將上頭交付的情報與地圖擺在一塊兒，就能大略看出他們的意圖。這是期許軍官所要具備的能力，也是參謀將校這個職業所必備的職業技能。

「這是……要我們攻擊敵人配置重疊的地點嗎？」

「沒錯。參謀本部的情報專家是想要我們穿過『敵戰區』的隙縫吧。」

只要看到眾人一致的驚恐表情，就能料到部下的軍官們全都有著相同的想像。就這點來講，拜斯、謝列布里亞科夫、格蘭茲等譚雅的老部下很快就斂起表情了……是他們逃離險境的危機管理能力很高嗎？

「有什麼意見嗎？阿倫斯上尉，你就老實說吧。」

「……的確，『假如能掌握到』敵人轄區的話是很了不起。」

軍隊是縱向社會。就算是會全力防衛負責區域的指揮官，要在與鄰近區域防衛的權限重疊的地點確保圓滑的指揮系統，以常人來講也太難了。

會斷言就是為了避免這種事情才明確標記階級與資歷的可是外行人。這世上可沒有軍隊能在敵人來襲的瞬間，就判別出敵人是在誰的負責區域裡。

就連GPS都會出現誤差，怎麼可能靠這個時代的地圖與通訊狀況判別出來不是嗎？

因此，穿越敵戰區的隙縫以理想論而言是最佳解答。問題就在於剛剛阿倫斯上尉苦著臉說出的單純真理上——能掌握到的話。

「恕我失禮，『可信度』有多高呢？」

「參謀本部的情報負責人掛保證的樣子。」

瞧他那就像在說別開玩笑似的搖頭模樣，阿倫斯上尉也相當會演呢。

「這種分析能信嗎？參謀本部的情報專家們，特別是有關東方情勢的情報，可是時靈時不靈啊。」

「不錯的指摘。我也不是不擔憂這點……但要我以參謀將校的立場提醒的話，就是參謀將校也是有擅長與不擅長的事。」

在教育過程中，怎樣都會出現熱心教導的領域與複習完教科書就結束的部分。畢竟如果不是要培育萬能的天才，而是機能特化的專家的話，就必須這麼做。

反過來說，也正因為如此——譚雅打起包票。

「要說到情勢分析，參謀本部在軍事情勢分析上的表現並不差。雖說在有關政治情勢的戰略層面上的分析還存有問題吧。」

「也就是說，對敵戰區的辨別有著確切證據？」

「拜斯少校，這你就算問我，我也很困擾呢。」

「這確實是下官失禮了。」

譚雅朝著低頭謝罪的部下苦笑起來。實際上，也不是不能理解他想詢問的心情。就連譚雅也覺得要是能被允許的話，真想仔細詢問一下參謀本部有著多少自信。

甚至想逼問他們——「這次」到底有沒有十足的把握？但沒辦法問，也不可能問吧？
因此，譚雅就只能假裝開玩笑的把話題蒙混過去。
「算了，那些情報官應該也有覺悟到失敗的話會有怎樣的下場吧？我所認識的傑圖亞中將閣下，可是會毫不遲疑地向敵人學習的人呢。」
「向敵人？也就是說……」
是呀——譚雅向拜斯少校點了點頭。
「參謀本部的忍耐也有限度。對於那些接連失敗的情報官，也差不多要採用聯邦式的懲罰了吧。」
「這樣那些情報專家也會認真起來了呢。」
「哈哈哈，就是說吧。」
在氣氛稍微緩和下來後，譚雅就立刻將話題拉回正題上。如果假設情報無誤，並要依據這點行動的話，這就會是一場與時間的競賽，沒辦法繞太多遠路。
「實際上，還記得我們幾天前收到後退命令的事嗎？……當時有稍微確認過了吧。這份情報或許很簡陋，但毫無疑問是最新的情報。至少比給我們一個月前的正確配置圖要來得好多了。」
中校說得對呢——在確認全員都點頭同意後，譚雅就接著說道：
「在掌握狀況後就來進行戰術檢討吧。我們是由戰車、步兵、魔導師、砲兵所組成的戰鬥群，也是經由連戰建立起合作體系的打擊戰力。」

不論任何事，客觀的現狀認知都是邁向成功的第一步。知己知彼這句著名的孫子警句是純粹的真理。就這點來講，沙羅曼達戰鬥群儘管能樂觀認為是個規模雖小的複合性統合戰力，但反過來說也近乎是最小的戰略單位。

假如正面衝進敵軍團群裡就免不了一場苦戰。因此——譚雅嗤笑起來。

「……傷腦筋的是，我們就只是一個戰鬥群。因此，就來耍點小手段吧。」

「小手段？」

「沒錯，阿倫斯上尉。我很期待貴官喔。無論如何都要把我們送到河岸去。」

「咦？」

統一曆一九二七年五月七日　東方戰線　最前線地區

集中起來的砲兵完全先發制人的反擊。

在前進命令發出後的三十多小時之間，帝國軍在戰線各處與聯邦軍爆發激烈衝突。同時，帝國軍引以為傲的航空魔導大隊與航空艦隊毅然地全力出擊。讓在地面前進的帝國軍部隊高興的是，空中優勢的天秤依舊明顯地傾向帝國。

受到這種情勢的鼓舞，複數的帝國軍地面部隊選擇以機動戰展開快攻。為了趕著與空降的空降獵兵會合，一路朝著大河東進。

作為第二裝甲師團、第十五師團、第三混合機械化步兵師團的最前鋒，奉命確保前進路線的雷魯根戰鬥群暨沙羅曼達戰鬥群也混在其中。

隊列是由阿倫斯上尉的裝甲部隊與航空魔導大隊領頭，梅貝特上尉率領著砲兵、步兵、補充魔導中隊尾隨的兩梯團模式。以第一梯團帶來衝擊，第二梯團擴張，再託付給後續的友軍師團維持的單純戰術，就因為單純而保證了成功。

所謂的王道，只要能達成就會非常有益。

就這點來講，沙羅曼達戰鬥群的編成與準則也與帝國軍的其他部隊沒有太大差異。不過，相對於其他的帝國軍部隊被迫接連激戰的前進路程，沙羅曼達戰鬥群的進軍是極為平穩且顯著。

快速進擊的祕訣只有一個。

就是譚雅藉由讓航空魔導師擔任阿倫斯上尉裝甲部隊的戰車騎乘兵來特意抑制魔導反應，讓敵人的注意力集中在其他的友軍航空魔導部隊上的小手段。

對帝國軍航空魔導師在東方戰線的橫行霸道感到棘手的聯邦軍，用心加強了航空魔導防衛，反倒是個幸運吧。

就譚雅聽到的友軍通訊，聯邦軍似乎只要偵測到航空魔導部隊就會立刻派遣攔截戰力，就算敵不過也會徹底利用魔導反應確定帝國軍所在位置的事是不會錯的。

正因為如此才要「藏木於林」。

要藏航空魔導師的話，就要在航空魔導戰之中。

於是具備強力航空魔導戰力的沙羅曼達戰鬥群就由於聯邦軍「用心」警戒著上空的航空魔導戰力，輕而易舉就突破敵戰區的結合處——或是說以鑽空子的形式成功通過。

結果，讓譚雅的沙羅曼達戰鬥群在東方達成創紀錄的進擊速度，享受著順利到讓人有點掃興的突破行程。

如果是航空魔導部隊的話，就算是擔任戰車騎乘兵，生存率相對來講也應該不低吧——儘管是懷著這種估算讓魔導師坐在戰車上的，但意外地不錯呢——譚雅對偵察率的改善感到驚嘆。

有別於戰車內受限的視野，豈止是頭，全身都露在車外的騎乘兵的視野非常遼闊。這種能仔

解說

【戰車騎乘兵】 是讓人員乘坐在戰車上這種極為自然的結論。只要讓步兵搭乘就不會有必須跟著戰車移動的問題，完美做到步兵與戰車的互相支援……這樣特殊的戰術。

另外，這是坐在戰車的外側而不是內側。是瞄準戰車的敵方攻擊會毫不留情地落在人員身上的殘酷作法。雖然不知道是真是假，但擔任戰車騎乘兵的步兵的平均生存期間是兩週。

細偵察周邊三百六十度的方法真是太棒了，而且還是不用自己移動的機械化模式。

戰爭就該盡可能輕鬆地取勝。就這點來講，用戰車代替車輛進行移動也不是個壞方法。儘管得加上「要能對隨著戰車行走而來的故障率睜一隻眼閉一隻眼」的但書……但譚雅很乾脆地認為這次還在容許範圍內。

這讓譚雅的想像力翱翔起來，浮現出像是「要不要試著將戰車搭載魔導師的作法也作為戰術的一環呈報上去」之類的念頭。

就在這時，瞥見到晃動人影的魔導師大聲警告。

「有步兵！一點鐘方向！遭到伏擊了！」

大吃一驚的魔導師迅速做出對應——立刻發現目標，為了擊發顯現術式的術彈將槍口指向一點鐘方向。

就在要兼作為騷擾，準備進行試探射擊的一部分戰車開始機動的瞬間。

「等等，別開槍！是友軍！是空降獵兵的各位戰友！」

坐在領頭車輛群戰車上的格蘭茲中尉大喊著，讓準備回擊的各部隊立刻把槍放下。

「中尉，沒看錯吧！」

「是空降兵鋼盔！那是友軍的樣式！」

很好——譚雅昂首挺立在戰車上，立刻喊出命令。

「全員，揮帽禮，揮帽！」
在接近恐怕處於緊張狀態的野戰部隊時，假如不明確表示自己並非敵人的話，遭到誤射的可能性就很濃厚。
就這點來講，人員昂首挺立在戰車上一齊揮帽的動作，能以壓倒性的雄辯證明我方沒有敵意。
「別開槍，我們是友軍！是帝國軍！」
「什……是……是友軍部隊嗎！」
就像在說「沒錯」般揮舞的鋼盔與軍帽群，讓本來似乎在努力將反戰車砲對準過來的空降獵兵一口氣解除了警戒。
剛剛搞不好很驚險呢——譚雅安心地鬆了口氣。作為救援部隊趕來，結果卻誤射炸死了支援對象的空降獵兵，可是要送上軍事法庭的醜態。
「……戰車騎乘兵不錯呢。」
不只是舊蘇維埃，視情況就連美軍都會採用的戰術果然名不虛傳的樣子——譚雅改變了認知。本來還想說人肉盾牌不能做得這麼露骨，但錯誤就該修正。
這有多少成果，就呈現在譚雅的眼前。
「戰友，來得好！」
跑在前頭的格蘭茲中尉與對方的空降軍官交換熱情的擁抱，彼此用拳頭碰撞對方肩膀的光景，還真是讓人感動吧。

「抱歉來遲了！」

「來得好！」

自隊與空降獵兵的眾人互相稱讚著雙方奮戰表現的聯歡慶祝。只要看對方以消瘦疲憊的表情綻開笑容的模樣，就能不容拒絕地知道這些孤立在敵地持續戰鬥將近三天的空降專家有多麼拚命了。想必是有著非比尋常的辛勞吧。

要是有什麼能提供協助的地方就好了——譚雅也開口說道：

「我是戰鬥群資深指揮官的提古雷查夫中校。有需要什麼東西嗎！」

「彈藥在這段期間內已經射光了。除了魔導師外，大家手頭上的量都不太可靠……如果有彈藥的話，希望能多少分我們一些。」

「我立刻安排。雖然這麼說也很奇怪，但作為補償就分我們一點水吧？」

「水？」

就在那裡流著吧——空降軍官指著架有橋梁的巨大一級河川（註：日本河川法歸類為對國土安全及國民經濟具有重要性的水系）。不過，譚雅可是重視所有權概念的現代人。

「喂喂喂，那是你們贏得的戰利品吧？要多少？就讓我們用水與彈藥來以物易物吧。」

「哈哈哈，的確是我們的戰利品。哎呀，我似乎是累了。」

「這可不好。是睡眠不足嗎？」

「想躺在闊別許久的床上盡情熟睡呢。等睡醒後，再拿相機拍幾張紀念照片。」

他們實際上可是放棄了休息時間接連激戰到現在。請求適當的彈性休假是正當的權利，讓他們休息也正是統帥上的責任。

就好好休息吧——輕鬆回道的譚雅忽然喃喃自語起來。

「畢竟是這麼大規模的作戰。拍張紀念照也不錯吧……我們說不定也該仿效一下呢。」

「不錯呢！照相機設備就請交給我吧。」

「是謝列布里亞科夫中尉嗎？很好。我就期待吧，麻煩妳了。」

「是的，請交給我吧！」

真是可靠呢——微微苦笑的譚雅帶著「總算是抵達了」的感慨望向河川。一旦碰上河川，連敵人也沒辦法自由後退吧。架橋地點是宛如咽喉點（註：軍事上泛指山谷狹徑或隘口等易守難攻的狹長地形）般的命運岔路。

「……再來，只要能堅持到底的話……嗎？」

統一曆一九二七年五月八日　東方概況

當聯邦軍司令部掌握事態時，戰鬥群的前鋒早已抵達戰線深處。
只要能在戰線上開出一道缺口，帝國軍部隊就會宛如奔流般的湧入，以火力與步兵撬開傷口。就算為了阻止突破，要求立刻打擊突破部隊的側面，喪失空中優勢的聯邦軍就連移動兵力的自由都欠缺。

我們贏了。

就在帝國軍的指揮官如此確信的瞬間，他們對勝利的貪慾就愈來愈強。另一方面，部分戰線遭到突破的事實嚴重削減著聯邦軍的戰意。就連在前線撐住攻勢的部隊，都基於交通線受到的威脅而不得不後退。

只要冷靜下來客觀看待，會發現數量優勢的天秤仍舊是傾向聯邦軍吧。然而，空中優勢與戰場的主導權則是全歸帝國軍所有。

在這瞬間，聯邦軍在東方的大規模攻擊計畫完全挫敗。別說是排除空降到交通線上的帝國軍空降獵兵，假如不迅速後退的話就會遭到重重包圍的情形，已然成為事實。

當天　帝都柏盧　帝國軍參謀本部

無線電狀況與當地傳來的報告。只要統合這些情報，就連位在遙遠的後方——帝都的參謀本部也能看出作戰的推移大致順利。

就算在最終任務報告送達前無法完全理解狀況，也能根據傳來的通訊狀況推測，一面排除抵抗的進軍確實是成功了。

然而根據累積的旁證類推戰況有利的假設與當地傳來的成功報告，在意義上依舊有著決定性的差異。

參謀們每隔幾分鐘就坐立不安的在通訊機旁有點形跡可疑地走來走去，就連高級將校也不停抽著已成為貴重物品的雪茄或代用的手捲菸的這種光景，幾乎要讓參謀本部充滿著某種煙霧與緊張感。

盼望已久的通知，就在人人皆因此被焦躁感與內心糾葛煎熬得差不多的瞬間，宛如及時雨般的降下了。

「成功突破！他們成功突破了！空降的空降部隊司令部傳來電報！第六空降獵兵連隊與雷魯

根戰鬥群接觸了！」

「……雷魯根戰鬥群？」

「失禮了，是沙羅曼達戰鬥群的祕密代號。」

對於突然冒出同僚的名字感到狐疑的參謀將校，知道內情的一名作戰局人員小小聲地補充說明。

「那麼，最棘手的中央阻斷成功了嗎？」

「不會錯的。」

「……幹得好啊。」

盡完人事，對自己的作法自負到傲慢的他們不得不發自內心祈求奇蹟保佑的鋌而走險。度過難關了啊——好幾名參謀舒展愁眉。能確定避免所擔憂的空降部隊的全滅，順利的話還能得到極大的戰果。

任誰都不由得希望起後續的報告會是讓人欣喜雀躍的消息。

「左翼及右翼呢？」

「有待後續報告……失禮了。」

通訊軍官走近電報機，暫時專心地抄起筆記。他一抬起頭來，就滿臉喜色的向室內大喊起來。

「據報兩翼皆無線電接觸成功了！」

甘美的成果，或是說希望。吹散了瀰漫在室內的陰霾，讓一擁而上的參謀頓時振奮起來。人人都在這瞬間闊別許久地取回了確信與自信。

他們天真無邪地露出喜色，一齊遐想起戰果。

「左翼還需要一點時間排除抵抗，不過也逐漸對敵軍戰線造成劇烈動搖，形成口袋只是時間上的問題！」

作戰將校整理好狀況後，就衝到坐在上座看守作戰整體進展的盧提魯德夫與傑圖亞兩中將身旁，滔滔不絕報告著期盼已久的好消息。

「關起來了嗎？」

「是的，盧提魯德夫中將閣下！關起來了！」

這樣呀——盧提魯德夫中將說出這句話後滿意地點了點頭。

「……關起來了啊。」

就彷彿只讓坐在身旁的傑圖亞中將聽到般，喃喃獨白中透露著安心。是一直在努力不讓部下看出心中的擔憂吧。打從心底的忍受自己就只能在這裡祈求著成功。這可說是在作戰進展之際，高級參謀所會面臨到的某種孤獨吧？

一得知自己已從煩惱之中解脫，傑圖亞中將就連同盧提魯德夫中將一起猛然站起，大聲喝采。

「「萬歲！」」

參謀全都自然地揚起笑容，毫無保留地向計畫主角的盧提魯德夫中將互相讚賞。

「恭喜！」

沒什麼——盧提魯德夫中將謙虛地向眾人搖頭。

「是多虧了空降部隊與隨隊魔導師的努力堅持。這全是靠他們將近三天三夜在敵地奮鬥不懈的表現吧。」

盧提魯德夫就像感動不已似的把話說下去。

「太感動了。這是我最起碼的感謝，去幫他們提前申請授勳。」

「遵命。」

這事只要交給答著「就交給我吧」衝出去的參謀去做就能確實安排好吧。沉浸在亢奮之中，人人都以勝利的美酒大喊著乾杯。

只不過，不論是怎樣的空間都存在著清醒的人。

「……之後，就只要把這完成就好了啊。」

用鼻子哼了一聲的傑圖亞中將就算高興，也不會因此忘我。過去在萊茵戰線儘管大勝卻在最後階段搞砸的過程，他是想忘也忘不了。

「……利用河川的包圍殲滅戰。空降、地形，還有敵戰區的截斷。儘管很想說只要形成口袋，之後就萬無一失了……」

「傑圖亞中將，我知道你想說什麼。我們在孤注一擲的戰鬥中勝利了。既然如此，就該確實摘下成果吧。」

「服了你了。既然你都說得這麼慎重了，我也沒什麼好說的。連同作戰的成功在內，我在你面前可抬不起頭來了喔。」

就像在說「盧提魯德夫，這是你的勝利」般，傑圖亞中將揚起笑容。

「不過成果就是成果。我就老實祝賀吧。盧提魯德夫中將，就請你品嚐戰務所珍藏的葡萄酒吧。」

「喔？這可是從你那邊接收的酒，肯定很美味吧。」

你就儘管期待吧——傑圖亞中將聳了聳肩做出回應。作為物資動員的負責人儘管要極力保持公平，但如果是要對如此豐碩的勝利提供葡萄酒的話，不免是在容許範圍之內吧。

「烏卡中校。儘管辛苦你了，但等下就送一打過去吧。」

「遵命。」

一副「請交給我吧」的態度答應下來的烏卡中校是後方部門的專家，同時也是相當的葡萄酒行家。如果是他的話，就能妥善準備好不錯的酒吧。

能夠將就連組合搭配都有著各種不同含意的葡萄酒禮品交給他去準備！身為軍人很優秀，同時還懂得留意這方面事情的人才，以戰務這種職務來講可是很寶貴的。

總歸來講，就是信任。對於一路累積了值得信賴的實績的人才，只要有做出適當評價，就當然會得到難能可貴的結論吧。

「……適當的推論嗎？」

是自己的老毛病呢——傑圖亞中將就在這時微微苦笑起來。凡事都會考慮程序與掌握結構會是個壞毛病吧？要是連送個禮品都會這樣，就沒辦法否定了。

不管怎麼說——他在這時甩了甩頭。

這能將計算的誤差最小化。推測、預測，然後應對，這正是傑圖亞中將的本分。正因為如此，也比較容易掌握在目前的戰局下所該考慮的事。

首先，我軍正逐漸成功地截斷包圍聯邦軍。將敵軍分割成三塊後，再來就是讓強化包圍以致最後完成殲滅的程序堅持下去。

就算是豪賭，只要賭贏了，就會是機動戰戰史上的一個新項目。

在軍官學校學習歷史的後世軍官將會面臨到得感慨學習量增加的下場吧。還真是愉快，不是嗎？

不過，凡事只要沒能掌握到手中的話就毫無意義了——傑圖亞中將兼作為自省的搖了搖頭。還不能大意。尤其只要敵司令部為了找出活路試圖打通包圍網的話，就也可能出現棘手的事態。

「……在敵司令部還能運作的期間內，會這麼做吧。」

早在喃喃自語時，傑圖亞中將就考慮起新的對策——就連在現狀下都能對勝利有一半的確信……那只要再出一招就能更加確實了吧。

「很好，就擊潰吧。」

帝國軍在這次大戰中頻繁使用的斬首戰術——針對敵司令部的直擊作戰能在決定性的瞬間，讓指揮系統決定性的喪失機能。

航空魔導大隊的敵司令部直擊作戰，不論是在萊茵、達基亞、南方大陸，就連在東方戰線都是有用的。

這要說的話，就是一個最佳解答。

就算是需要自軍的空中優勢、最低限度的支援，最後還要有幹練的航空魔導將校與資深士兵的高風險作戰，在能滿足所需的前提條件時的威力可是出類拔萃的。

「烏卡中校，再麻煩你一件事。」

「是的，請儘管吩咐。」

「幫我通知沙羅曼達……啊，不對，是通知雷魯根戰鬥群。要他們去確認有沒有辦法直擊敵司令部。」

「可以嗎？不理會當地司令部……」

面有難色的烏卡中校暗示著顧慮的必要性。不是應該先尋求東方方面軍同意嗎？這種細心的安排有點太過慎重了。身為將校之人，總是很難掌握好果斷與慎重的平衡。傑圖亞中將自己也跟盧提魯德夫一樣差點露出遙遠望方的眼神，苦笑起來。

「烏卡中校。貴官雖然優秀，但似乎不太懂前線的將校心理呢。」

「咦？」

「在前線，能派上用場的人就是正義。只要是像提古雷查夫中校這樣獵犬在追逐獵物，就算是東方軍也不會多說什麼的。」

眨了眨眼的烏卡中校臉上浮現起理解的神情。對參謀將校來說，這方面的靈活性可是難能可貴的資質。等下就在烏卡中校的考核表補上這一點吧。

「作戰那邊我會去說。那就開始行動吧。」

統一曆一九二七年五月八日　東方戰線　沙羅曼達戰鬥群指揮所

「傑圖亞中將閣下用人還真是粗暴……居然要我們戰鬥群直擊敵司令部。」

「不是每次都這樣嗎？另外……在官方上，這是對雷魯根上校的通知就是了。」

「喔，妳說得對。」

是打著這種名義呢——譚雅朝副官笑著回道。表面工夫雖然麻煩，但也不得不作為必要的手續尊重。

「這會讓人想以雷魯根上校的名義回信說辦不到呢。乾脆就讓雷魯根上校為了部下揹這個黑鍋吧？」

這有一半是譚雅出自真心的話語。

不過，既然沒有時間也沒有勞力造假，造假就是違規行為。考慮到要對規則誠實的話，譚雅就不容許這種違反道義的事。

這也是不得已的吧——微微搖頭後，譚雅就認命地開口說道：

「……看來我已經累到會說出這種根本做不到的事呢。就是因為這樣，戰爭才不能沒有規則。」

「就誠如中校所說的。不過，要怎麼做呢？」

「敵軍依舊健在。包圍儘管成功了，但這種程度也不可能耗盡敵人的儲備戰力吧。儘管想慢慢來，但本國卻希望著能立即見效的外科處置。」

遭到包圍的敵人是窮鼠。對想輕鬆取勝的譚雅來說，她可不具備著會樂意闖進那種地方給那些自暴自棄的傢伙咬上幾口的感性，今後想必也不會追加供給吧。

「真懷念追加加速裝置呢。」

「的確，要是有那個在就會輕鬆許多了呢。」

這是回應謝列布里亞科夫中尉的話語，然而對喃喃說出口的本人——譚雅來說，這卻帶來了晴天霹靂般的衝擊。

只要冷靜下來，就很明顯有哪裡很奇怪。居然偏偏會懷念起那個修格魯工程師的發明品？

哎呀，看來戰爭會把人逼得相當走投無路的樣子。

就算向上頭回報不想揹負損耗風險之意，表現得非常不願意，軍隊的上下關係也很明確。不論是誰都不容許拒絕正當的命令。

目標是疑似聯邦軍司令部的陣地群。也由於是距離所確保的渡河地點只要一小段飛行航程就能抵達的地點，所以高層就以期待第二〇三航空魔導大隊這次的直擊之意嚴格下令。

既然下令要去，就只能去了。

還來不及感慨自己無法說ＮＯ的悲哀，譚雅就得投身在航空魔導大隊的司令部突襲作戰之中了。

該說一如預期吧。儘管應該是只有花幾天構築的急就章防衛陣地，聯邦軍主要陣地的防衛硬度卻堪比萊茵戰線。

「抵抗太厚實了！該死，是當自己是躲在洞裡的獾嗎！」

火力的密度、規模，最主要還是敵兵的拚命度都棘手到讓精銳的第二〇三航空魔導大隊大感吃不消。

「敵魔導師升空了！」

「司令部直接掩護組嗎！可惡，要是不在家就好了！」

讓人想咂嘴的是，他們有確實讓預備戰力待命。依循理論的堅實運用，讓人反胃的正確解答。如果是運動競賽，就算要讚賞對手的高明一齊奮鬥也行吧；但在戰時的勁敵不是要殺死就是要避開的對象。

她就像是要活用高度差一發轟下去似的顯現術式。依序朝著升空攔截的傢伙轟炸後，隨即注意到自己搞砸了。

「是那個棘手的新型！」

不需要聽拜斯少校那慘叫般的警告。用聯邦魔導師的防禦殼接下譚雅等人的爆裂術式後還能若無其事飛行的，就只有那個新型的使用者。

「遠距離戰打不穿防禦殼嗎！該死。」

如果是用光學系狙擊術式，而且還是讓貫穿力極度尖銳化的手法，就有打穿的「可能性」。只不過，要在敵陣地上空慢條斯理地對射也實在是……就在譚雅因為計畫被打亂而著急起來的瞬間。

咻地，一名中尉率領著中隊開始衝鋒。

「中隊跟我前進！近身戰應該對他們有效！」

氣勢十足的格蘭茲中尉做出果斷的抉擇。儘管也猶豫該不該制止他，但應該要最大限度地尊重部下的自發性呢——譚雅改變了想法。

「拜斯，掩護！」

「可以嗎！會突出的！」

可以理解副隊長暗示著「這很危險」的擔憂……但那個新型對近身戰很脆弱可是經過實戰證明的。譚雅也認為與其貫徹遠距離戰耗費著時間與餘力，應該要衝上去才是正確的選擇。

「格蘭茲那個笨蛋這次是對的！你負責上空支援！」

只要將退路確保與支援交給拜斯少校的話，警戒也就萬無一失了吧。既然背後有人守著，自己就只要收拾前方就好。

「副官，我們中隊跟著格蘭茲前進！進入梯團模式！」

衝吧——揮舞手臂帶頭開始衝鋒的譚雅就在這時忍不住驚愕地屏住呼吸。聯邦軍的防空陣地突然開始開砲。

遭到敵人砲擊倒也還好。畢竟，戰爭就是這麼一回事。然而——譚雅忍不住瞠目。

居然是朝著聯邦魔導師飛行的空間，發射不分敵我的濃密防空砲火！

「連敵我都不分嗎！」

一群亂來的傢伙——一憤恨吐出這句話來，譚雅就迅速發出指示。既然是遭到打從最初就不期待射擊精度的區域射擊，就只能加強防護了。

「別依靠光學系欺敵！集中在防禦殼上！就這樣暫時脫離拉開距離！」

中止衝鋒，再度迴轉。這是假如管制陷入混亂，就很可能會遭到孤立，讓部下淪為火燒機的千鈞一髮之際。不對，要是飛太慢也不行吧。倘若不是帝國軍演算寶珠就特性上來說有著優秀的升空機動力與上升性能的話，就毫無疑問會有這種下場。

「被擺了一道了……該死，想不到居然會衝鋒失敗。」

跟驅散達基亞大公國軍的戰列步兵當時相比，時代已經不同了。高射砲、防空機槍陣地的濃密防護射擊，凝聚著絕不讓我方靠近的殊死感。

當然，是有辦法從超長距離外用術式攻擊……但無法否認命中率與威力會比起貼近時有著驚人的衰減。要是為了彌補差距注入魔力，在空中的疲勞度就會以乘數飆漲，就以這部分來說，戰爭可不是簡單的事。

「衝鋒路徑被敵魔導師擋住了，還真是棘手呢。」

堅硬的防禦殼，打不中的射擊。然後一旦要帶入近身戰，就會一味迴避、致力防禦的戰術對應。考慮到這些要素，總歸來講就是坦克角。真是作夢也沒想到居然得在戰爭中與坦克角廝殺。

該怎麼辦呢——才剛煩惱起來，譚雅就想起割捨的重要性。「既然坦克很難打掉，那坦克就只要丟著不管就好」。

「雖然想玩死他們，但那群後衛很礙事呢。這種時候，就暫時無視敵魔導師吧。」

「咦？」

對於副官錯愕的喃語，譚雅揚起猙獰的笑容。

「就闖越魔導師吧，然後去直接打擊敵地面陣地。」

「這樣很可能會遭到上下夾擊的！請重新考慮吧！」

對於整張臉僵住的副官，譚雅說著「別擔心」向她打包票。

「敵魔導師可是那種射擊能力喔？會中彈的蠢蛋是自己的責任。而且，他們要是攻擊的話，流彈就會打在地面上，只會讓我們的工作變得輕鬆喔？」

好啦——譚雅大喊起來。

「01呼叫全員。01呼叫全員。無視聯邦軍魔導部隊！重複一次，無視聯邦軍魔導部隊！通過射擊保留在牽制程度，以突破優先！」

沒道理要老老實實地去衝撞城牆，只是很硬但射擊能力有限的坦克角，只要繞過去就好。

要是光是繞過去很沒意思的話，就動點只要暴露在交叉射擊的射線下，敵人就會自取滅亡的愉快手腳吧。

「上吧，各位！跟我前進！」

突擊隊列的集團分成三組。就像氣勢十足地發動攻勢般的一齊突擊模樣，可說是不顧一切的莽將吧。

敵魔導師喊著「迎擊」集中起來是他們的氣數已盡。擾敵程度地顯現爆裂術式，只要多轟幾發就能代替煙霧。等敵魔導師察覺到時已經太遲了。

那是讓人覺得好像能聽到嗖嗖擬聲般的流利飛行。第二〇三航空魔導大隊闖越成功，衝進了被留在後頭的聯邦軍魔導部隊與地面陣地之間，趁著這個機會繼續下降。

「神與我們同在！各位，就去讓無神論者知道何謂現實吧！」

此外，為了安全與戰果不得已只好啟動艾連穆姆九五式，是譚雅唯一的不滿之處。就算沒有直接影響，也無人能保證不會有影響這點還真叫人可恨。

「就連這種時候都沒辦法依靠神，真是同情敵人。不對，或許就是因為被神討厭了，才會說出神不存在這種失戀傢伙說的蠢話也說不定呢。」

「……喂喂喂，少校，我可不喜歡這種笑話喔。」

「咦？」

「雖是個人見解，但我就給你一個忠告吧。戰爭可是要認真打的喔？」

「下官失禮了。」

很好——就連點頭回應的空檔，譚雅等人都順利消化著突擊航線。相對地，敵人則是在驚慌失措之餘，選擇實行既定的防禦計畫。

……只不過，那是對出乎意料的行動來說最糟糕的反擊。

聯邦軍地面陣地貫徹著區域射擊。也就是說——譚雅帶著嘲笑的面露喜色。

「……哈哈哈，這太棒了！聯邦軍在用流彈自相殘殺啊！」

地面陣地的攻擊就打在「聯邦軍魔導部隊」的高度上，連擦都沒有擦過實質上處於俯衝襲擊狀態的譚雅等第二〇三航空魔導大隊。

暴露在濃密防空砲火之下的聯邦軍部隊，就算想轉守為攻也沒辦法。趁這機會朝防空砲陣地發射爆裂術式是件極為單純的工作。

「顯現術式！發射！」

近距離發出的爆裂術式炸開。要是不用封入術彈就能擊中的話，展開速度、壓制面積、威力全都會截然不同。能以連榴彈都比不上的最佳時機起爆的魔導師的術式面壓制，可是極限狀況下的暴力頂點。

「敵陣地，失去反應！」

譚雅點頭回應著副官的報告，大聲喊道。

「客人追過來了！稍微採取脫離航程！」

「……是捉迷藏？」

直覺不錯嘛──譚雅朝著謝列布里亞科夫中尉微笑起來。

「就陪他們玩玩吧。」

聯邦軍的新型演算寶珠部隊就只是很硬。只要在沒有其他部隊妨礙的狀況下就能輕鬆宰割。要是他們肯追著逃跑的譚雅等人離開陣地的話就太好了。

當然，誘敵是古典的老招。正因為如此，偽裝撤退也需要精湛的演技。就這點來講，為了勾起敵人的貪慾，古今中外的指揮官都絞盡了各種壞主意……不過該說是受幸運眷顧吧。

儘管很微妙，但譚雅等人什麼也不用做。瞥見聯邦兵從背後意氣揚揚地不顧一切追擊過來，看來是杞人憂天啊──有種白擔心一場的感受。

或許是譚雅等人在衝鋒時繞過他們的緣故，讓他們碰巧有了「敵人在躲避我們」的誤解吧？坦克角明明就不是用來追擊的，要是輕忽大意地跑去追人會有怎樣的下場，經驗不足的聯邦魔導師似乎是不知道的樣子。

就在遭到他們準頭差勁的術式射擊的瞬間，偽裝成驚慌失措地分頭逃竄的樣子散開來的第二〇三航空魔導大隊隨即開始迴轉突襲。

就在本打算追擊逃亡敵兵的聯邦兵對突然間的情勢變化感到困惑混亂時，寶貴的時間流逝，萊希的精銳逼近距離襲擊而來。

就這點來講，不得不承認沒有逃跑的聯邦兵很勇敢吧。

他們以譚雅所無法理解的勇猛無比奮戰著。很可悲的，這份意志與力量並沒有成正比。除去防禦殼的耐久度，要收拾他們難以說是棘手。

數分鐘的交戰後，這片空域就只剩下第二〇三航空魔導大隊的精兵猛將。

「敵航空魔導部隊已大致排除了吧？拜斯少校，損害報告！」

「數人遭到爆裂術式輕微波及。各中隊不妨礙繼續戰鬥，但輕傷有八。傷勢最重者，是屁股中了一槍的蠢蛋。只要別坐在椅子上就沒問題了吧。」

「雖是輕傷，但有將近四分之一中彈嗎？」

難以想像是以聯邦軍為對手呢——譚雅硬是將這句話吞了回去。陣地襲擊時的損耗比想像中的還要大。外加上，聯邦軍魔導師的戰意也高得讓人瞠目。

……儘管是早已明白的事，但聯邦軍確實是強化了。雖說是置身在包圍之下，不過聯邦軍的組織性抵抗至今仍舊看不到瓦解的徵兆。

如果是過去的話，差不多是要以破滅性的加速度失去秩序的時候了……就承認他們變得愈來愈頑強吧。

「雖說確保了有限的空中優勢，但時間有限。就趕在萬一敵增援之前一擊脫離返回吧。」

「是的，疑似敵司令部設施的建築物有依照事情資料……」

確認過了——譚雅搖頭打斷正要把話說完的副隊長。

「不，不對。那是偽裝的可能性很濃厚。」

「咦？」

「敵人是在等我們上門吧。那裡怎麼看都是個陷阱。」

真心話則是不想衝進危險地帶。這是由衷的真心話。

完全不想靠近就譚雅看來是防禦得固若金湯的聯邦軍司令部。跟直擊莫斯科當時不同，聯邦軍的反魔導師戰備可是有著明顯的長足進步。要是隨便靠近，很可能會遭到意外的損害。

說起來，這可是在渡河地點與空降獵兵成功會合之後的追加工作。沒道理就只為了有能力去做這種理由，就被狠操到這種地步。

很有可能會被打成蜂窩。

「中校？」

「聯邦軍的抵抗比我們所知道的還要硬上太多了，敵司令官也很能幹。」

「……誠如中校所說的。」

「因此，我們可不能當頭老老實實地朝著紅布突擊的鬥牛。」

朝著共產主義者高高掛著紅旗的地方筆直衝過去是在冒險——譚雅為了說服副隊長開口說道。

「你就想一下吧，少校。偽裝是戰術的典型例子。就這點來講，期待敵指揮官會是個究極的無能是太過樂觀的推論。」

「意思是……位置是偽裝的？」

沒錯——譚雅用力地向他點頭。

「那棟看似巨大司令部設施的建築物，真的是司令部嗎？」

譚雅一副「不是吧」的態度以反話表現詢問著。

這是懷著希望不是的願望說出的發言，真相根本無法確定。不過，只要有著足以說服拜斯少校的合理性與或然率就行了。

只要能編出指揮官在襲擊時失敗的合情合理的藉口，不就沒有任何問題了嗎？

「……共產主義者確實就跟笨蛋喜歡高處一樣喜歡引人注目。但最近軍人也增加了吧。」

「我知道了。只不過，是要重新搜索吧。」

儘管很遺憾——譚雅擺出這種表情點頭回應著拜斯少校的發言。

「去仔細調查周邊。維持對地掃射隊列在周邊環繞，致力於搜索殲滅。」

「遵命。」

副隊長充滿幹勁地再度飛出。儘管很對不起他，不過這是為了抑制友軍的犧牲與疲勞所必要的欺瞞，所以譚雅的良心認為這樣就好。

是該誠實地把工作做好，但必須要在正當報酬的範圍內。要是不當賤賣自己的勞動力，就會讓勞動市場的天秤受到不當扭曲吧。理由很簡單，就算是王牌級的職業棒球選手，不也是會因為受到晚輩的壓力……而在年薪交涉中被迫提高價格嗎？

既然這是在原本的工作結束後追加的業務，譚雅就沒有在對敵司令部的攻擊上拚命努力的理由。當然，會為了自我保身去做最低限度的工作。

就算沒有進入蹂躪戰，有過襲擊的事實就已經滿足「直擊敵司令部」的本國軍令。就連襲擊莫斯科的本來目的，也是要展示「有能力抵達並攻擊莫斯科」的事實以產生戰略效果。

斬首戰術不論成功失敗，都能獲得某種程度的成果。

偵察、收集地理情報。然後提出扼制敵人的事實。大致上，這樣就有辦法製作報告書了吧——如此判斷的譚雅，就在這時因為出乎意料的通知猛然眨了眨眼睛。

「找到了！」

格蘭茲中尉滿臉喜色發出的叫喊，伴隨著莫名沒現實感的聲音傳進耳裡。在這種戰場上，他在高興什麼啊？

瞬間認真煩惱起來到最後，譚雅猛然回過神來。

「什麼？」

啞口無言的譚雅忍不住反問。

「你說找到了？」

部下可沒精明到會在這種時候開玩笑。這樣一來，就是真的找到隱藏起來的敵司令部了？

「中校的嗅覺究竟是怎麼回事啊！」

「是想要我說出我常被說是戰犬的事嗎？」

「中……中校？」

儘管這不能說是弄假成真，但該說是塞翁失馬焉知非福吧？

「格蘭茲中尉，有空說蠢話的話，就戰爭吧，給我認真戰爭吧。這可不是能胡鬧的工作喔。」

胡鬧的戰爭，是譚雅這種極為認真的人所無法理解的。

當天午後　帝都柏盧　帝國軍參謀本部

帝國軍沙羅曼達戰鬥群對封鎖在包圍之下的聯邦軍集團司令部毅然展開襲擊。襲擊的第一報，就經由東方方面軍傳送到屏息等待成果的參謀本部。

一得知開始襲擊的報告送到，就像靜不下來的參謀就立刻聚集起來，讓應該不小的室內逐漸達到讓人覺得擁擠的人口密度。

迫不及待後續情報的他們儘管毫無自覺，卻是讓守在電報機前的通訊人員感到肩膀上壓著不必要沉重壓力的不速之客。

不論是通訊人員還是參謀，都迫切希望能盡早擺脫這種緊張感。就算前者是想擺脫身旁這群高官的存在帶來的緊張感，後者是想擺脫等待的緊張感，不過人人都懷著度日如年的心情在期待前線消息，是他們無可動搖的共通點。

還沒嗎？還沒傳來嗎？

不論是誰都以全身高喊著無聲的吶喊。在這當中，每當收到前線電報就會遭到眾人注目的不幸的值班軍官就一面搖頭用身體表示這是無關的電報，一面派出或許是因為緊張而顯得動作莫名僵硬的傳令軍官去向各相關單位發送通知。

眾人被北方駐軍或南方大陸遠征軍的業務聯絡，或是西方空戰相關的定時聯絡之類的通知弄得神經兮兮的情況持續了一會兒。

被等得不耐煩的參謀將校一直盯著，早已精疲力盡的值班軍官就在一臉厭煩地接過一份電文後，猛然變了臉色。

就連自己的臉遭到眼尖的將校們有如面壓制般的一齊注視的事都拋諸腦後，眼泛血絲地迅速看完電文的他，這時才總算是把頭抬起。

「是戰鬥群傳來的報告。」

「說什麼？」

儘管沒有催促的意思，但聽到這句忍不住發出的詢問，他就將簡潔的內文讀出來。
「發：雷魯根戰鬥群。致：東方及參謀本部。已直擊，重複一次，已直擊。」
直擊！前往襲擊之後的直擊！這所代表的意思雖短，卻也太過雄辯了。
「對包含敵司令部人員、通訊人員在內的複數設施施行了航空襲擊。現在東方軍正在確認戰果……他們做到了。」
當室內「喔喔」的歡聲雷動起來時，在稍微遠離的角落看守著的傑圖亞中將，就像很高興似的向烏卡中校點頭說道：
「……獵犬，說得還真是對吧？」
「是的，只能說是漂亮。他們真的是做得太好了。」

統一曆一九二七年五月十一日　東方戰線　河川區空降、戰鬥群聯合防衛陣地

「戰區警報！包圍中的聯邦軍出現動向！意圖打通！」
東方戰線各地守在通訊機前的帝國軍值班軍官表情一僵，隨即一齊叫喊。
就在帝國全軍確信勝利，對戰果欣喜雀躍的瞬間傳來了惡耗。

「在這種時候！他們還能統一行動嗎！」

「敵人的組織性抵抗不是應該瓦解了嗎！這是怎麼一回事！」

怎麼可能——就算人人都瞬間懷疑起這是不是誤報，但只要收到聯邦軍攻來的警報，誰還管得了什麼休假。

在東方各處所，感到晴天霹靂的軍官被從睡夢中叫醒；就連隔了許久才有辦法好好睡上一覺的非值班人員也不例外。

更何況是指揮官，不論如何都必須衝進自己的指揮所聽取值班人員報告。緊接著，就跟到東方赴任的多數將校一樣，譚雅一衝進自己的指揮所裡就向值班的拜斯少校問「是什麼事？」，然後太過驚訝地咆哮起來。

「什麼！就快被突破了？」

「是的……據報是左翼的空降防衛陣地有部分正在遭受突破。」

朝寫著最新情勢的地圖瞥了一眼……應該處在包圍下的敵部隊，就宛如奔流般的衝向左翼友軍。

與其說是遭到壓制，這就快被突破了。

「是一時之間……難以相信的光景呢。」

沒有大叫「這怎麼可能」是最低限度的自制心有在發揮作用吧？譚雅自認為早已相當習慣作

為將校的職務，儘管如此也還是有個限度。

遭到重重包圍的部隊突破逃離？姑且不論理論，這在現實中幾乎不存在實際事例。這只要看古今中外的戰史就好。

像是坎尼會戰，就只是遭到半數的兵力包圍，最精銳的重裝步兵就全滅了。

雖然也不是沒有像底耳哈琴會戰那樣的例子，但那場會戰的兵力比可是一：三。兵力比為一的一方要打包圍戰可是很難的事。

極端的例子，儘管也不是全然沒有像砥平里戰鬥這樣的例外，但要說到確保空中優勢的連隊防禦戰鬥能否適用在軍隊規模上的話，就很讓人質疑了。

不論是奧斯特里茲戰役，還是坦能堡戰役，活用機動力包圍敵軍的一方都有著無法撼動的勝算。包圍攻勢儘管單純，但也確實。因此，身為常識人的譚雅深信不疑包圍會成功。

然而包圍卻快被打通了？

「就常識而言，這不可能。為什麼敵人還能組織性地行動？更重要的是，友軍是在幹什麼現在不是該與後續部隊構築防衛線的時候嗎？」

跟空降部隊單獨占領渡河地點的時候不同，現在應該是兩翼都要有包含裝甲部隊在內的複數部隊作為增援抵達的時候。

是遲到？出意外？還是明明會合了卻依然遭到突破的蠢蛋？不對——譚雅將沒完沒了的想法

踢出腦海，將大半的思考重新分配在對應狀況的善後策略上。

「該死，緊急集合！」

「人員都為了設置陣地與防衛支援分散配置下去了……我立刻去催。」

「就這麼做，啊，不，你等一下。」

拜斯少校留下——譚雅補上這句話後，就把最方便使喚的年輕軍官叫來。

「格蘭茲中尉！督導就交給貴官了。無論如何都要把人找齊！」

「是的！我立刻就去。」

允許他就這樣直奔而出後，譚雅也同時為了做好防備敵襲的應戰準備，接二連三地發出命令。

「謝列布里亞科夫中尉，貴官快去向空降他們確認有沒有做好爆破這邊橋梁的準備！如需要支援，就派出托斯潘中尉的步兵部隊！」

「立刻就去。」

「拜斯少校，儘管辛苦你了，不過貴官就率領一隊負責攔截待命。假如敵人組織性地展開脫

解說

【底耳哈琴會戰】 禿頭好色的借錢大王，以大正義的羅馬元老院軍團三分之一的兵力展開包圍，然後敗北。這也是當然的事。另外，那個借錢大王是尤利烏斯·凱撒。這是他難得的戰敗紀錄。

離戰的話，這裡也有可能會遭到襲擊喔。」

中校——就在譚雅被部下的叫喚打斷發言的瞬間，探頭看著地圖，像是在重新思考砲擊區設定的梅貝特上尉開口插話：

「失禮了……但下官想商量一下橋梁的事。這是砲兵也能做到的任務。如有必要，希望能考慮用砲擊破壞。」

「什麼？能瞄準嗎？」

感到疑問的譚雅立刻反問。畢竟，砲彈這種東西是意外地打不中。就算梅貝特上尉持有的砲是包含自走化在內可說是高度先進砲兵的那種，命中率也還是多打幾發就會中的世界。有別於精確導引炸彈，間接砲擊的命中率是不得不認為只要能做到面壓制就好的水準。

「如果是那邊的橋梁，就能用直接射擊打下來。至少，能確實做到一時性的妨礙通行。」

「打得中嗎？」

「只要妳下令。」

梅貝特上尉做出保證的話語中沒有多餘的力道。是有如職業專家般的淡然語調——譚雅放鬆了表情。這傢伙也是專業笨蛋那類的人。正因為如此，保證能做到的事情就會確實做到吧。很好

——譚雅點頭答應他的提議。

「就先去做好安排吧，梅貝特上尉。」

「是誰要下達破壞決定？可以是下官嗎？」

「等等，上尉。」

讓人煩惱的是，不得不懷疑他本質上難道只是想開砲，或是有著某種覺得困難的工作做起來很有成就感的自私心態等等。

「我先把話說清楚。破壞處置本來的話是不希望去做的事，你要是忘記這點可就困擾了。」

……想要破壞的念頭太重也很困擾呢——譚雅沒忘了做出警告。

「當然，下官知道。」

「很好。這邊遭到襲擊的可能性不高吧，不過萬一這裡的橋梁也遭到襲擊時，我允許依貴官的判斷進行破壞。不過，要先跟空降部隊商量好程序。可別把他們炸飛了喔？」

遵命——點頭回應完的砲兵專家就開始埋頭計算起什麼事情來。工作熱心是必須要獎勵，而不是該斥責的事吧。

那麼——譚雅向一旁的副隊長招手，開口說道：

「拜斯少校，總之我們就……嗯？」

「我回來了。」

伴隨著敬禮跑回來的副官表情有點僵硬。拜斯少校也注意到了吧。在彼此對看了一眼忍住嘆息後，譚雅就一面答禮一面向她詢問。

「辛苦妳了，謝列布里亞科夫中尉。友軍各部隊占領的橋梁爆破狀況是？」

「……好像是被禁止了，來不及做好準備。」

「什麼……被禁止了？」

在問出「為什麼」之前，副官就先說出答案了。

「空降獵兵奉命要完整無缺地保住橋梁。好像也有對其他部隊發出類似的命令……」

能清楚知道緘默下來的副官想說什麼。遭到壓制的橋梁，全都維持著完整無缺或可能通行的狀態。因此，聯邦軍的逃離路線依然架設在河川上。

……我的天啊——譚雅忍不住閉上眼。

橋梁還在，意味著是能用來渡河的交通道路。無法否認只要敵人以單點突破，開始搶奪橋梁的話，就有讓他們逃走的風險。

「也就是沒辦法破壞呢。中校，這下可麻煩了。」

聽到一副原來如此的態度點頭的拜斯少校這麼說，譚雅就狠狠說道：

「參謀本部也太貪得無厭了。」

「貪得無厭？」

是呀——譚雅回答起副隊長帶著疑問的嘟囔。

想完整無缺地占領渡河地點的橋梁，是只要是參謀將校都會在圖上演習時著迷過無數次的衝動。只要有橋，就能迅速進擊，也能確實保住後勤路線吧。所謂的橋梁，總而言之就是能用來前往本來所無法抵達的地點的東西。

……這樣一來，考慮到正在進行的外交談判，參謀本部就是想將「如不答應交涉，我們就攻打到你們城下」這件事作為威脅聯邦軍的材料吧。

確保能作為進擊路線的橋梁，將能作為威脅的強力旁證。也很少有比展現出「有辦法進軍」的姿態還要雄辯的壓力材料吧，所以能理解他們的心情。

然而，雖說是包圍，但卻是廣範圍展開薄弱兵力的包圍網。要是沒辦法保住，把爆破納入考量不也很好嗎！

「不知道這只是表面上的態度，還是認真的……但看來上頭似乎是想展現出進攻的意圖。不過辛苦的可是我們現場人員啊。」

「想展現？恕下官失禮，是想展現給誰看啊？」

就在謝列布里亞科夫中尉茫然地發出疑問時，譚雅這才想到──正在義魯朵雅進行的交涉可是機密事項。

「啊，不，沒什麼。你們兩個就把這忘了吧。」

「「是。」」

仿效規規矩矩地表示了解的副隊長與副官，譚雅也很守規矩地點頭回應他們。

他們就連在戰場上都能遵守規矩的表現相當好。邊對部下感到自豪，譚雅邊忍住嘆息感慨著得將上頭的自私傳達給部下的自己還真是不幸。

果然還是得向在一旁彷彿很遺憾的砲兵專家做出警告吧。

「梅貝特上尉，就跟你聽到的一樣。剛剛的許可取消了。」

「……下官想獨斷獨行。」

「上尉，本國的意思是『確保進擊路線』。把橋梁炸了能確保進擊路線？有這種獨斷獨行的嗎？」

自己是不可能允許這麼做的。知道了吧——朝他瞥了一眼後，譚雅就將思考切換過來。

「阿倫斯上尉，要防衛橋梁。用裝甲部隊守橋，嗯，還真像拍電影對吧。作為反派角色，可別給我兩三下就被解決掉喲？」

「據點防衛就交給我吧。我會跟托斯潘中尉的步兵部隊與空降部隊他們合作，把這座橋守下來的。」

「很好。有可以託付事情的人在還真叫人放心。好啦，其餘的各位。我們是抽到下下籤。必須得立刻趕去支援友軍。」

於是，喊著「上吧」起飛的譚雅，所率領的部隊就只有能迅速進行快速反應的第二〇三航空魔導大隊。

就發揮航空魔導戰力精髓的高展開能力一路趕往救援這點來講，是自萊茵戰線以來的熟悉工作。可說是熟練的技術吧。

不過，與萊茵不同的一些地方讓譚雅煩惱不已。

特別嚴重的是航空艦隊的狀況。一時之間達成航空殲滅戰，理應是將東方的天空納為己有的航空艦隊消失了。根據友軍的無線電報告與通訊狀況看來，友軍航空艦隊的運作率恐怕是有著驚人的下降吧。

不知道是機材的損害太大，還是預備計畫準備得不夠周全。總之，航空戰力的展開速度慢到完全無法跟萊茵當時相提並論。

儘管東方軍的航空魔導戰力不免是出動了……但這邊似乎也無法太過期待。跟開始攻勢時靠擔任戰車騎乘兵落得輕鬆的譚雅等人不同，與聯邦軍正面交鋒的他們所累積的疲勞與損耗非常巨大。不僅積蓄著統率上的障礙，說到快速反應能力更是瀕臨實質上的瓦解吧。

「我們的職務是要阻止敵人脫離吧……照這樣來看是來不及呢。」

「果然……會來不及嗎？」

苦著兩張臉的校官對話。譚雅以苦澀的語調向拜斯少校做出保證。

「要做到空中阻絕，友軍的數量不夠。橋梁被奪走只是時間上的問題。」

帝國軍廣範圍展開了薄弱兵力。所謂的包圍，就必然會不得不這麼做。當敵人單點集中組織性地嘗試激烈的脫離戰時，想要完全阻止就是極難之事。

要是為了不讓敵人這麼做的種種努力沒能發揮效果的話……就很危險。

「我也同意這點……要擔任重新奪回的先鋒嗎？」

要去把被奪走的橋梁重新奪回來嗎？——被這樣問到的譚雅搖了搖頭。

「我有考慮過，但沒什麼效益。儘管有破壞的自信，但要占領的話，就是步兵部隊的看家本領吧。這樣一來，游擊性質的航空魔導部隊就不適合這麼做。」

外加上——譚雅接著說道：

「儘管不想認為至今遭到瓦解的聯邦軍有辦法安排組織性增援，但就算是敵人也很拚命。要將被奪走的橋梁重新奪回，別說是耗費工夫，甚至也有可能失敗。」

的確——點頭同意的魔導大隊的將校們十分理解戰場心理。一旦能確保退路，不論指揮官還是士兵，總而言之都會豁出老命。

雖然常有人誤解，但有無退路會對士兵的意志力造成影響，就只是片面性的要素。退路遭受威脅確實是一種恐怖，但退路遭到封鎖則是會催生出視死如歸的士兵的一種「威脅」。

「這樣一來……我們所要做的就是減少有辦法逃離的敵人吧。」

「追擊戰總歸來講就是打擊敵人的弱點吧？」

是呀——譚雅向拜斯少校點了點頭。不愧是獵犬。嗅出弱點緊咬不放的習性太優秀了。欺凌弱小——尤其對象是戰時的敵人時——是該讚賞的資質吧。

「打算逃跑的敵人戰意會很脆弱呢。這種時候，就徹底的打吧。」

「尾隨而來的大野狼居然是中校，我還真同情敵人的不幸。」

「我反倒是同情起追兵是你們的敵人喔？」

彼此彼此呢——將校之間能輕鬆說笑的舒適職場。團隊的幹勁、氣氛極為良好。就建立追求成功的組織這點來講，是比氣氛恐怕很緊繃的聯邦軍保有壓倒性的優勢呢——譚雅以自己的人事手腕為榮。對經營管理懷有自信是件好事吧。

「就將敵人的殘存司令部再擊潰一次吧。妨礙敵人的組織性脫離。」

接著說聲「走吧」獨斷獨行地變更任務的譚雅姑且不論敵人，自負有著充分的自知之明。

如果是一個航空魔導大隊，而且還是最精銳的大隊的話，就能將各式各樣的戰術選擇納入考量。然而儘管如此，也只不過是一個大隊。就算是展開速度迅速、火力超群，最重要的還是持續磨練著狡猾的戰鬥技術的精銳集團，也無法擺脫數量的限制。

正因為如此，譚雅打從一開始就捨棄要求數量能力的阻止任務，採用以漸減與擾亂為目的的騷擾襲擊。

就從這個方針變更的結果來說，第二〇三航空魔導大隊以近乎完美的形式，再度達成了斬首戰術。

「……根據大量的電報來看，是那裡吧。各位，要上了！」

根據敵方的無線電與隊列鎖定大致的所在地，一旦發現目標就鎖定看似有部隊運用能力的單位徹底進行反覆襲擊。率領著就像在表示這就是航空魔導部隊的精髓般大肆作亂的部隊，單方面地打擊喪失制空權的敵人，是自達基亞以來的簡單工作。

就算是讓他們如此棘手的聯邦軍，只要欠缺空中優勢就甚至有可能「打野鴨」。是會讓人遺憾——假如友軍的航空艦隊沒有拖延，光靠這樣就有辦法阻止吧——的簡單工作。

正因為如此，能組織性地進行快速反應的第二〇三航空魔導大隊，就作為單獨的作戰單位發揮著超群威力。就像完成一件大工作似的返回戰鬥群的臨時前進陣地，受到留守的梅貝特上尉等人迎接的瞬間，譚雅是處在肩膀上壓著輕微疲勞的狀態。

「我不在時，有出大錯嗎？」

「沒有……阿倫斯上尉那傢伙在那抱怨自己也想出動。」

「哈哈哈，畢竟我閒著沒事幹嘛。」

太不像樣了——譚雅在聽到梅貝特上尉的報告後，隨即感到正當的憤怒。阿倫斯上尉一點也不了解自己的立場有多麼得天獨厚嗎？對像自己這樣的文明人來說，閒著沒事幹的警戒任務可是比在最前線交戰好上好幾億倍啊。

「守備任務很閒？那我還真想跟你交換呢。」

「哈哈哈哈。」

我恨你喔——譚雅瞪起差點笑翻的阿倫斯上尉。航空魔導大隊是被任意使喚得太超過了吧。拜這所賜，就連在脫離阻止任務中也忙得要死。

是期待這應該能作為功績獲得正當的評價……但看到高層這種只要是能用的東西就要徹底去用的意圖也讓人有點討厭。參謀本部的判斷是很合理，但對現場來說也是冷酷的合理性。

譚雅想期待他們會遵守適當的休假與褒章等權利。

對了——譚雅就在這時轉換心情。總之，要是不度過眼前的難題，就難以取得優雅的有薪假。大作戰的完成、莫大的軍功，再來就是「適當地活用勝利」吧。一度在萊茵戰線失敗了，怎樣也不覺得傑圖亞中將與參謀本部會再犯下相同的錯誤。

「那麼，就算有哪裡遭到突破，都打擊到這種地步了……可以認為聯邦軍已喪失組織性的抵抗能力了吧。」

這樣一來——

帶著些許這種樂觀的推論，譚雅夢想著光明的未來。

「搞不好，能夠維持住包圍網也說不定。」

「你說得對呢。多少會漏掉一點吧。儘管很遺憾，但難以說所有的掃蕩都很完美。不過，應該是大勢已定了。就靜候佳音……」

「有電報！」

喔——挑起眉毛的譚雅期待好消息的想法也只能到此為止了。

只要注意到一臉凝重的通訊人員露出的苦悶表情，就能輕易察覺到這不會是自己所希望的那類通知。

「左翼的橋梁被奪走了。」

是可預期的壞消息。唉——幾道嘆息就像是既定事項般一齊發出的情況甚至讓人感到有趣。

「跟預期的一樣嗎？儘管很遺憾，但也沒辦法壓制住所有的敵兵。」

中校說得沒錯——點頭同意的副隊長與譚雅都有著可能「會在某處」被奪走一座橋梁的心理準備。

正因為如此，他們才能保持平靜到現在。然後在下一瞬間，因為太過震驚而啞口無言。

「……第一、第二、第五渡河地點遭到占領！敵人組織性地脫離了！」

什麼！——驚訝得屏住呼吸。這對譚雅等人來說是驚天動地的惡耗。明明只要擊潰腦袋，手腳就應該會各自為政啊！

「據報，友軍左翼的空降部隊受到敵戰車師團襲擊……遭到突破！包含敵裝甲部隊在內有複數部隊脫離了！」

「為什麼！敵司令部確實是……」

已經擊潰了啊——就在準備說出這句無意義的話時，譚雅明白了。

「……該不會是早就安排好了？」

假定司令部會遭到擊潰，打從一開始就將司令部機能作為誘餌？是想說聯邦軍指揮官會允許脫離部隊自由行動嗎？

她想說這不可能。明明不論是俘虜的審訊還是敵人的編制調查，都搞清楚聯邦軍是明確的徹底執行命令型軍隊了！

以現實來說，只要沒被突破的話就還能當作是妄想一笑置之。儘管如此，如今的譚雅卻無法否定這件事。

「那些傢伙打從最初就是殿軍嗎！該死。還真有覺悟啊！」

聯邦軍是徹底嚴密的金字塔型……不論好壞，以鋼鐵般的管制自豪的聯邦軍，腦袋應該會是弱點才對。譚雅甚至是無條件地堅信只要擊潰腦袋，下級單位就會陷入癱瘓。

「下級部隊略過監督的上級司令部互相合作、調整？該死，這豈不是會思考的軍隊嗎！」

「會……會思考的軍隊？」

「就跟我們帝國軍一樣啊！」

霎時間，有如悲鳴般的叫喊衝上譚雅的喉頭。

「不是徹底執行命令型！該死的混帳東西，他們這是轉換成徹底達成任務型了啊！」

堅決實行司令部命令的徹底執行命令型是程序、路線，以至於戰術都受到「嚴格命令」的僵硬系統。具體來說，那怕是外行人也只要遵從命令就能成為某種程度的戰力這點，很適合大量動員型的軍隊吧。

另一方面，徹底達成任務型是極為高度的專家專用作法。司令部會在設定好「任務」後，將其他細節部分全權交給部下的裁量權判斷……換句話說，如果不認同部下的自發性與自我裁量權、信任部下的才智與判斷力的話就非常難以採用。

聯邦軍——或是說聯邦共產黨這種將順從上級意見視為至高命題的組織文化，有可能做到這種事嗎？

「……有可能？」

喃喃自問的譚雅抱起頭。

想吶喊——這不可能。

想呻吟——這有哪裡搞錯了。

內心在大叫著——這太奇怪了吧。

然而，人生在世就只能去正視現實。要是追求著想看的現實，背對著不想看到的現實，就會成為連眼前的事情都無法理解的愚者。

這是該輕蔑的傢伙，不是該加入成為夥伴的愉快對象吧。

對相繼收到鐵鎚作戰的捷報，高唱著響徹雲霄的勝利凱歌的眾參謀來說，這道通知就像是將諾登外海的冰冷海水往臉上潑去一般的震撼。

包圍被突破了嗎？——任誰都僵住表情的惡耗。

「遭到突破」的一道報告，讓確信總算在東方打贏的參謀本部一如字面意思的掀了過來。這是將大規模的河川比擬成鎚砧的鐵鎚作戰。要是讓敵野戰軍渡過關鍵的河川逃走就前功盡棄了。

就連鬆懈下來，好不容易才進入淺眠的將校都衝了出來。然後問著「發生了什麼事」，衝進來緊盯著當地詳細情報一喜一憂的他們，就在得知後續通知後姑且鬆了口氣。

所謂，包含敵司令部在內的一個口袋雖有數成敵兵勉強逃離，但航空魔導大隊與裝甲部隊的追擊有取得戰果。其餘的口袋在包圍下動彈不得。

「姑且……姑且是……」

是能讓好幾個人勉強鬆一口氣的結果。鐵鎚作戰即使沒有達到完美，但也沒有致命性的失敗。

然而，眼光放在將來的人則是忍不住對這道通知蹙眉苦吟。參謀本部戰務的傑圖亞中將也不例外。

一從最近作為輔佐人員拚命使喚的烏卡中校那邊收到通知就沉思起來的中將，在這裡短暫地煩悶之後，流露出心中苦悶的不悅說道：

「……讓敵人跑了？」

簡單來講，就是驚訝。

「居然能在這種狀況下進行組織性戰鬥。我記得沙羅曼達戰鬥群突襲了敵司令部吧？……這會是大問題呢。」

「是……是大問題嗎？」

「這要是事實，就是個問題吧。」

「戰果報告的記錄與照片都送上來了。他們確實有在方才的口袋內部直擊敵司令部。還有提出將疑似上將的軍人，以及其他複數的高級軍官炸死的戰果照片。不太可能是假報告。」

「是呀，我當然相信友軍的報告。」

傑圖亞中將笑著回道。

這要是誤認或假報告那類的話，頭痛的要素反倒肯定會比較少。不是我方的過失，而是因為敵方的能力遭到突破這件事才是個大問題。

「我沒有蠢到這種程度。作為前提，是可以認為有直擊敵司令部吧。恐怕是有著連在這種狀況下，都仍舊有辦法取回管制的敵將校存在。」

傑圖亞中將語帶煩躁地氣憤說道。想不到包圍下的聯邦軍居然有辦法做出組織性的突破……而且，明明還不只一次的擊潰腦袋了。

「哎呀，聯邦人也很能幹啊。」

「……不過，我們贏了。」

也跟烏卡中校提醒的一樣。雖有種如履薄冰的心情……但帝國軍在東方戲劇性地推回戰線，甚至成功殲滅了敵野戰軍。

占領敵地、殲滅敵野戰軍主力，如今就連首都莫斯科等主要的聯邦城市都已進到軍隊的攻擊圈內。

假如再慢一點發動攻勢……等敵軍做好準備後，就愈來愈無法出手了也說不定。外加上，當地地面的「泥巴」正逐漸轉變為乾燥的大地。這會是最佳的時機吧。

「他們重新建立了組織系統似乎是事實的樣子。幸好有在這時候攻擊。他們想要重整戰力也需要時間。只要能在這段時間內，以外交解決的話……」

就算是拙速，也能勝過巧久。

啊——傑圖亞中將就在這時搖了搖頭。自己跟盧提魯德夫的個性不同是人類本質上的天性。在羨慕老友的特技之前，先專注在自己擅長的事情上吧。

「烏卡中校，想請你去跟情報部他們確認情報。特別是想將請求的重點放在聯邦軍的指揮官人事上。」

「遵命。我會請他們重新去詳加調查。」

「要他們徹底調查。就算有可能進入停戰交涉，也不能在這裡偷懶喔？」

「下官了解。」

很好——傑圖亞中將直到這時才總算是點了點頭。

「那就拜託你了。」

[chapter]

V

第伍章

轉機

Turning point

所謂的歷史，在寫進史書之前都並非確定的事。
順帶一提，無法竄改的歷史也很罕見。

——羅利亞內務人民委員

統一曆一九二七年五月十一日　聯邦軍訣別電文

發：西部軍　代理政治軍官霍布洛夫及代理指揮官馬可夫中將聯名

致：聯邦軍參謀本部

司令部已嚴令殘存部隊撤離。為支援戰友同志之後退，司令部願作殿軍。但願一兵一卒皆受友軍收容。

己身當前正處敵火力之壓制。訣別之際，對犧牲奮戰之將兵同志，司令部由衷感謝。然而，我等無從回報奮戰且裹屍泥濘之諸位戰友同志之屍骸。全是於喪失空中優勢之戰區，我等一味徒勞蒙損之故。

喪失空中優勢之地面部隊脆弱性雖已眾所周知，仍需強調其威脅。就如帝國軍於達基亞戰線之特異運用所示，已於眾多戰鬥中獲得實證。

其一、雖無從確保完全之空中優勢，也須竭盡所能以攔截戰力阻止敵航空攻擊之。

其二、致力提高氣象預報之準確度。

其三、航空魔導部隊之奮戰，對死守之貢獻極為甚大，值得大書特書。

即使戰局惡化甚大，也仍舊死守崗位。對諸多階級問題之疑義，我等相信將兵已用自身血肉證明此乃無謬之事。但願能認同他們之貢獻。

與此同時，作戰層級之高度靈活性、運用性總歸而言，面對組織機構非僵化之敵，我等毫無優勢。願能對制度機構進行考量。

其一、承認政治軍官於電報、戰況報告上之重複報告會提高加密通訊之脆弱性。

其二、電報通訊之際，宛如我方企圖遭到察知之事態頻發。似乎導致了司令部位置之暴露。乃是受敵航空魔導部隊襲擊主因之可能性大。請考慮活用傳令軍官及通訊精簡化、消除重複內容。

其三、意識形態用語於暗號上頻出，已成為極為脆弱之部分。

已知於軍事作戰之際，限制將校們取得必要情報，將導致極為困難之事態。然而，除司令部外，全體將兵皆已於崗位上盡力而為。

總歸而言，讓戰友同志無謂犧牲之愚乃司令部之責，還請寬諒下級組織。願諸位戰友同志幸運。

祖國、黨、人民，萬歲。

當天　莫斯科內務人民委員部　勤務室

讀完時的徒勞感極大。與帝國軍爆發激戰後帶來的結果，讓內務人民委員羅利亞嘆了口氣。

「……太慘了。居然慘到這種程度。」

官方的報告書、電文副本，還有自己送去的「報告者」傳來的內部通知。

「數量優勢、品質充足，還改善了補給線，結果卻是這個。」

現況是讓人難以想像的悽慘。

被敵空降部隊繞到後方擾亂，最後還被以裝甲師團為中心的帝國軍從正面突破後，遭到包圍殲滅。

應該是為了這一天力求完美的軍隊卻慘遭輕易瓦解的過程，甚至讓人覺得這難道是品質低劣的政宣電影嗎？

唯一跟黨的電影不同的，就只有主角與壞蛋的差別。

應該打贏的聯邦軍被輕易解決，遭到應該打輸的帝國軍不斷驅逐，除了這點外就跟電影演得一樣吧。哎呀，那些拍電影的似乎意外地擅長追求真實感。

要把全員送去西魯多伯利亞嗎？——情況酷似到讓人有點遷怒地如此半認真地想著。

「軍方這下受到重創了吧。」

些許程度的努力似乎沒辦法改變戰局。只要看過一遍報告，就算再不願意，也會理解到這件事。簡單來說，就是無法用缺乏革命精神這句萬能台詞處理的現實。

「我想確認一件事。同志，西方軍的運用有問題嗎？」

「據報，基本上是依照準則在運用。」

言外之意就是在指「總之不是軍方的責任」的聯邦軍高級參謀，以一介上校來說還真有膽量。只不過，也正因為如此才會選他待在身旁。

「我想姑且確認一下。會說基本上，就是有例外吧？」

「當地部隊似乎有在諮詢過政治軍官的意見後，適當地重新解釋命令的事例。」

「上校同志，我不是在追究責任。也不是為了追究責任在盤問你。你能告訴我，他們在準則上追加了怎樣的變更嗎？」

如果要肅清的話，理由事後要怎樣捏造都行。但我就只是想知道現場的實際情況——羅利亞接著說道：

「我的問題很清楚，上校同志。在運用時，現場會必須做怎樣的變更呢？」

「……我認為這應該不是要向內務人民委員部報告的事情。」

「同志，我還以為你是能理解我的人。」

畢竟兼任輔佐的聯絡軍官之流，聯邦軍參謀本部就像當成活祭品似的持續派遣過來。就連這位上校也是到最近才有辦法毫不畏縮地開口。

「簡單來說，就是一部分的戰術性撤退，考慮到士兵訓練水準的戰術性變更等現場層級的多少改善。」

「喔，『多少』。」

「……同志，能請你認同這就只有多少的程度嗎？」

儘管就讓軍方服從黨這點來講，軍隊的肅軍非常成功，但就認同他們作為專家的矜持加以活用這點來講，前任者似乎是做得有點過分了。

到頭來，革命意識形態這劑萬能妙藥也跟鴉片酊差不了多少吧。建設社會主義的道路必須要有適當的調整。既然當初是飛躍性地在推動資產階級革命，要是出現不適當之處，該修正的就該加以修正。

「我想問一件事，我軍有必要在現場做出大膽的變更嗎？」

緘默不語，但早在沒有說出半句否定的話語時，上校的心聲就是肯定了。附帶一提，這同時也是派他過來的聯邦軍參謀本部的心聲。

唔——羅利亞點了點頭，在此說出結論。

「那就是準則有問題了吧。」

「羅利亞同志，這麼說好嗎？」

「親愛的前輩同志說過，明確指出問題就表示已解決了一半的問題。有辦法明確指出是哪裡不好，反倒是該高興不是嗎？」

你就開心點吧——羅利亞面帶微笑向緊張起來的上校說道。

「就坦白說吧。我沒想到會輪到這種地步。聯邦軍的事前預想，不是認為就算遭受反擊也能進入火力戰，使戰局陷入膠著狀態嗎？」

「恕我失禮，這種事不是一介參謀……」

羅利亞和藹地微笑起來，同時窺視起上校的眼睛。自己倒映在他眼中的表情，看起來是笑得還算可以。儘管如此，被參謀本部選上派來的聯絡軍官，不論是誰都會在看到後，無意識地倒退幾步。

「我能聽聽參謀本部的見解嗎？」

隔著桌子，上校立正站好，自己卻坐在這裡不太好呢——羅利亞站起身，伸手輕拍起上校的肩膀。

結實的健壯體格……要是送去集中營，意外會是個不錯的勞動力吧。不過，像他這樣的專家就該以他專門的知識做出貢獻。羅利亞知道這樣做才能實現祖國與黨的利益。

「我說呀，同志。」

「是……是的。」

「我只對身為專家的貴官是怎麼想的感興趣喲。並不是要你告發長官或是告密。懂嗎？」

對羅利亞來說，告發者與告密者早就在參謀本部裡以十二打為單位的安排好了。完全沒必要特意讓眼前的他去做。需要的不是特務的報告，而是內部作為主流的「專家」觀點。

「參謀本部是怎麼想的呢？」

「……老實說，十分震撼。」

「震撼？唔，能繼續說下去嗎？」

羅利亞能輕易辨識出人在過度緊張時的氛圍。

點頭答著「是」的上校臉上滿是裝作面無表情的努力。只要動動鼻子，他的表情肯定會變得更加僵硬。

不過，就算嚇他也無濟於事。羅利亞決定溫柔地，以宛如慈父般態度的語調，催促他把話說下去。

「雖說我並非完全理解軍人的想法，但也很能體會諸位同志的心情。畢竟就連我也沒預期到會出現這麼嚴重的損害呢。」

所以呢——在羅利亞這句催促之後，上校也點頭開口：

「對高層來說，這次甚至投入了壓箱寶的近衛師團與砲兵師團。期待會有萬全的成果。未曾預期到會有這種結果。」

羅利亞唔地呻吟一聲後沉默下來。這不能說是聯邦軍高級參謀將校的壞毛病，但他們似乎很擅長說出無從挑剔的委婉說詞。

儘管懂得去掉話語的修飾，但這名上校卻說出了只是將震撼這個詞換個說法的報告，這背後的理由讓羅利亞感到非常不可思議。

……也就是有這麼顧忌吧？既然如此，就無論如何都必須要知道才行。

「就別兜著圈子說話了。原因是什麼？我們想要盡可能地去努力改善啊。」

「……能容許我直話直說嗎？內務人民委員同志。」

「這是當然，上校同志。這不是當然的嗎！如果有我能為人民去做的事，還請務必要告訴我。」

羅利亞就在這時意識到自己的說詞並不妥當。臉色完全慘白的上校，就像隻眼看著就要收到送往西魯多伯利亞通知的小鳥。

這次雖然沒這種意圖……但身為用這句台詞把包含自己前任者在內的眾多反動分子一掃而空的人，還是換個說法會比較好吧。

「我似乎換個說法會比較好呢，同志。」

「絕絕絕對沒有這種……這種事。」

沒問題的——羅利亞在揮手讓他安靜後，重新揚起微笑。

「軍方就算會因為這次的敗北受到某種處分，也會交由軍方的軍事法庭審理……內務人民委員部的工作人員不會加以干涉，我以個人的名義向你保證。」

你就放心吧——羅利亞向他擔保。對此，上校的反應激烈。直到方才就像一隻腳踏進棺材裡的上校，就有如拉撒路（註：約翰福音上記載，受耶穌復活的門徒）復活般的恢復了生氣。

「……剛剛的話能向參謀本部做出保證嗎？」

「就在黨會議上幫你們擁護吧。總書記同志那邊我也會負責去說服。這樣夠了吧？」

「感激不盡！」

「很高興同志能這麼開心。所以呢？」

「咦？」

一臉茫然的上校同志看樣子是太過高興到把要事給忘了。羅利亞願意忍受政治局找麻煩的代價，可是要他「說出實話」。

「我想確定問題。接著，再向諸位同志與總書記同志報告，對該修正的事做出修正……同志，不覺得這事要是沒有問題，我也不可能幫軍方擁護嗎？」

換句話說，就是不說實話的話，一開始的保證就取消。

「……有關那個問題。」

「嗯，是什麼呢？」

「……是缺乏空中優勢。我軍在航空殲滅戰中戰敗了。」

「航空部隊已進行過相當的增強了吧。我有說錯嗎？」

「…………同志。那是……」

「上校同志，我從你剛剛到現在的態度大致察覺了。」

羅利亞伴隨著嘆息輕拍起上校肩膀，坐回自己的椅子上。要是羅利亞都做出這麼大的保證了，算是有膽量的人也依舊難以啟齒的話——

就能輕易聯想到禁忌的存在。

附帶一提，就連是怎樣的禁忌都想像得出來。

「是航空魔導師吧？」

「是的，同志。」

雖然答得戰戰兢兢，不過該認同他能承認此事的誠實吧。畢竟羅利亞需要的就是這種人。

「我想請你說明一下。航空魔導師對空中優勢的影響不是『極為有限』嗎？據我所知航空魔導師對戰鬥機的威脅很有限。」

「問題在於航空魔導部隊的整體特性。舉個極端的例子，航空魔導師是以低空戰鬥為主要任務。雖然也有報告指出有 Named 能例外地在高空飛行，但他們是少數派。」

「這我非常清楚。然後呢？」

那妖精就是這樣飛到莫斯科嬉戲的。

要是早知道的話，就會親手做出更多、更多、更多，有如天羅地網般絕對不會讓她溜走的安排了。

……雖說已對那些公然輕蔑魔導師的負責人施行了生物性的重新教育，但不得不認為那樣還是太溫和的大失敗。

「空戰的基本是取得優勢位置。這就是重大誤解的根本。」

「我對這不太了解，但總之就是繞到敵人背後射擊吧？」

是的——點頭回答的上校以一副駕輕就熟的模樣開始說明起空戰的基本原理。就這部分來講，不愧是參謀本部派到黨來作為聯絡軍官的人，解說得相當確實。

「根據空軍的王牌駕駛員的說法，發現敵人並取得優勢的發射點幾乎就是一切的樣子。」

「原來如此，跟過去的決鬥不同，並不是面對面互相開槍的戰鬥對吧？」

「是的，就誠如同志所說的。因此會認為進入纏鬥並取得優勢的射擊位置很重要。」

所以——上校把話說下去。

「就這點來講，一旦對上魔導師，我軍的主力戰鬥機在性能規格上會以速度占有壓倒性的優勢……因此『會說』在性能規格上具有優勢。」

既然都強調「性能規格」到這種程度了，就算是軍事門外漢也能輕易想像得到他的話中含意。是紙上談兵的意思吧——羅利亞懷著這種推測搖了搖頭。

「實際上呢？」

「交戰根本就無法成立。」

咦？——羅利亞忍不住真心感到錯愕。要掩飾表情是很簡單，但內心裡甚至是發出「這我可沒聽說過啊」的苦澀怨言。

……航空魔導師能用航空機對抗——在官方上可是這樣強調的。

「為什麼？」

「飛機必須降落在跑道上，但航空魔導師隨時都能降落在任何地方。」

也就是說，能做出選擇——聽到他這樣說明後，就在某種程度內逐漸理解了。似乎認為羅利亞理解的上校，就稍微加快說話速度的說出羅利亞至今從未聽說過的事情。

「不是過於老實地與戰鬥機正面交戰，而是能躲進地面據點，立刻成為擊發防空砲火的火力點。」

「那用地面部隊排除怎麼樣？」

「要靠步兵火力解決非常困難。反戰車步槍勉強算是一種對抗手段，但就以用栓動式槍械攻擊來說，不得不說這會是太過棘手的獵物。」

也就是地面部隊難以成為對手這種運用上的回答。

「不是能誇口他們是速度比航空機慢，裝甲比戰車薄弱，人數比步兵稀少的『舊時代的反動遺物』嗎？」

看到對方驚嚇的表情，發現就連自己些許的孩子氣也遭到誤解的羅利亞，就像是要收回玩笑話似的連忙說道：

「我開玩笑的，上校同志。」

我並不是無法理解。倒不如說，我能理解那隻可愛的妖精究竟有多麼地調皮搗蛋。還真有摘下的價值不是嗎？

「能比航空機還要自由地展開，有著足以跟戰車比較的堅固防禦力，而且還是相當於步兵的全能兵種嗎……哎呀，腦袋雖然能夠理解，但也就是說這是個太過棘手的兵科。」

軍事大國——或是說偏重軍事的帝國軍會大規模活用航空魔導部隊的理由是因為太方便了。不可能嘲笑這是依靠魔法的過時反動主義置之不理。

必須承認這是高出我們不只一等，甚至兩等、三等的先進的航空魔導運用。帝國軍的魔導軍不是由於意識形態上的「反動性」，而是由於他們的「先進性」。

「到頭來，能與航空魔導師對峙的，就只有航空魔導師嗎？就算這麼說，這確實是很傷腦筋呢。」

「咦？」

愣住的他們終究是軍人嗎？

「西方軍強調航空魔導師的貢獻這點也很麻煩喲，上校同志。」

他們的理解力還真差——羅利亞在內心底感到些許煩躁。這些軍人太過正視現實了，要是輕視理論與政治可就傷腦筋了。

「是擔心我們會塞太多人進集中營吧，這會是個微妙的問題。」

「是的，這是為什麼呢？」

「這聽起來像『藉口』喔？」

被羅利亞簡潔的話語嚇到的上校表情，在無言中承認了失敗。他們是被「說得太好了」的心情蒙蔽了眼睛吧。

「……我想諸位同志是煞費苦心地想要傳達實情吧。」

「當然，你說得沒錯吧。問題就在於包含我在內，大多數名列職官名錄的人就連這種事都不知道。」

舊帝政時代的魔導將校是堅決抵抗革命政權的核心。聯邦名列職官名錄的人對「魔導」抱持著嚴重的過敏。要以科學驅逐魔法——就因為曾誇下這種豪語，實際上也幾乎將聯邦內部的魔導師一掃而空，所以很難一下子就改變觀念。

羅利亞朝著就宛如從喉嚨中擠出呻吟般說道的軍人，淺顯易懂地表示肯定。

「……政治不正確呢。」

「雖然覺得用這麼極端的說法有點不太恰當……但硬要說的話確實是如此。畢竟，就連總書記同志也不太喜歡航空魔導師。」

果然是這樣嗎？——由於他露出這種詢問的眼神，於是羅利亞就帶著苦笑補充。

「畢竟大家都有在反革命戰爭中遭受過抵抗，說到最近就連家都差點給燒了。這樣一來，不論是誰都會討厭的。我說得有道理吧？」

「是的，就誠如同志所說的。」

「不過，也不能無視戰場的現實。這種時候就強硬起來，計劃航空魔導部隊更進一步的大規模增強吧。」

「同志是說增強？」

早就習慣被人用像是看到難以置信的東西一般的眼神盯著了。不過，被沒有遭到意識形態破壞的正常軍人用帶有「敬意」的眼神看著，就算是羅利亞也一樣會感到不好意思。

「有用的東西就必須要加以活用。這就是戰爭。」

在追逐妖精——他那可愛女孩的過程中，對「航空魔導師」這種生物了解得十分透徹這點幫助很大。

「航空魔導師可以用」。

不愧是有受到舊體制大幅活用。這是羅利亞這名政治怪物暨能幹的變態所得出的結論。就算基於以政治性、意識形態來講，過度讚賞「英雄主義」與「魔導理論」是很敏感之事的事實，也不得不承認航空魔導部隊的可用性。

唉——羅利亞輕輕嘆了一聲。

「這樣一來，就讓人懊悔起我國沒有徹底施行魔導適性檢查了。」

魔導師是舊帝政時代的菁英。與革命敵對的他們正是階級敵人的記憶已久。在聯邦的官方說詞中，他們就跟與生俱來的原罪同義。

因此，聯邦共產黨雖然認為有必要對魔導師「重新教育」，但卻如此地嚴重缺乏意圖挖掘他們才能的念頭。這是當然的吧。不論是誰都不想碰觸這塊禁忌。硬要說的話，實際上儘管還保持著魔導檢查技術……卻是用來舉發反體制派。想把人塞進集中營，就進行檢查，如果查到適性就

解說

【職官名錄】 是指在廢除階級的平等社會中擁有特權的人。當然，他們只是因為是在為了人民努力而被登錄在「名錄」上，跟其他人並沒有什麼不同。此外，沒被登錄在「名錄」上，就絕對不可能出人頭地。

視為「隱性魔導師」送進收容所。會被稱為現代化的獵巫也不是沒有原因的。

哎呀——羅利亞就在這時搖了搖頭。

他的專門不是軍事，是政治。要做專門外的事情時，還是交給綁上項圈的專家去做會比較順利。

聳了聳肩，苦笑著「我不適合幹這種事呢」後，羅利亞就把手伸向其他的文件盒，開始看起一份整理得很整齊的資料。

「好啦，必須看出這會有怎樣的結果。」

在對帝國戰線上的大敗北。這讓政治局內部甚至私下議論起「與反動勢力一時性的妥協」這種事。正因為帝國的行事作風很合理，所以不是會有「停戰、議和」的可能性嗎？——能輕易想像得到部分黨員在認真考慮著什麼事情。

然而……就羅利亞所見，別說是議和，就連能不能實現停戰都還是個未知數。

聯邦軍大敗；帝國軍連戰連勝。如果誰都無法打敗帝國的話，「議和」就是一種理論。而且也就僅止於理論。

就連停戰都難以實現了。當我們在內戰時陷入過幾次為了停戰協定的條件談判啊——羅利亞伴隨著苦笑回想起來。

腦袋因為理想論僵化的蠢蛋總是會寄託著「應該」這個字眼。

這真是太可笑了。人類這個物種的悟性有多差，只要翻開人類史就能立刻明白。如果要編纂蠢事百科全書的話，將會是國家規模的大事業吧。

因此，去挖掘潛藏在名為應該的可能性背後的事物，也是一種樂趣。羅利亞仔細讀著為了找出潛在性要素而作為報告資料收集的文件，微微舒展了愁眉。

「……喔？」

手上拿著的是關注帝國內部民情的一般概論。雖然不是高機密層級的資料，但敵國的輿論是出乎意料地重要。

浮躁的時代精神有時將會露出獠牙。

「儘管能預想到帝國會高興這場戰勝……但陶醉了？」

儘管是非常有可能的事，但就社論看來……難道沒辦發現慾望全洩露出來了嗎？

羅利亞就在翻開別篇翻譯報導重新讀起時，綻開了笑容。

「喔，喔，喔。」

帝國輿論強烈要求著「符合」、「勝利」的果實。就某種程度而言是可以理解，但就羅利亞所見，輿論比預期中的還要強烈太多了。

「鉅額的賠償、壓倒性的要求條款……如果要議和的話，就至少想要這些？」

陶醉在勝利之中的主筆大吼著「帝國主導的新秩序世界」之類的話還算是可以接受吧；要求

賠償就以帝國的國民情感來說，也是有可能的事。

但羅利亞所能理解的就只到這裡。要是帝國存在著會毫不自重地將所有的慾望宣洩在版面上的環境，這些言論的涵義就會有著決定性的不同。

「瞧瞧這個，瞧瞧這個，哎呀，哎呀哎呀……我們的賊運也很強啊！」

帝國的出版品當然也會受到審查。因此，就從這篇報導能通過審查的情況來看，帝國軍的審查官應該是認為這篇報導「沒有問題」。這樣一來，這就會是「他們」這個社會團體的潛在意識。

「就算他們當中有人能理解政治……也不會是主流派嗎？這還真是……」

有意思了——羅利亞在心中得意地笑著不停。

「過猶不及。重蹈覆轍看來不是專屬我們的拿手好戲的樣子。」

有別於受到頑強保護的帝國軍機密，帝國軍在政治情報這方面上就跟無知一樣。是有關這方面的經驗知識太少了吧。

正因為防諜意識絕不算低，所以反倒顯得可憐。甚至就連自以為跟憐憫這種感情無緣的羅利亞都想由衷地表示哀悼之意。

他們在警戒著「間諜」。

這非常正確，也非常愚蠢。只守住「想隱藏的事情」，除此之外的事就撒手不管。情報戰的基本明明是將不起眼的尋常小事宛如拼圖般的拼湊起來，描繪出一張大型的圖畫啊！

羅利亞帶著些許的情慾，顫抖地嘆了一聲。

「……我的戀愛路程，哎呀，是受到聲援的呢。」

我那小小的妖精。儘管差點就絕望地認為「難道就只能放棄了嗎？」，但看來是不用擔心了。戰爭會為了讓我親手摘下她而繼續下去吧。

「……就是因為這樣，未經管制的眾愚主義才讓人如此開心。」

帝國軍是有打算審查吧……但他們並不知道新聞報導假如只有「審查」而沒有進行「指導」的話，就會是不充分的發聲管道這件事吧。

帝國這個國家終究是個老舊國家。依循習慣行動的他們，想像力仍停留在舊世界。

軍事大國萊希，說得還真好。他們是靠軍事建國的一群人。不是靠政治的力量，就只是在炫耀刺刀的一群傢伙。

「這還真是有意思，也很諷刺呢。」

反過來說，聯邦則是「黨」凌駕一切。帝國與聯邦擅長的事情當然會不同吧。也沒理由要特意去挑戰敵人擅長的領域。

「……果然，我們就該靠政治來戰鬥嗎？」

同時期　舊協約聯合領地　北方地區解放區（游擊隊與聯邦軍稱呼）／游擊隊徘徊地區（帝國軍稱呼）

不論是聯邦軍正在大戰略層級上討論方針變更，還是發生了讓他們進行這種討論的「事態」。某人隨興擲出的骰子結果，就像是要波及全世界般的逐漸改變了世界。

在帝國所稱的東方戰線爆發的衝突，可謂一大轉折點。那場衝突的餘波就宛如激流一般，也讓多國部隊在被視為東方戰線次要戰線的舊協約聯合領地上的活動不得不受到極大的影響。

就跟許多的事態一樣，是為了達成某人所毫無意圖的目的，由一雙看不見的手所導出的結論。

一部分的人稱之為神的無形之手。

不管怎麼說，聯邦軍當局下達的「航空魔導師的重新部署命令」會突然送到指揮官米克爾上校底下都是必然的事。既然聯邦軍主戰線渴求著航空魔導師，強力的一線級部隊不論身在何方都會受到召集也很有道理吧。

……只不過，道理終究只是道理。要問到有沒有被打動的話，德瑞克中校自己是覺得羞愧。

「居然要撤退……儘管理解這是必要的行動，但還真是難受。」

「該說是更擔心游擊隊這邊吧。我們是外客。就算離開，也不會對正房造成深刻的影響。」

「多虧了他們的慎重，才不用被拋下他們的罪惡感給壓垮。」

「……這點是得感謝游擊隊的睿智呢。」

你說得沒錯呢——德瑞克中校深深點頭贊同米克爾上校的話。

是從情報宣傳活動開始建立的人際關係，是在想努力學習標準協約聯合語及一些方言，與當地人打好關係時，隨即傳來的撤退通知。

「只要本國沒有其他命令，我們也要一起撤退吧。問題在於脫離方法。乾脆就明知會放出大規模魔導反應的採取長距離飛行嗎？」

「這樣未免也太沒道義了。」

「也是。」

游擊隊方有魔導師潛伏的可能性是高是低，是會讓帝國軍的對應產生重大變化的要素吧。理所當然的，對處於戰力劣勢的游擊隊方來說，是希望帝國軍能夠慎重行事。

因此，德瑞克與米克爾等外部來的航空魔導師已不在此地的情況，是會想盡可能長期隱瞞的戰術情報。

「不過，曝光也只是時間上的問題吧。」

「……已決定要將部分裝備讓渡給少數的前協約聯合軍魔導師了。」

「前魔導師？恕我失禮，但這事我還是第一次聽到。」

「我也是聽官方說才知道的。」

「……是後備役嗎？」

米克爾向突然發問的德瑞克搖了搖頭。

「更糟喔？跟我過世的奶奶差不多年紀。」

「這還真是……敬老精神是給戰爭趕跑了呢。這就只是能啟動寶珠的靶子吧。也太壯烈了。」

「不過，也就是只要有反應就好了吧。順道一提，全都是志願的樣子。」

「『志願』？居然允許『志願』？」

在這種狀況下？——甚至沒必要問出這句話。

「是允許了。」

「……就當我沒問。至少，有一部分部下對這類的話題很敏感。我不想再揹上更多管制上的問題了。」

「有道理。」

「政治還真麻煩。只不過，戰爭是在這之上的怪物喲。完全不知道明天會變得怎樣。」

「是想說這世界是個巨大的集中營嗎？哈哈哈，這還真好笑呢。」

米克爾上校想要大笑，但嘴角卻僵住了。

儘管德瑞克中校也懂得故作沒發現到的體貼……但感覺就像是窺看到了某種不容拒絕的事物。

「外頭的世界倒還比較好喔，中校。在這裡，我能作為『人類』戰鬥，能作為『祖國的男人』死去。」

「這是夙願啊，上校。」

「是呀，是我的夙願。好啦，去向部下說明撤退作業吧……這樣也好，主戰線的戰鬥會比現在激烈，也能對敵人造成打擊。就當作是這樣吧。」

「了解。」

德瑞克中校一面回想起方才的對話，一面怨恨地無言瞪向裝著冷掉紅茶的馬克杯。不論是紅茶還是心情，都變得冷到不行了是為什麼啊？

硬要追究原因，會得出一個難以說是紳士的結論。眼前的礙事者還真是難搞啊——全是因為這種輕微的疲倦感吧。

「撤退？在這種……這種……這種局面下！」

「沒錯，蘇中尉。」

「如今好不容易……好不容易漸漸獲得當地游擊隊的認同了！如今只要在這裡堅持下去！就

可以解放祖國了！」

那雙充滿意志的眼瞳所述說的意圖，就連德瑞克中校也能理解。

「我有同感。我也在這點上同意貴官。要在好不容易建立起合作關係的時候撤退，難以說是沒有遺憾。」

「既然如此！」

趁帝國軍在東方正面與聯邦軍進行大規模戰鬥之際，將過半的游擊戰力送往東方戰線。包括讓我們很辛苦的萊茵的惡魔在內，缺乏敵航空魔導部隊的舊協約聯合領地上的作戰格外順利。所以才讓眼前的蘇中尉有了足以化作「希望」的預期。

……正因為如此，德瑞克中校才會忍住嘆息的開口。

「狀況變了。」

根本性地——這是該補上這一句的狀況變化。

「就簡單說明吧。先行發動的聯邦軍攻勢導致了諾登以北地區的帝國軍部隊減少，對我們帶來很大的利處。」

「所以要在這時……」

面對這名就像是要發表什麼長篇大論似的，只有階級能看的中尉，德瑞克中校想起必須要以軍官的身分直接告知她結論的事。

「我就先說結論吧，蘇中尉。」

先安靜下來——知道用手、嘴、眼神制止她發言是很粗暴的行為。儘管如此也還是舉起了手要求她安靜，並狠狠瞪著她。沒有下令「閉嘴聽我說」是最後的體貼吧？

「發起攻勢的友軍戰敗了。在正面大規模地敗北了。」

「……輸了是怎麼回事？」

傳達惡耗一直都不是件愉快的工作。既然知道聯邦軍人不是純度百分之百的共匪，這就不是他人的事。

米克爾上校以及跟他相似的善良人們。這些人是多數。恐怕有太多的多數在泥濘中倒下了。

「聯邦軍企圖以西方軍為中心毅然發起的反擊戰也失敗了。壞事連連的是，在帝國軍部隊的反擊下，友軍戰線已瀕臨瓦解。」

瀕臨——是相當擁護的說法吧。

德瑞克中校在心中自嘲。只要看看情報與地圖就能一目了然。帝國軍各部隊克服了泥濘的惡劣道路猛然東進。本來應該要阻止他們的聯邦軍戰線以驚人的速度遭到壓制。

最大的惡耗，則是遭到斬首的通知。偏偏還是應該要負責處理這種事態的聯邦軍西方方面司令部幾乎慘遭全滅的通知。

「儘管尚未確認詳細情況，但也有收到方面軍司令部遭到殲滅的報告。在這則通知中也有著

「讓人懷念的敵人名字……是萊茵的惡魔。」

「萊茵的惡魔」這一句話帶來了戲劇性的變化。瑪麗直到方才都還像不服似的緘默不語的表情，突然神經質地抽搐起來。

面對忽然臉色大變，就像在要求更進一步情報般的注視而來的瑪麗，德瑞克中校壓抑著內心的苦笑接著說道：

「似乎是典型的斬首戰術。」

「司令部沒有採取對策嗎？」

「這是個好問題。」

在這瞬間很難得地有著是在跟軍官對話的實感。在戰場上學習，對聯合王國軍的魔導軍官來說是當然的反應。如果是這類的對話或教導，德瑞克中校是意外地相當喜歡。

「這雖是我個人的推測……但沒採取防護對策才奇怪吧。認為是在採取對策之後仍遭到打破會比較妥當。」

「採取了對策，也還是一樣嗎？」

不會錯的吧——德瑞克中校毫不遲疑地點頭。

「所謂的對策，終究是一種不斷嘗試錯誤的過程。」

「……意思是說，那不是能容許犯下任何一點錯誤的對手？」

沒錯——德瑞克中校一副我就是這個意思的態度點頭。

「報告中所指的一個魔導大隊，恐怕就是他們。只要假設是他們襲擊了司令部，應該也就能理解意料外才是意料內了。」

「所以，司令部才會被攻陷嗎？」

「沒錯。我個人是這麼看的。」

一旦是以就連全副武裝的海陸魔導部隊都能在海上玩弄的專家為對手，靠著半吊子的對策是肯定抵禦不了的。如果是德瑞克中校自己奉命要從他們手中守住司令部的話，就算做好大量準備，也還是會擔心只有一半的勝算吧。

「等歸還後，也會有機會看到正式的報告書吧。貴官對這件事有不同的意見嗎？」

「……不，沒有。我認為中校的意見很有道理。」

她能乖乖點頭說「謝謝中校」，還真讓人鬆了一口氣。德瑞克中校就當這是個不錯的談話機會接著說下去。

「單就友軍查明的情況，指揮系統似乎也是突然間陷入毀滅狀態、瓦解的樣子。再來，就被帶入包圍殲滅戰了。」

斬首戰術。就像在宣稱這是帝國軍魔導部隊的傳統藝能一般不斷重複的戰術。

就算作為對抗戰術強化直接掩護，備妥數量多到過剩的防空砲火，讓人傻眼的是，帝國軍航空魔導部隊也還是有辦法闖越的樣子。

一聽完這句話，瑪麗中尉就喃喃發出疑問。

「沒有更多有關萊茵的惡魔的後續情報嗎？」

「目前認為他們有在東方正面活動的跡象。至於更多的情報，儘管很遺憾，但很難在這裡取得。」

抱歉——德瑞克中校一面稍微賠罪，一面就像是總算要談到這件事般的進入主題。

「……因此，讓我們產生了移動的必要性。要將全部的戰力集中到東方正面。這是聯合司令部的判斷。」

彷彿在偷偷打量自己的視線，就像小孩子在訴說我不想回家般的眼神，怎麼看都讓人不爽。

她要是聯合王國軍的海軍魔導軍官的話，就是讓人想教訓她「別這麼沒骨氣，要有身為軍官的矜持」的時候……但她不管怎麼說都是義勇兵，而且還是短期的速成教育組。

雖是很為難的情況，但也只能說服她了——德瑞克中校不惜付出費盡唇舌的努力。

「前線需要像我們這樣經驗豐富的魔導部隊。儘管也會要負責教導聯邦軍部隊吧，但應該會要我們在最前線展現出國際合作關係。」

「這……這是要拋棄協約聯合嗎？」

「別誤會，中尉。絕對不是這樣。」

用來牽制的戰線、強迫帝國進行多方面作戰的必要性依舊明確。不對，必要性反倒是高漲了吧。正因為聯邦軍在東方正面大敗，所以才提高了戰略價值。

沒有不愛故鄉的將兵。就算不是軍人，有誰會不愛故鄉嗎？自己出生的土地就是這種存在。所以，德瑞克中校也很難得地對瑪麗・蘇這一名協約聯合人懷有同感。

儘管在不知道她有多麼瘋狂，懷著多麼深的愧疚，有沒有正確掌握到情緒化的問題輕重等方面上存有問題，腦袋上也一樣能夠理解與尊重。

「我懂妳的心情。所以我就作為軍官，以個人的名譽向妳保證吧。就我所知，上頭完全沒有要拋棄的打算。」

至少——德瑞克中校接著說下去。

「根據米克爾上校的說法，聯邦有要繼續支援的意圖。儘管他們也很吃緊，但也正因為如此，才會希望游擊隊能箝制住帝國北方。」

武器援助、情報支援，此外如有必要還會提供訓練。以游擊隊支援來說，聯邦軍會認真維持著王道且基礎的部分。

「我們留下來才是最好的支援不是嗎？」

「……坦白講，這很難說。」

在與米克爾上校的對話中沒有提及留下來的選擇的理由很簡單。因為主戰線需要魔導師是個太過明白的事。

「對游擊隊的支援效率應該不差啊。」

「……實際上，不是沒有效果是事實沒錯。不過，能進行的支援非常一次性且有限也是事實。」

「有限？」

「航空魔導部隊長驅進入敵地支援民兵的案例，共和國軍也曾在萊茵戰線試行過，結果就跟眾所周知的一樣。亞雷努的結果，就算保守評價也難以算是好。」

讓航空魔導師去支援群起造反的民兵的計畫。就算在紙上被視為是完美的計畫，但在正規軍的壓倒性火力之前也是無力的。

就算死守在市區裡，無法讓敵火力喪失機能的守城部隊就單純只是個靶子。不論世界希不希望，這都是不得不承認的現實。

「可是，在這裡……」

「妳是想說因為兵力分散，所以敵人表現得很節制嗎？」

是的——瑪麗點頭說出的感想有一部分是對的。該說是意外吧。面對加入游擊隊的魔導師這個威脅，如果只有礙眼的程度，帝國軍是節制且紳士的。

「該認為敵人是活用了在東方抑制游擊活動的掃蕩戰中所學到的知識吧。」

「中校是說……學習嗎？」

沒錯——德瑞克中校點點頭。

「他們是發現到面對零星攻擊做出過剩反應的愚昧了吧。不過……凡事都有個限度喔？」

或是該說一旦超過閾值，國家理性就會在刺激之下化作野獸吧。只要游擊隊與魔導師據守在後勤路線的幹道或據點裡做出組織性抵抗，就早晚會有重火力的對應部隊趕來。

「到頭來，我們就只能在敵人的容許範圍內進行騷擾。這種時候，不覺得應該到主戰線去做騷擾以上的事嗎？」

「那麼，既然部隊不留下來，那我獨自……」

完全不驚訝蘇中尉會從口中說出這句一如預期的話。就算是德瑞克中校，也很清楚她想說的意思。想留下來，想在這裡繼續抵抗的鄉土愛是該尊重。但是——他也有著不得不板著臉說明的立場。

「如果想繼續打一場符合條約的乾淨戰爭，魔導師獨自進行的殘留戰鬥任務就很尷尬。姑且不論部隊的戰鬥，個人的情況會讓法律解釋產生分歧。」

「這也太蠢了。我就……」

「我也不是不同意妳的意見，但我們可是多虧了這種愚蠢的規則在勉強維持著人類社會的。這也是沒辦法的事吧。」

「怎麼會……」

「希望妳能理解，中尉。就連我們的派遣，也無法否認有著比起軍事要素，更像是基於政治要素的政治宣傳的一面。」

聽好——德瑞克中校就像是在細心勸說般的尋求她的理解。

「派遣大規模的航空魔導部隊本來就是破例的手段。考慮到戰局的惡化，趕在情勢變得更加複雜以前撤退是唯一的解答。」

要是面臨到得在帝國軍向諾登以北派出掃蕩部隊之際撤退的情況，這才是會動搖到游擊隊對聯邦與聯合王國的信賴。

該把話說清楚吧——打定主意的德瑞克中校開口說道：

「現在的話，還有戰局惡化能作為理由。」

妳懂吧——德瑞克中校注視著蘇中尉。

不論是對誰來說，撤退都不是個愉快的選擇。

但如果是現在的話，如果只有現在的話，就能以最小的摩擦撤兵，是所有當事人都「還有可能」找出妥協點的階段。

「中尉，我就老實說吧。如果要將貴官的故鄉牽扯進來打一場泥沼般的撤退戰，將會讓犧牲大幅增加。」

竭盡情理，沒有拒絕溝通，打算盡可能互相讓步的向她述說。只要她能明白的話，事情就簡單了。抱持著這種希望，德瑞克中校一面向上帝祈禱，一面說出最後的結論。

「要撤兵了，去叫士兵們收拾行李吧。」

「……遵命。」

「妳能理解吧？」

就算不甘願，也只要能理解就好。身為軍官，身為軍人，就算只有腦袋的部分能理解就好。

「……部隊還……我們還回得來嗎？」

「希望可以。」

「希望……我知道了。」

「感謝，妳能理解吧。」

她微微點頭了！對德瑞克中校來說，這是讓他百感交集地卸下肩上重擔的瞬間。

懷著就連戰艦的砲彈都比這還要輕的感想，德瑞克中校硬是收斂起險些露出微笑的表情肌，同時特意擺出凝重的表情。

「……要是總有一天，大家還能再會就好了。」

「嗯，要是能跟他們……平安再會就好了。」

「是的。那麼，我這就去收拾行李了。」

「去吧。」

遵命——蘇中尉敬禮的動作還是老樣子。即便如此也還是能看出她在努力仿效軍官教範的痕跡，可以評為是在學著當一名軍人。

該說有點像是改掉了她那胡鬧的態度嗎？

……不對，該怎麼說才好，很生疏？等等——德瑞克中校連忙喊住準備離開房間的中尉。

「能稍等一下嗎？」

有點在意。

就只是這樣而已。

不過對德瑞克中校來說，這種不好的預感也是讓他生存到現在的因素。

「蘇中尉。老實回答我一個問題。」

「是的？」

「我想都說到這裡了，妳也應該能理解我們不能留貴官下來。」

「……呃，當然。」

「就算要不告離隊也想留在故鄉？」

「……德瑞克中校，還請你答應。」

「我不會同意的。」

「……無論如何都不行嗎？」

有別於她容易看穿的表情，蘇中尉還是老樣子的聽不懂人話。束手無策了嗎？——德瑞克中校領悟到更進一步的說服對自己來說太難了。

不論是要不由分說地怒罵，還是竭盡情理地勸說，她都不是能用這種等級的說服打動的人。

沒辦法了——拿起話筒呼叫的對象是聯邦軍方司令部。

對方的口譯負責人一聲鈴響就接起電話詢問是誰的手續也早已習慣了。

「我是德瑞克中校。我想請你幫我向米克爾上校傳話。能麻煩你跟他說，有個人無論如何都想請貴國的政治軍官幫忙說教嗎？」

「是的，中校……那個，你是說說教嗎？」

就從在稍微聽到像是屏息般的聲響後，能隔著聽筒感受到的困惑語調來看，對他來說這肯定是件難以理解的事。

這也是沒辦法的吧。

畢竟口譯怎樣也不會知道聯合王國的軍人偏偏希望政治軍官幫忙「說教」的理由吧。

「想請她的友人莉莉亞·伊萬諾娃·塔涅契卡中尉跟瑪麗·蘇中尉談一下，只要這樣說他應該就會明白了。不管怎麼說，是鄉愁太重的樣子。這種事與其找我這種人談，還不如找朋友會比較好開口。」

回說「我知道了」的口譯人員在用聯邦官方語言跟人說了些什麼後，就幫忙轉達了對方欣然答應的意思。

「上校表示這事會由我們這邊安排。其他還有什麼事嗎？德瑞克中校。」

「感謝。就只有這樣。那就拜託你了。」

喀噠地掛下電話時，德瑞克中校忍不住仰望起天花板。這樣暫時就沒問題了吧。

……不對，是希望這樣就沒問題的願望嗎？就算是這樣，由於那名政治軍官懂得遵守「命令」，所以在運用上還不算是致命性的吧。

「我的天啊。」

……想不到會有這麼一天比較希望部下是懂得唯命是從的共產主義者？這還……真厲害。明明自從軍以來，直到剛剛為止就連作夢也沒想過這種事。

「……該死，儘管早就知道了。但敵我之間的這種差距是為什麼啊？」

自大戰爆發以來，儘管雙方皆有大量的航空魔導師光榮犧牲，但帝國軍魔導部隊依然是精悍的長矛先鋒？真是不公平到讓人笑不出來呢——德瑞克中校真想向上帝控訴。

敵人的魔導師把司令部燒了，來到自己底下的魔導師是「天真無邪」的蠢蛋。神呀，這算什麼試煉啊？

同時期　東方戰線　帝國軍前進地點（渡河地點）

就算有瑕疵，勝利就只會是勝利。更何況是「想必會名留戰史的決定性勝利」了。

在比起過去殲滅共和國軍時還要遼闊的東方戰線，將展開孤注一擲攻勢的敵野戰軍反包圍，是實質上的「殲滅敵主力野戰軍」的黃金方程式。

至此，帝國軍終於達成了夙願。

戰略層面上的包圍殲滅戰，這其實已是第二次了。更進一步來講，這次跟在遭受攻打的自國領土上進行的包圍殲滅戰不同，是伴隨著不可同日而語的大規模進擊而來的勝利。

只要結果好，就一切都好。在最終階段的些許失敗也沒怎麼被視為問題。畢竟這是在甚至感到走投無路的東方戰線戰況中太過出色的一次突破。

就像是在沙漠中感到口渴時的頂級甘露。不對，是在這之上吧？完全的勝利可是能讓人沉浸在全能感之中的魔性美酒。

勝利，並削弱敵人的勝算，高聲喊著我們是勝過世間一切的萊希。一旦來到這種局面，就算是頑固的聯邦軍也不得不考慮妥協吧。就連譚雅·馮·提古雷查夫中校本人也感動地認為布列斯特—立陶夫斯克條約即將到來。

這就是如此出色的勝利。

恐怕是在作戰層級上的決定性勝利吧。

「哈哈哈，太棒了！這太棒了！」

帶著就像是加薪要求獲得滿意答覆的笑容，譚雅不自覺地摸起自然笑起的臉頰。有多久沒有開懷大笑了啊？

自從被存在X丟進這個荒唐的世界裡，在鄰國盡是些神經病的萊希不斷掙扎至今，終於……真的是終於看見光明了。

就發自內心地喝采吧。

就算有一部分的殘兵敗將溜走，如今擋在帝國軍面前的就只有喪失野戰軍的聯邦。只要後方地區的自治議會對「帝國的戰勝」更具信心，強化親帝國色彩的話，就還能確保戰後的安泰吧。

……總歸來講，就是至少二十年的和平。只要有這些時間，就毫無疑問能確保出色的社會地

解說

【布列斯特—立陶夫斯克條約】 第一次世界大戰的德國與俄羅斯（蘇聯）簽訂的和平條約。能視為是德國確定在東方戰線勝利的條約。

此外，由於在西方沒打贏，所以就被當成「沒這一回事」了。

位，將來不論是要亡命、起家、隱遁都能自由地做出選擇。

自由。沒錯，黃金的自由。

於是，譚雅等沙羅曼達戰鬥群的軍官就甚至有餘力，與脖子上掛著好幾台不知從哪裡弄來的高價照相機的謝列布里亞科夫中尉拍起大量的紀念照片。

「中校，要拍紀念照片嗎！」

「當然！」

面對舉著照相機的副官，維持著大好心情的譚雅，就像是想留作紀念似的在占領的橋梁上約定成俗地擺出姿勢。

「還真虧空降他們能完整無缺地保住橋梁呢！而且，想不到居然會有這麼多底片！」

「讓人回想起莫斯科呢。」

「中尉，妳說莫斯科？」

是的——謝列布里亞科夫中尉以逗趣的笑容點頭回著譚雅的疑問。

「因為那時候也是使用從聯邦借來的底片。」

「……啊，原來如此，是這個意思啊。」

雖然有著照片與影片的差異，不過都是用當地調度的機材在玩這點是不會變的。

就跟孫子兵法寫的一樣，能在敵地調度的物資是相當有益的嗎？不僅有效率，成本面上也有優勢，最重要的是不傷自己的荷包。心情好起來後，譚雅就忽然拜託起謝列布里亞科夫中尉一件平常時不會去做的事。

「等照片洗出來後，一定要給我一份。我想擺幾張作為紀念。」

就算這跟網路自拍截然不同，不過最好還是保留一份能用來宣傳的材料。當天我也在現場喔——能讓人擺出深知內情的表情述說自身經歷的照片資料可是非常重要的。該說是信號理論的應用或是延伸吧。

「當然。敬請期待最棒的成品吧。」

「我會期待的！」

嫣然笑起擺出姿勢後沒多久，就在有點得意忘形到引人注目時……

「中校！心情很好啊。」

「哈哈哈，當然嘍，拜斯少校。因為是貴官，我就偷偷跟你坦白……『這要是不覺得欣快，肯定是個彆扭的傢伙喔』！」

沒錯吧——在用眼神詢問後，任誰都一臉得意地笑了起來。

真是優秀的默契——譚雅邊這麼想，同時也沒漏看映入眼角的校官瞬間露出的險惡表情。

……看樣子，他有確實聽懂我的挖苦。

「嗨，提古雷查夫中校。恭喜戰勝。」

「哎呀哎呀！這不是卡蘭德羅上校嘛！」

譚雅全然一副現在才注意到他的模樣誇張地敬禮。有禮貌地做出答禮的卡蘭德羅上校似乎很擅長戴上極其自然的人格面具。

「就讓我代表同盟國向妳祝賀吧。」

「多謝上校。空降他們幹得太好了。不對，這該說是全體友軍有機性的合作結果吧。」

是呀──卡蘭德羅上校應和著。這位義魯朵雅的大人物儘管辛苦了……但這種態度對贏得如此出色的勝戰的譚雅等人來說有點引人注目。

「就容我稱讚一聲漂亮吧。果然……親眼所見就是不同呢。難怪人們常說百聞不如一見。」

「是嗎？」

「人才、團隊、支援。感覺就像是窺看到了這簡單的三件事搭配起來的深奧之處。」

這是我們的榮幸──圓滑回應的譚雅微笑起來。

「這是最好的稱讚了。」

「……不需要這麼警戒。這是我發自真心的讚賞。」

「那麼？」

「恭喜妳，提古雷查夫中校。貴國漂亮地做到了。照這樣子來看，停戰也只是時間上的問題吧……可以說就連外交上的出口都能看到了不是嗎？」

「這也要是沒有失足的情況吧。恕下官失禮，但畢竟我們還沒有取得勝利。」

「實際上，就跟勝利了一樣吧？」

「幾乎到手與握在手中之間的差異儘管微妙，但也是決定性的吧。」

在過去，帝國放跑了戴・樂高這隻老鼠。在注意到放跑的與其說是老鼠，更像是老虎之類的傢伙後，決定向南方大陸派兵。事到如今，則是明白幾個師團程度的南方遠征軍根本無濟於事。

為了不再重蹈覆轍，這次一定要取得萬全的勝利。只要不放棄希望，夢想就會成真。足以讓聯邦同意「停戰協定」的壓倒性優勢。如今已贏得艱難的勝利，再來就是要以外交解決的層級了。

「直到停戰協定成立，議和成立之前都是戰爭。既然是戰爭，身為軍人就必須為了追求勝利而戰。」

「不放鬆警戒嗎？很好的心態。」

這是當然的吧——譚雅回望著卡蘭德羅上校。

譚雅可不是無法從失敗中記取教訓的愚者，不會再次犯下讓勝利從手中溜走的愚蠢失敗。畢竟經驗這名教師的授課費太過昂貴。同一個項目上兩次課的性價比是最糟糕的。倒不如說，就單純是在浪費。

「大意失荊州是句常見的成語。但是，不覺得所謂的真理就是這種常見的事物嗎？」

原來如此——卡蘭德羅上校疲憊似的笑起。

「妳說得有道理吧。以一般論來說貴官是對的。不過，能讓我說句話嗎？」

「當然。」

「貴官還年輕。抱歉，我這麼說並沒有惡意。倒不如說，這點年紀就有如此實績。值得稱讚。不過，也有些事情是要隨著年紀增長才能看透吧。」

就當作是老頭子的戲言吧——譚雅思索著該怎樣反駁如此笑道的卡蘭德羅上校，並在認為怎麼反駁都毫無益處後，就依照社交辭令回以曖昧的微笑。

沉默是金；金是正義。

「說到底，要贏在最後是個常識。提古雷查夫中校，這種荒唐的戰爭，沒人會希望以這種荒唐的規模繼續打下去。硬要說的話，這個現狀才是異常。」

「……對下官而言，畢竟是軍中經驗就相當於是一切的社會經驗，所以只能說『絕不能聽從樂觀的推論』。」

「既然是如此優秀的結果，這件事就確定了吧。就算是聯邦，只要慘敗到這種程度……算了，再說下去就是揣測了，這不是區區的校官該談論的事吧。」

卡蘭德羅上校一副「我有點過度揣測了呢」的態度輕輕笑起。

「妳不想相信理性的勝利嗎？中校。」

「下官相信自身的理性。不過，無法對不熟悉的他人抱持確信。就算會期待對方的理性，但要相信的話就很困難吧。」

「國家理性與個人的理性不同吧？」

而且——卡蘭德羅上校露出遠眺的眼神接著說道：

「至少，我認為帝國軍參謀本部的眾人是理性的……啊，抱歉，我真的說過頭了。」

「傷腦筋呢。要是連上校都不敢說的話，區區一介的中校不就被迫要更加沉默了嗎？」

「真是說不過妳呢。而且，我還是第一次這麼饒舌。要說我沒感觸的話，會是騙人的吧。當然，我理解是該祝賀……不過，真的就只能說聲恭喜了。」

看在那些風向雞傢伙眼中，帝國軍的決定性勝利就算不是惡耗，也難說是好消息；對義魯朵雅軍人來說，這會是個慚愧的立場吧。

雖是愚蠢的鬧劇，不過這樣的義魯朵雅與帝國軍可是同盟國。

「要坦白說的話，就是我從未想過事情會變成這樣。」

「『從未想過』？」

真有趣呢——譚雅被這句話釣上了。她對義魯朵雅是以怎樣的根據與推測站在風向雞的立場上非常感興趣。

「這會是個能偷偷向上校請教義魯朵雅參謀本部是怎樣預測這次大戰的好機會嗎？」

「就讓我用貴國的風格說聲 Nein 拒絕吧。我們是不會懷疑同盟國的勝利的喲。」

啊啊——譚雅忍不住差點說出謝詞。說到卡蘭德羅上校，他今天還真是大方。總之，他們是正常的。

也就是基於帝國能不能贏到最後的懷疑嗎？

這是相當理性的判斷——譚雅也這麼認為。就算帝國軍以世界為對手大鬧了一場，也完全無法保證能贏得如此程度的大勝利。因為是如履薄冰的勝利，所以不能說義魯朵雅是毫無根據地選了錯誤的選項。

「至少在官方上？」

「在官方上這會是理所當然的事吧。」

「是下官失禮了。上校說的全是對的呢。」

正因為有著共同的默契才有的奇妙連帶感。這種聳聳肩，互相說著活用場面話與語中話的對話意外地有知性，我並不討厭。

「貴官也是相當失禮的中校呢。」

「畢竟是野戰出生的。」

「……我無話可說了。帝國的銀翼持有人都是這種生物嗎？」

「說不定喔。」

能進行這種文化性的活動，也全是因為對戰爭會結束的期待心理高漲吧。

停戰、議和，然後和平。要是能這樣就好了。

「說不過妳。那我就在這附近打發時間吧。」

「機會難得，要不要參觀戰場呢？正式報告書上要是寫著雷魯根戰鬥群一點也沒盡到嚮導的職責，下官可是會很為難的。」

譚雅基於純粹的善意說出提議。以視察的名義前來的卡蘭德羅上校需要配合『雷魯根戰鬥群』這個虛構組織。

「所幸，如果是現在的話，雷魯根戰鬥群旗下沙羅曼達戰鬥群的主要將校是處在完全有空的狀況。不論要找誰作為嚮導都行。」

「多謝好意，但不用了。」

「可以嗎？」

雖然不麻煩，但如果是這點程度的接待任務的話……正在考慮這些事的譚雅就因為這意外的發展有點亂了步調。

畢竟是好奇心旺盛的卡蘭德羅上校，還以為他會感興趣。

「我就去捏造一篇今日與雷魯根上校暢談甚歡的紀錄吧。這種程度的氛圍我可是寫得出來的。」

「那麼？」

「我就不打擾慶功宴了。就好好慶祝吧。」

上校不參加啊——這種話我說不出口。我也很清楚他人討厭的事情，不該對敵人以外的人去做。畢竟譚雅・馮・提古雷查夫這名魔導中校可是一介常識人。

「下官就恭敬不如從命，去好好慶祝了。」

「就這麼做吧。」

「是的！」

於是，維持著興奮的情緒，以譚雅為首的沙羅曼達戰鬥群的將兵們，就朝聯邦內地再次高聲歡呼。

殲滅了複數的軍團。

還更進一步地確保了進擊路線。最重要的是，繳獲到的軍需品對帝國軍後勤單位來說就像是及時雨般的帶來恩惠。

「中校！再拍一張吧！」

「好啊！我也會幫妳拍的！」

笑容滿面的聯歡。

舉著掠奪品——不對，是戰利品的照相機，一面與對焦苦戰一面拍照也是相當難得的經驗。

雖說因為偵察時會用到，所以很習慣操作照相機的整組設備，不過從未想過會有一天能用來悠哉拍攝風景照與人像照的譚雅，差點就要因為文化的氣息感動落淚。

要說的話，就是芬芳的氣息。

「嗯？不對，等等喔？」

只要動動鼻子，就能聞到芬香。要是香味真的存在的話……這不就是在前線已經好久沒能看到的那種東西嗎？

「嗯？這是在哪找到的？」

「是親愛的黨的特別提供，中校！是襲擊司令部時的戰利品！」

不論是酒還是照相機，大半都是由聯邦提供。哎呀——譚雅一面對蠻族經濟的驚人利益感到顫慄一面享受著。

「謝列布里亞科夫中尉！把公款統統拿出來！把這附近的酒統統買下來，請戰鬥群全員喝個痛快！」

「可以嗎？」

「當然！對了，在忘記之前先說一件事。空降他們也幹得很漂亮。我希望也能向他們表明我們的敬意。」

「這是當然的。我會以分享的精神分給他們的！」

共產主義也不錯呢——就算是玩笑話也一樣會讓人產生這種想法，所以共匪才會可怕。從擁有的地方搶奪，這種非生產性的行為要是能永續下去，以掠奪經濟進行分配豈不是會有著非常驚人的效率嗎！

「謝列布里亞科夫中尉！就算要花上一點戰鬥群公庫的機密費也沒問題！順便去弄下酒菜回來。我猜友軍那邊應該會有多餘的戰利品。」

將聯邦軍的後勤據點重重包圍起來，也就意味著獲得了大量的戰利品。雖是偶然的外快，不過這也是前線的糧食情況會比大後方好的原因之一吧。

不管怎麼說，這都是美好的勝利、美好的宴會及文明的氣息。

勝利就是如此美好。

[chapter]

VI

第陸章

「贏過頭了」

"Excessive triumph"

為什麼？這是為什麼？

—— 漢斯．馮．傑圖亞中將

統一曆一九二七年五月十三日　帝都柏盧　帝國軍參謀本部

發：帝國軍東方方面司令部

致：帝國軍參謀本部

來襲之聯邦軍已成功擊退。

眼下正在臨時推算於東方方面之戰果。判斷已殲滅含敵正面軍在內之複數師團。此外，也正經由追擊戰擴張戰果。

再啟

請盡速備妥移交俘虜之手續。

「贏了啊。」

「……是呀，我們贏了。」

足以讓岩石與柳樹一齊擺出從容態度的程度，帝國軍的戰果豐碩。就算對東方戰線的大規模機動戰的結果存有疑問，戰果也只要朝掛在牆上的地圖看去就能一目了然。

東方戰線險些遭到壓制的前線確實有一段時期是被迫大幅後退。也不得不承認當中存在著前線部隊的混亂、後勤的迷失，還有東方方面軍司令部的失能等諸多問題吧。

不過，所達成的結果也如實呈現在地圖上。

「……就連莫斯科與南部各都市都能選為進擊的目標吧。」

「理論上是，不過，盧提魯德夫。」

「果然很困難嗎？」

這可不是困不困難的問題喔——傑圖亞中將帶著苦笑，不過深刻警告著可敬友人。

「鐵路網的重建讓人絕望……就連現狀都是處在靠『當地調度物資』掩飾極限的階段喔？」

機動戰——總而言之就是廣範圍的進攻，需要經常面對後勤極限的問題。

如果是在本國進行內線戰略，物資的調度也會落得輕鬆。在熟悉情況的自國內，受到地方自治團體的支援，就算要全力移動也絕不會是紙上談兵。

然而，在國外就連最具善意的集團也是像自治議會那樣本質上的外人。光是要以這種後方地點作為作戰基地，朝露骨釋出敵意的敵國領土進攻，等同是後勤上的惡夢。

畢竟確立足以維持大規模進攻的後勤，超出了帝國的國力所及。

「能將敵司令部的後勤倉庫盡數繳獲真是太好了……能勉強靠自治議會的供給與當地戰利品勉強做到當地調度可謂奇蹟喔？」

能夠一直做到總量平衡的祕訣很簡單明瞭，全多虧了古代兵法書所說的，因糧於敵這種危險的戰術。

「中斷的話會怎樣？」

「就真的得要在當地調度了呢。」

而且對傑圖亞中將來說，這是連想都不願去想的事態。繳獲敵物資還有辦法主張是軍事作戰。但是，「正式的當地調度」這句話與「真正的當地調度」在微妙但核心的界線上可是不同的。

「具體來說是？」

既然他問了，就必須回答。

「就是組織性的掠奪。」

「掠奪？又不是傭兵時代的事，傑圖亞，你是認真的嗎？」

當然是認真的——傑圖亞中將朝著盧提魯德夫中將點頭。

「現實讓我們不得不這麼做。最起碼……也是呢，作為掩飾……表面上會是依循軍法的徵用吧。不過，在敵地會有多少人願意接受我軍的軍幣？」

你說得對——苦笑的老友也是知道的。軍幣就只有微不足道的信用性。如果是在自國還算行得通，但在敵地會信用這種東西的，就只有所置身的立場讓他不得不「假裝信用」的人吧。

「透過軍幣強制徵用……跟掠奪有何不同？」

「……也就是為了要無中生有的蠻橫行為。不過，也不能以補給為由放棄作戰吧。」

「我是希望你能放棄呢。」

「難以想像這會是傑圖亞中將說的話……我們可是軍人喔？」

唉——傑圖亞中將嘆了口氣，盧提魯德夫中將向他拋出一個直接的問題。

「假設要在現況下發動更進一步的攻勢的話，你會採取怎樣的後勤措施？」

「……要優先進行以停戰為目的的交涉吧。既然是這麼豐碩的戰果，就算是聯邦軍應該也很難拒絕交涉。」

「交涉得要先有對象。你難道忘了嗎？」

我沒忘——傑圖亞中將正想插話，就注意到盧提魯德夫中將的言外之意了。

「……原來如此，有必要考慮聯邦方斷然拒絕的可能性嗎？」

「沒錯。」

「坦白講，我很懷疑有沒有這種可能性呢。雖說雷魯根上校的報告才剛剛送達……不過根據他的報告，儘管有可能要進行條件談判，但停戰協定的成立大致上只是時間上的問題。」

「我看過了。是在說那份指出聯邦方在摸索停戰可能性的報告嗎？」

是呀——傑圖亞中將點了點頭，把話說下去。

經由義魯朵雅整合的條件非常單純。全軍要以目前的軍事邊界線為界停戰，將現有控制地區視為過渡性的統治，不進行領有權的移交。

不過，要對開戰前的帝國實質統治區域放棄一切他國的領有權請求。這會是最終解決方案吧。在合計數十公里的國境上，帝國軍設定了安全上的非軍事區。如有必要，還留下保障占領（註：為保障對象國家會實行國際協定，作為擔保所進行的占領）的餘地。

此外，還加上了帝國現有的控制地區要由居民進行歸屬投票的條件。儘管不免是要以在多國觀察之下進行為前提，但只要投票獲得承認，實際上就等於是成功確保了帝國的周邊安全。而且還確保了名義上的賠償金，幾乎可說是全條件達成吧。

「有因為公民投票的事鬧得不可開交是事實。對聯邦來說，他們也有著相當討人厭的自覺吧。反過來說……就是我們的勝利足以讓那些傢伙不得不暫時放下爭議尋求停戰喔？」

「這不是聯邦的情況嗎？」

這我無法否定，但另一方面——傑圖亞中將開口打斷盧提魯德夫中將的話。

「這與其說是聯邦的意思，更接近是交戰敵國群的共同意見不是嗎？就算是義魯朵雅他們，在看到我們的大勝後，也會為了賣我們最低限度的恩情去整合交涉意見吧。」

「反正，一切都是可能性。」

「所以必須要先準備好最壞的劇本？」

「我有說錯嗎？傑圖亞中將。」

的確——傑圖亞中將在點頭同意盧提魯德夫中將的話後，隨即沉思了片刻。在腦海中展開算式，陳列手中可能的材料，整合當地傳來的報告，進行著摸索可能性的思慮。

不過，傑圖亞中將就連在進行這種考察時，腦海中都會湧出「如此壓倒性的勝利會談不妥交涉嗎？」的疑問，是無法否認的事實。

共和國殘黨能期待聯合王國的助力。

聯合王國能期待聯邦與合州國的援救。

但是，合州國的輿論並沒有達到嚮往正式參戰的層級。合州國至今所伸出的援手就只有保留在租借法案與義勇兵上。當然，不論是哪一項都非常棘手，不過都沒有直接參戰的聯邦軍有存在感。

說到底，聯邦陸軍壓倒性的數量，才是支撐各敵國對帝國戰意的重大支柱。

而這根支柱，就在東方被帝國軍體無完膚地打斷；豈止是打斷，還帶給依靠支柱的全員衝擊與恐懼吧。

這樣一來，也就有靠外交解決的頭緒了。

開始沉醉在這種想法之中的傑圖亞中將因為電話鈴聲猛然回神。透過專線的呼叫，如果是在這種時機的話……

「是的，我是傑圖亞中將……遵命。」

「好消息嗎？」

喀噠地放下電話的傑圖亞中將向一臉好奇地詢問的老友點頭。

「說是最高統帥會議的緊急會議。」

「喔！最高統帥會議是怎麼說的？」

「是要研討條件的樣子。這樣就能確定細節了……總算能看到通往結束的道路了。」

再一下子就好。帶著這種心情，傑圖亞中將喃喃說道：

「播下的種子能開花結果的喜悅。這就是故鄉的恩惠吧。」

為了祖國，他們奮戰著。揹負著名譽，胸懷著榮耀，縱使拋下戰友屍骸，也仍然握著槍不放。不論是前人、祖先、還是後代的子子孫孫都一樣會徹底守住故鄉吧。

正因為如此才有現在，繼承著過去。

「幹得漂亮，盧提魯德夫中將。你當上元帥也只是時間上的問題吧。」

就算要沉醉在「完成這一代的義務了」這種奇妙的感慨之中也不會有人怪罪。正因為如此，傑圖亞中將注意到自己無意間向同梯說出了不同以往的多餘稱讚。

「雖然很高興能聽你這麼說，但我就只是個副參謀長。」

「主導者是誰，大家都很清楚吧。這個結果是貴官的成就。帝國可沒有病到會去抹煞某人的成果。」

「感謝你這番光榮的評價呢。雖然我還以為你會比我專業……不過這世上是有著所謂的原則在的。」

「是指年資嗎？就算是這樣，就算是這樣。」

算了——傑圖亞中將揚起柔和微笑把話說下去。

「朋友，你辦到了。就引以為傲吧。」

「我該道謝嗎？」

「對我？對將兵？」

能笑著說「這還用說嗎？」是因為心情愉快。

「當然是將兵吧。」

「也是呢……你真的幹得太好了。」

就像在說「正因為如此」似的，傑圖亞中將稍微瞇縫起眼，在心中做出小小的決定——無論如何，這次都必須要讓戰爭結束。

這是個幸福的美夢。因為能奢侈地由衷相信著——這樣今後的未來就將會是一片光明吧。

就承認吧。

不對，就承認這讓自己承認了吧。

這豈止是樂觀，根本是大意。

當天午後　帝都柏盧　協調會議室　最高統帥會議

參加最高統帥會議，前往取得戰勝後的爾後對策檢討會的會場，提出經由義魯朵雅進行的交涉原委與談妥條件的傑圖亞中將受到無數雙的視線朝自己怒目而視，並因為這出乎意料的反應僵住。

視線的主人是穿著老舊但作工良好的西裝的文官。就跟軍務官僚一樣，他們也是兼具著知性與知識的國家齒輪……總之就是應該「能夠理解」的一群人。

儘管如此。

會議室內卻充斥著火藥味。

「別開玩笑了！」

不掩情緒地起身拍打桌面的官僚。

「……你這話是認真的嗎！」

「說這是優越的條件！貴官是這麼說的嗎！」

傑圖亞中將儘管錯愕，也還是明確地肯定。

「恕下官失禮，我是這樣說的沒錯。下官認為這是在現狀下最好的條件，並加以支持。」

「傑圖亞中將！你這樣還算是帝國人嗎！」

「當然。」

那為什麼——以這種態度發出的怒吼迴盪在整間會議室內。對承受著殺氣騰騰的凶狠視線的一方來說，是個相當難熬的空間。

「為什麼要用這種條件去議和！」

「……就算說是這種條件。」

就像在跟教不會的學生說話般，傑圖亞中將抓住對手的語病再次反駁。畢竟這可是在竭盡全力之後所得到的結論。

「這是在現狀下，軍方所能期待獲得的最好條件。今後如果要停戰、議和的話，這可說是極為現實且相當有把握的條件吧。」

聽好了？——傑圖亞中將怒目環顧著會議室，向個個露出不服氣表情的文官狠狠說道。

「正因為有將兵的犧牲，我們才有辦法將這種條件甩在敵人臉上！下官可是這樣理解的。」

「失禮了，傑圖亞中將。你說這個……這種內容會是最好的條件？」

當然是最好的——傑圖亞中將一副這種態度的微微嗤笑。

停戰的可能性，還有為了實現議和的條件談判。這些全是靠高明行使著豈止是勉強，根本是胡來的軍事力硬是扭轉情勢所獲得的成果。以靠戰場的勝利硬是讓對方接受我方道理的方式贏來的條件會不夠？咚的一聲，自己敲在桌面上的拳頭默默發出聲響。

這是無意間的動作。不過，對方是把這看成是在挑釁吧。維持著氣憤表情抗議著。

「這是什麼意思！什麼也不說是不會有人懂的！」

不過面對怒氣沖沖的對手，傑圖亞中將反倒是開始冷靜下來了。

就跟戰爭一樣。沒道理要激動地站上敵人的舞臺、對手的土地。

能夠選擇，也就意味著握有主導權。就算說是防禦，也不等於是要放棄主導權。

研究完戰術手法的大腦提出了等待對手疲憊的方案；要是對方興奮起來，就將他興奮的能量磨耗掉。

「我應該都說過了吧。」

「……那是傑圖亞中將你的意思吧。我們想問的是軍方的見解！」

諷刺的是，對方愈是激動，自己就愈是清醒。傑圖亞中將雖然有自覺到這是個有點不太好的毛病，不過在跟笨蛋講話時的自己太過自傲了。

「下官是副戰務參謀長。」

懂了吧——不悅地丟下這句話。

「所以呢？」

「這提問還真奇怪。參謀本部的副參謀長提出的見解，難道有這麼不足以代表軍方的一般見解嗎？」

是變成在跟笨蛋說話的語調了吧。就在對方不掩心中的不悅，倏地移開視線時，傑圖亞中將忍住了嘆息。

「……盧提魯德夫中將！我想聽聽同階級的中將意見。」

「坦白講，我的意見就跟傑圖亞中將所提出的一樣吧。」

「……怎麼可能！那可是如此出色的勝利喔！」

實際上，是在東方取得了偉大的勝利。只要是軍人，不論是誰都夢想著能率領眾人贏得那樣的勝利吧。

不過怒吼的文官難道無法理解嗎？參謀本部可是格外理解著勝利的價值……什麼也不說是不會有人懂的吧——傑圖亞中將勉為其難地開口插話。

「沒錯。正因為取得了如此出色的勝利，我們才有辦法提出這種條件。」

聽到這句發言，會議室內紛紛傳來「你在開玩笑吧」的視線。要是視線具有物理的力量，身體恐怕會被穿刺過去吧。還真是冰冷帶刺的眼神啊！

儘管有預想過會受到某種程度的反對，但這超乎想像呢——傑圖亞中將也只能苦笑了。

「你難道不知道帝國的現狀嗎！」

回想起班門弄斧這句東洋的諺語。有關數字這方面，會比將包括軍事機密在內的所有情報都掌握在手中的自己還要清楚的人，毫無疑問是屈指可數。

「帝國軍的現狀，下官恐怕是瞭若指掌。」

抽著菸，帶著微微苦笑答話。這是傑圖亞中將這位專家的夙願、心聲，然後也是悔悟。要是不清楚的話，就還有辦法說出樂觀的發言吧。

「有關帝國的物資動員與人力資源等等戰時國力的現狀，下官自認是有基於在最高統帥會議上提出的資料進行理解。」

後勤的第一人，物資動員計畫的戰務方負責人，而且還是作戰出身者。

總歸來講，就是比這間會議室裡的任何人都還要理解現狀的自負，讓傑圖亞中將說出了接下來的這句話。

「還是說有什麼我不知道的機密事項？假如沒有，我對質問的回答就不會變。這在現狀下就只會是最好的條件。」

「既然你了解狀況，事情就簡單了。抱歉，請容我訂正你的意見。傑圖亞中將，恕我失禮，但軍方就只有考慮到『現在』。」

「所以？」

「帝國蒙受的損害，喪失的國家財富。太過龐大了。」

「我不懂你想說什麼。」

「不懂？你這話還真怪。」

伴隨著就像非常傻眼似的嘆息，文官們異口同聲地滔滔不絕起來。

「必須要在哪裡挽回。你難道不這麼覺得嗎？要是沒有拿到賠償，帝國就非常……」

就算是將來的事我也很清楚喲——傑圖亞中將插話說道。在戰爭中耗費了龐大的國家財富，所得到的卻是微乎其微。而且，男性的年輕勞動人口還徹底滅絕。就連參與物資動員的傑圖亞中將每天送往前線的大量砲彈，製造者也全是女性與老人。最後還讓學童在工廠製造生活必需品，讓俘虜在田地裡耕種。

「國家財政會出現破綻對吧。最糟，就連國家機構都會有危險。儘管不勝惶恐，但要下官說的話，就連帝室的安寧也是吧。」

「既然你都知道了！」

就算要我想辦法，但這可不是軍人的工作。

「恕下官失禮，我可是軍人。」

「你想說什麼？」

「下官向帝室與國家誓忠，是為了從外敵手中保衛祖國。反過來說，有關內政的事就不是軍方該干涉的領域，這是顯而易見的吧。」

軍隊終究是不該越過所規範的權限。這是身為職業軍人的傑圖亞中將所深信不疑的大原則。戰爭在根本的部分上是政治的延伸。讓軍事凌駕在政治上是不容允許的事。要是容許這麼做，只靠著軍事戰略而不是大戰略在運作國家的惡夢就會開始了。帝國軍是國家的暴力裝置，絕對不能成為國家本身。

「傑圖亞中將，我有異議！你不害怕國家財政出現破綻嗎？這可不是鬧著玩的喔！」

「財政？所以說，這到底又怎麼了？太過害怕緩慢地逐漸窮困，所以打算迅速地衝向破產嗎？」

「錢錢錢！錢就是一切！你難道不知道甚至可能出現財政破綻的國家實情嗎？」

聽好——滔滔不絕的是財政部的官員。只要看他們迫切的表情，就很清楚他們不是在說什麼玩笑或戲言吧。

「發行的大量債權！沒有錢作為擔保的紙片，信用可是微乎其微！在這種狀況下，你以為有辦法償還戰時國債嗎！」

他們是認真的嗎？要是真的以為國家財政出現破綻比徹底進行戰爭還要讓人擔心的話……未

免也太蠢了。

「我知道這是謬論，但紙張只要印就好了吧。」

傑圖亞中將是軍人。營業用具是槍砲，損失的是兵員。總歸來講，就是人。祖國的年輕人正不斷死去。

……他不認為有事情的優先順位會在這之上。

「是呀，是呀，就讓財政部鑄幣局去印吧！我們這是要印幾馬克的紙幣才行啊？」

「縱使有國家因此陷入通貨膨脹的案例在，也總比讓萊希根本性地信用崩潰來得好吧。我們只需要有尊嚴地面對通貨膨脹就好。」

「不論哪一邊都不該選！」

傑圖亞中將──如此喊著的他們露出就像在尋求依靠般的眼神。

……這，他們該不會是……是知道的嗎？他們所說的話究竟意味著什麼。

說不定他們也不是無法理解──傑圖亞中將改變了想法。就連帝室的親族都有出現戰死者。這就是堆積了如此大量的死者也仍然持續下去的這場大戰的本質。沒有失去親人的帝國人反倒是例外吧。

不過，正因為如此，傑圖亞中將才無法理解。他們是為了不枉費這些犧牲，並知道這會產生更多犧牲才說要繼續的嗎？

「再贏一次的話，如果條件能變得更好的話，就該要再贏一次！我們必須要拿到能讓國家繼續經營下去的賠償！」

「你把軍事當成什麼了！要是誤把國家大事當成是在賭博可就困擾了。」

朝著啞然大叫後，「絕無可能」用鼻子哼了一聲的傑圖亞，財政官員依舊一副泫然欲泣的扭曲表情大喊著。

「這是基於執行國策的合理請求！你打算讓信用受損嗎！」

「你知道什麼叫做停損嗎？」

「所以要讓一家老小餓死街頭嗎！還能贏吧？應該還有機會，能讓交涉條件變得比這還要有利！」

平行線。

恐怕怎麼吵都不會有結果。

「你是要我們依靠樂觀的推論讓戰爭繼續下去？下官就作為戰務負責人斷言，要是你們誤會軍方還充滿餘力，可就傷腦筋了。」

「都消耗了這麼多的資源了！你這是在說軍方是頭紙老虎嗎！」

就算已化為難以扶養的巨大消費裝置的帝國軍受到批評，傑圖亞中將也仍然是只能微微苦笑。

「只要對方撐不住了，應該就能期待更有利的條件吧！就算是為了重建國家，也無論如何都要打！」

傑圖亞中將能冷眼看待這些傢伙不斷吵雜喧鬧的從容就到此為止。他忽然發現，就在若無其事地環顧周遭之後，意識到一件足以讓視線動搖的恐怖事實。當文官漲紅著臉大叫時，不是就連緘默不語的列席者也有大半像是在表示同意地微微點頭了嗎！

同意，居然同意？

居然偏偏是對這種謬論有同感！

「……將軍儘管知道戰爭，卻不懂得戰爭經濟的樣子。有看到占領地嗎？那裡離聯邦的資源地帶可是近在咫尺。」

你意下如何？——既然被問到了，就不得不回答。然而，在忽然發現到這件事後，傑圖亞中將就陷入一種自己彷彿是在敵地遭到孤立的落伍兵一般的恐懼之中。

「恕下官失禮。你認為只要征服下來就能自給自足了嗎？」

「沒錯。只要進入這種體制，我們也……」

搶先似乎想說「還有希望」的文官一步，傑圖亞中將打斷他們的發言。畢竟難以忍受他們儘管面不改色地說著抱歉，卻要依靠樂觀的推論掀起戰爭的作法。

就承認吧。彼此之間存在著某種巨大的歧異。正因為如此，才不得不做出警告。

「這可是畫在紙上的大餅呢。即使再度提出交涉，一旦狀況有變，想要再次取得像現在這樣的條件……」

「到時候只要不斷勝利下去，敵人也會改變態度吧。」

……勝利、勝利、勝利！

這群該死的把勝利當成無所不能的萬靈丹的依賴症患者！

克制不住想罵人的情緒，傑圖亞中將忍不住呻吟起來。居然事到如今才深刻體會到古人會說出「除了大敗北外，沒有事比大勝利還要糟糕」這句警句的理由，真叫人深惡痛絕。

他們就這樣毫無理由地深信著「還能夠贏」嗎？這個空間真讓人無以復加地想大叫：「你們是認真的嗎！」

「失禮了，請允許發言。」

「請說，盧提魯德夫中將。」

此時介入的是在身旁始終保持沉默的可敬友人。一取得發言權，他就簡單整理起狀況。

「各位要譴責傑圖亞中將是無所謂。不過，這裡是需要冷靜討論的場所吧。現在就先一度整理一下狀況如何？」

「那麼盧提魯德夫中將，貴官是怎麼想的？我想請教身為作戰負責人的貴官看法。」

「不論要問什麼都行。不過，希望能提出具體的問題。這樣我也能回答得比概論還要清楚吧。」

那麼──文官在點頭後就只提出了一個問題。

「你認為帝國軍無法期待更多的勝利嗎?」

唔──盧提魯德夫中將一點了點頭,就在傑圖亞中將的注視中叼起雪茄,大膽無畏地在會議室列席者們凝視之下吞雲吐霧。

在不斷受到催促說下去的眼神後,盧提魯德夫中將就吐著煙緩緩說道:

「坦白講,很難吧。」

可以了嗎?──盧提魯德夫中將重新叼起雪茄,目瞪口呆的文官連忙向他追問起來。

「很難嗎?」

「沒錯。會非常困難吧。」

「不過,你沒說這不可能吧?」

些許的動搖。是幾乎沒有人發現到的動搖。注意到友人就像在說「問了個討厭的問題呢」般的蹙起眉頭的人,就只有傑圖亞中將。

對軍人來說,沒有事物會比剛剛的問題還要討厭。

「……你這是要軍方在這裡承認絕對打不贏嗎?下官實在是無法向帝室與國民說出這樣的言論。」

迂迴的拒絕回答。說完這句話後,盧提魯德夫中將就再度專心抽起雪茄。

不過，只要知道軍人這種生物的話，這就是再明確也不過的明確回答。實際上，這就跟承認軍方的極限一樣。即使是老友，也要靠雪茄掩飾他幾乎發出的嘆息吧。畢竟到頭來，香菸還是保持沉默的最佳道具。

……就這點來講，遠比開戰前還要常抽菸的傑圖亞中將，非常能理解老友盧提魯德夫中將的意圖。

「真虧你能幫我說到這種地步」。

傑圖亞中將忍不住在內心裡不惜讚賞起盧提魯德夫中將的勇氣與覺悟。為求勝利付出了眾多犧牲的不是別人，正是將兵們。堆起屍山血海在東方摘下的勝利，實際的情況就連參謀本部也十分清楚。不需要文官提醒。帝國軍參謀本部這個組織還沒有偏離現實到能夠無視每天在最前線由有著大好前程的年輕人所堆積起來的屍山血海。

現狀仍是難以確定勝敗的局面。軍人怎麼可能不負責任地向人們說自己贏不了啊？迫使大後方承擔著軍事費、人力資源及眾多艱難的軍方是不容許害怕戰爭迷霧，說出「絕對贏不了」這種話的。

……如果醒悟到真的贏不了的話，是能果斷地說出「贏不了」吧。不過，還留有贏的可能性。正因為如此，身為作戰負責人的盧提魯德夫中將是無論如何都不能說出「贏不了」這種蠢話，儘管如此也還是暗示了極限。

「……這樣你們懂了嗎？」

盧提魯德夫中將的詢問中，帶著尋求理解的言外之意。

「盧提魯德夫中將、傑圖亞中將，我們要向二位提出正式的詢問。我們能視這為參謀本部的共同意見，並更進一步視為軍方的共同意見嗎？」

他們提出了能立刻回答的問題。

當然可以——兩人以絕佳的默契當場點頭。

這樣爭論就到此結束了吧。懷著這種天真的預想，傑圖亞中將微微放鬆肩膀上的力道。

減輕大後方負擔的方法，或是從停戰到議和的程序。就算問題還堆積如山……

「……也就是說，儘管艱難，但並不是毫無勝算對吧？」

咦——傑圖亞中將就在這時因為這句難以理解的蠢話停止了思考。「儘管艱難，但並不是毫無勝算？」

「我們知道軍方對現狀的認知了。不過，只要大後方能為了更進一步的勝利採取必要的措施，就還有勝算對吧？」

「請等一下。你到底在說什麼啊？」

「傑圖亞中將，我問你……在透過義魯朵雅王國進行的交涉過程中，想在這裡做出妥協的態度，難道不會有讓對方認為我們怕了的可能性嗎？」

「……你在說什麼啊？」

茫然反問的傑圖亞中將受到極為激烈的反駁。

「意思就是說，這樣難道不會顯得我方太過於急著交涉嗎？如果讓敵國誤以為我們沒辦法再打下去，就會在交涉條件上暴露出弱點吧。」

某位列席者接著補充說道。記得他好像是內政部的人吧？

「坦白講。請問將軍有掌握到國內的輿論與民心的動向嗎？這種條件的停戰、議和，實在是難以讓人民接受。而且，義魯朵雅方案的停戰是一時性的。就連談成議和的可能性都很難講不是嗎！」

瞥見到一名身穿著作工良好的西裝的男子起身接著說道。他是愛裝模作樣的外交部的人嗎？

「軍事上的停戰交涉，終究是軍方的權限也說不定。但是，一旦進入正式的停戰、議和階段，就是外交的領域。管轄當然是在該以外交部作為主體推動的我們手上。軍方在相關案件上獨攬大權很明顯是越權行為吧？」

為什麼就連這種事都無法理解？——在場的眾人一副這種態度的不斷嚴加斥責著他。

狠狠瞪向自己的視線竟會如此凶惡！

簡直就像是在瞪著敵人——才剛有了這種想法，傑圖亞中將就修正了自己的感想。

……這說不定不只是像而已。

「我們也希望恢復和平。不過，得要有正當且可以接受的賠償。要是無法實現正義……民心是不會接受的。」

「你敢說這是要以恢復和平優先！」

「別開玩笑了！——傑圖亞中將幾乎喊出的話語被無數的視線打斷。

「以不正義的和平優先，已是開戰前的事了！」

「犧牲要有相對的賠償！」

「不可能做出這麼大的讓步！義魯朵雅的方案太溫和了！」

傑圖亞中將準備說出的種種反駁，就像是對國家的背叛一樣遭到眾人搶先一步譴責。要不是能出席這場最高統帥會議的不是別人，正是帝國的實務者集團的話，這就會是個讓人想反駁「這些就只是感情論」然後一笑置之的愚蠢事態。

……不過，正因為是無法一笑置之的事態，所以才嚴重。

「最高統帥會議就原則上是不會干涉軍令。不過，進行大略的國家戰略方針要求，是會議的正當權利吧。」

「……意思是？」

就連大叫「請不要再說了」都不被允許的局面。於是傑圖亞中將就宛如醒悟到難以避免敗北的司令官，不得不正視命運。

「失禮了，但我們想請帝國軍贏取更好的條件。」
「……下官該認為這是政府正式的共同意見嗎？」
「正確來講，是基於民意與帝室共同意見所提出的正當要求。想請求軍方達成這項目的。」
以制度面來講，這是正確的作法。有關軍事方面，最高統帥會議長久以來就只是個負責追認「參謀本部」決定的單位。然而，決定權毫無疑問是歸屬在最高統帥會議手上，就算是傑圖亞中將也無法反對會議下達的決定。
既然無法反對，也不容許反駁的話，那就沉默吧。
但是，獨自保持沉默又能怎樣？只能自嘲吧——正當傑圖亞中將在內心嘲笑起自己時，一名男人特意開口了。
「……很好。你們要贏是吧？」
住口，盧提魯德夫！——想朝著他這樣大叫。
說不定是該朝著他大叫的。然而，啞口無言的傑圖亞中將就連要喊出制止的話語都做不到。
「我就贏給你們看吧……只要你們提供必要的東西，不論是要軍方贏幾次都行。」
傑圖亞中將當下遞出的眼神也沒能傳達給盧提魯德夫中將。就在滿意點頭的文官們告知著詳細的聯絡事項，反覆進行著瑣碎對話當中，傑圖亞中將獨自一人黯然神傷。
為什麼，會變成這樣。

當天　帝國駐義魯朵雅大使館

捷報總是會讓人感到高興。尤其是在關鍵時刻所贏得的勝利。滲入五臟六腑，讓身體自然地發熱。就熟悉來講，可說是與酒精這名老友不分軒輊。

就恰如優質的龍舌蘭酒或蘇格蘭威士忌吧？

就在帝國各地因為捷報舉國歡騰時，帝國駐義魯朵雅大使館也跟全體帝國臣民一樣由衷興奮著。

身為駐義魯朵雅武官的雷魯根上校就在這時搖了搖頭。如果要說得更正確一點的話，就該修正吧。負責外交交涉的他們是超乎常人的狂喜。要說到大使館的狂歡模樣，就像是大學裡的年輕人在豪飲美酒一樣。

也不是沒有想節制的意思；也理解什麼叫做自制。畢竟是具有地位的年長成人。也很清楚在人前喝得酩酊大醉會有多糟糕。

這樣的集團一塊兒喝得酩酊大醉。

美酒的味道太過甘美。

面對毫不退讓的強硬交涉對象，以不以為意地公然腳踏兩條船的義魯朵雅作為仲介人的交涉。對因此身心交瘁的帝國負責人來說，就算想控制在淺酌的程度，但不論是在心理面上還是物理面上都不知不覺地狂飲起來。

他們就是如此地確信天秤已經傾斜的發出祝賀。

「真是，幹得太好了」。

雷魯根上校自己也是由衷發出喝采的一人。

完全只能說是天佑帝國的捷報！

足以讓人一不小心就感慨萬千到幾乎落淚的程度，他們幹得太好了。等回過神來時，手已伸向珍藏著陳年老酒的櫃子。裡頭擺放的是姑且不論戰前，最近就連在中立國都沒辦法自由取得的聯合王國製的蒸餾酒。

撬開密封的木箱，一拔起軟木塞就聞到與陳年老酒相襯的芬芳。

就連從大使館備有的冰箱裡拿出冰塊，在義魯朵雅製的雕花玻璃杯裡做著斟酒前的準備，哎呀，都讓人雀躍不已吧。

在慎重地斟酒，配著冰塊品嚐起以四十度酒來說略為柔和的陳年美味後，暖呼呼的活力泉源就緩緩地滲入心頭。

「這酒真美味。」

喃喃說出毫不虛假的真心話。就算是敵國的酒，好喝就是好喝。是彷彿遺忘了相當久一段時間的味道。

「能喝得出味道……居然能用喝好酒的方式喝酒，這下可真的沒辦法把腳朝向友軍奮戰的方向睡覺了。」

酒一入喉，人就饒舌起來。而且，拿勝利當下酒菜喝的老酒可是格外美味。讓雷魯根上校前所未有地醉了。

不過，這也絕對稱不上是爛醉。

平常時的積怨，對將來的不滿逐漸散去的輕盈感。滲入體內的酒精就像個老朋友，甚至還很溫柔不是嗎？喀啷——冰塊在玻璃杯中演奏出的沁涼樂音也讓人受不了。這就是宛如仰望藍天的爽快感吧。

最重要的，說到這種氣氛啊！

哪怕是在大使館的武官室內放縱地乾上一杯，就唯獨今天不會被任何人責罵！

「哎呀，雷魯根上校。興趣不錯呢。」

搭話的是平常時總是板著一張嚴肅表情的大使閣下。然而，就唯獨今天是帶著滿面藏不住的喜色。

「這不是大使閣下嘛！閣下的興趣才好，那瓶酒是？假如下官沒記錯的話，不是外交部密封的X類外交物資嗎！」

就算是遭到海上封鎖，要是連禮節都守不住的話可就顏面盡失了。所以駐外機構的工作之一就是採購葡萄酒——當知道這件事時可驚訝了。

「哈哈哈，沒錯！這可是偷藏在外交背包裡，經由中立國好不容易才弄到手，要用來維持顏面的珍貴的酒呢，今天就不吝嗇了！儘管拿去喝吧！」

就連應該要發出斥責的大使都興奮到做出準備慶功宴的指示，將在義魯朵雅收購要送回本國的外交用葡萄酒砰砰砰地接連開瓶。

「好啦好啦，上校你也請喝。我可想向帝國軍的奮戰乾杯呢！」

「那麼，就容下官僭越了。」

一般來說，這可是會以瓶為單位嚴格控管數量的酒。就唯獨今天不用去管什麼規則。朝著心存感激接下的玻璃杯中滿滿注入的鮮紅液體還真是豐潤。

早就徹底遺忘的真正酒香。

「向友軍的奮戰與勝利乾杯！」

「向犧牲的戰友乾杯！」

「向祖國的榮耀乾杯！」

乾杯的呼喊還真是盛大啊。

「神與我們同在。」

說出標準台詞的瞬間，雷魯根上校忽然聯想到恩典這個詞。畢竟是開拓了祖國的未來。或是說，有了這種想法。就連像他這樣的實用主義者都不得不祈禱——但願神與我們同在。

正因為如此，他也在感激不已的男人當中發自內心地祝賀。

「帝國，萬歲！」

「「「萬歲！」」」

身穿禮服互相勾肩搭背的男人齊聲吶喊Prosit（乾杯）的叫喊聲，恐怕會在大使館外宏亮傳開吧。

不，就讓他們聽吧。

帝國發出的勝利歡呼。向東方的勇者、祖國的守衛、我們的萊希衷心獻上的月桂樹。要說的話，就是充滿歡喜的凱歌。

喊吧，對祖國的愛。

放縱自己陶醉，在異鄉之地高聲吶喊。

這也是將校不該有的放縱姿態吧。不過，為什麼要顧忌啊？

有人能不去恭喜祖國的勝利嗎？只要是獨當一面的成人，向國家誓忠的軍人，都會忍不住地對祖國的喜事獻上喝采。

「雷……雷魯根上校……」

「嗯？喔，是值班人員啊。對各位還真是不好意思。我有叫廚房幫你們適當地準備餐點，有缺什麼嗎？」

「不是的，那個，在這裡說怕隔牆有耳。方便的話，能麻煩上校移駕嗎？」

在他誠惶誠恐的態度背後有著不尋常的氣息。儘管有點被勝利沖昏了頭，但不免是只要恢復冷靜的話就不難看出。

「走吧。」

抱歉讓你費心了——雷魯根上校一面道歉，一面帶著值班將校來到無人的走廊上。雖說是只有自家人的大使館，但也還是有著怕被別人聽見的事吧。

朝四周瞥了一眼的值班將校顯得相當緊張。

「是什麼事？」

「是本國參謀本部的通知。」

「……唔？這麼說……是最高統帥會議的決定嗎！」

「是的，誠如上校所說的。想說這種事還是通知上校會比較好……」

但這種事有打擾長官慶祝會的價值嗎？——朝著擔心這點的值班將校，雷魯根上校以衷心的笑容向他保證。

「感謝，這是妥當的判斷。」

本國傳來的通知。

果然很快呢——在這種會讓人佩服的時機適時送達的機密電報，早已讓雷魯根的心情雀躍起來。

「這還是要回房間看會比較妥當吧。我就先告辭了。」

想不到本國會在外交談判的條件面上如此地當機立斷——沉浸在感慨之中的他朝著武官室走去。

要忍住不露出笑容很難，得想辦法板著臉才行——正當這麼想時，注意到並沒有特別規定不能表現出喜色。姑且不論外交交涉的場合，允許自然地流露喜怒哀樂可是理所當然的事。

「……哈哈哈，好久沒有了呢。」

像這樣自然笑著——雷魯根上校苦笑著加快腳步。一手拿著盛著老酒的玻璃杯，一手拿著在恐怕已掌握到結束戰爭的善後策略時機收到的加密電報。

就唯獨這個，必須得使用鎖在自己房間金庫裡的密碼本來解讀。

雖說通訊內容也有經過加密，但考慮到只要遭到監聽就早晚會有可能被破解的情況，所以這是得對照只有雷魯根上校與參謀本部持有的密碼表才總算有辦法看懂內容的，極為特殊的信文。

還真是期待解讀呢——雷魯根上校就連腳步也輕快起來地走向自己的房間。

隨後儘管臉頰因為酒精發燙，也還是從房間金庫裡取出密碼本的瞬間，感到心臟跳得前所未有的快。

這種舒適的酩酊感不光是因為酒精。

只要是獨當一面的男人，不論是誰都會忍不住熱血沸騰。這可是參與拯救國家命運事業的榮耀。既然如此，要怎麼樣才不會感到興奮？

「好啦好啦，總之接下來才是關鍵。要是有確定結束戰爭的方法就好了……」

意氣揚揚地將密碼本與電報並排，動起鵝毛筆解讀內文後沒多久。解讀出「在東方的勝利」這一句話，雷魯根上校就像接下來才是重點似的翻起密碼本。

「……？嗯？」

他感到些許困惑，就像是要提神似的將杯中酒一飲而盡，並再斟一些。

「唉，我也真是的……這是有哪裡看錯了吧。」

最初所抱持的是「喝太多了呢」的反省。雷魯根上校朝著手上的玻璃杯苦笑，甩了甩頭。看來我似乎是嚴重看錯了。

「這裡是這個意思……嗯？不對，可是……」

因為酒精發燙的血管，就彷彿是被野戰砲的近彈擊中般的收縮起來。

雷魯根上校就連手上的玻璃杯滑落了都沒發現，一臉可怕的表情再次探頭看起手上的電文。

「……咦？」

一字一句，就連句讀的文意都沒放過的仔細閱讀過後，他仍然是感到困惑。這難道不是我看錯了嗎？

就不能是我有哪裡看錯了嗎？

或者，這難道不是我解讀錯誤了嗎？難道不是這樣嗎？

隨著祈求般的心念反覆重看了無數次內文，不過意思卻無情地毫無改變。

經過加密的電文是以作為公文毫無誤解餘地的模範規格寫成。沒有看錯，沒有誤解，也沒有打錯電報。起草的負責人很優秀吧。這個負責人在撰寫公文這件事上，毫無疑問是善盡了自己的份內工作。

「考慮到在東方的勝利，應該要再度交涉迫使大幅的讓步？」

真希望這是在開玩笑。

即使懷著這種想法，在無意識之間忽然唸出了內文，雷魯根上校的大腦仍然是頑強地拒絕理解。

儘管理解了，卻不想理解。

要是理解的話，要是知道的話，這……這……

「考……考慮到在東方的勝利，應該要『再度交涉』迫使『大幅的讓步』？」

這不是承認雷魯根等人煞費苦心談好的草案的電報。沒辦法得到本國的承認，這要說起來也確實是個壞消息。

早在啟程之前就有做好「或許也會收到這種電報吧」的心理準備。不過，要是跟這通電報一比，怎樣！根本不算什麼。到頭來，最壞的情況總是會比想像中的還要糟糕。

「……至……至今為止的，至今為止的交涉……」

也不想想這有多麼艱難，是經歷了多麼大的磨合才總算談成的。

「再……再再……再度交涉？要回歸白紙？」

這就是本國的……最高統帥會議的……帝國的意思？就在至今為止拚命摸索出來的妥協點好不容易就要成形的時候？

他從嘴中喃喃漏出了呻吟聲。

為什麼？

為何？

怎麼會？

即使發出了多重不成聲的嘆息，雷魯根上校仍舊是懷著黯淡的心情，以充滿血絲的眼神重新看起剛送達的電文。

能得到的東西全都拿到手了。

儘管如此，卻說不夠？

居然說還不夠！

「……想不到竟會有這麼一天對提古雷查夫中校的心情有同感。」

他並不驚訝會有給予那個好評的一天到來。

那是個優秀的魔導將校。

是作為軍官，作為軍人，作為富有現代性的知性臻至完美的存在，所以要說的話也是當然的吧。就算那個扭曲了，也無法否定這個事實。

對雷魯根上校來說，真正讓他驚愕的是，與那個共有著相同的「嘆息」與「困惑」這個讓人焦躁不已的發現。

「……為什麼無法寬恕！」

這是悲嗚。

也是嘆息。

然後，還是慟哭。

「為什麼無法接受這個條件！」

帝國在這次大戰中投入了太多的鐵與血。就算再繼續損耗下去也已經得不到成果了，這恐怕是只要有常識就能明白的事。有太多的寶貴人命與資本不停地在瞬間消失殆盡，就宛如惡夢一般的日子。

……距離解決事態的光芒明明就只剩半步之遙了。

「這種條件，是要我怎樣把事情談好啊！」

解決的頭緒就在眼前了。就是為了這個，我才會從東方的最前線轉到中立國的義魯朵雅赴任，懷著度日如年的心情期盼著捷報啊！

正因為在中立國聞到了本國失去已久的「日常」餘香，雷魯根上校才會儘管對義魯朵雅王國方過高的傭金心存不滿，也仍舊是斷言應該要吞下去。

他不容拒絕地知道帝國所面臨到的戰局究竟有多麼異常。榨乾國家的一切，撒在摻著泥濘的荒蕪大地上？

這樣播種究竟有何意義。

為了祖國的故鄉而死並不可怕。然而，就為了爭奪聯邦的泥地，要我將眾多的將兵推下萬丈深淵？

彷彿大地劇烈搖晃起來似的噁心感。感到暈眩的雷魯根上校靠在一旁的椅子上。

電報的內容寫得很清楚。

我們，帝國軍在東方勝利了。勝利了。就在交涉途中，在與聯邦軍的角逐中取得了震驚世界的戰術性、作戰性的完美勝利。就以純軍事的發展來講，甚至能慶賀是戰略性的勝利吧。

帝國軍如今已能向聯邦的主要都市再次快速進擊。

所以，現在才要把事情談好。雷魯根如此作想的推測，恐怕不限於大使館，是只要理解帝國軍現狀的人都能有同感的展望。

只要綜觀東方整體情勢，就連三歲小孩都知道那是無法長久的勝利；就算不是有如怪物般的幼女也都知道。

這是簡單的算術。

帝國軍在東方投入了數百萬人也仍舊是人手不足。就試著再繼續擴張戰線吧。就算要利用像自治議會那樣可託付管理部分軍政地區的當地治安機構，也會有個限度。

看看地圖，這廣大的占領地。

這可是廣大過頭的占領地。

帝國這個國家並沒有足以維持的體力，帝國軍也沒有任何準備與計畫。

「參謀本部儘管知道這點，卻還是阻止不了嗎？」

是最高統帥會議的那群文官嗎？還是光只有階級高的那些貴族軍官說出的蠢話嗎？不論真相為何都糟透了。

雷魯根上校不得不撇嘴吐出詛咒的話語。

這是宛如經由在東方的戰勝「肥大化」的，某種難以言喻的事物在吵著「應該還能贏吧」的難以理解的文章。

要用這種東西，因為這種東西，要我們再度交涉？

「是傑圖亞閣下、盧提魯德夫閣下兩人批准的嗎？這種指示？」

是不得不批准的嗎？——正確來講應該要這麼說吧。

帝國軍贏了。

不，是那兩人賭了吧。在這種狀況下，靠尋常的手段無法贏得足以讓戰線大幅東進的勝利。

……要說沒有賭，是騙人的。

「哈哈哈……這還真好笑。是賭贏了嗎？還是說，贏了比賽卻輸了勝負嗎？」

儘管很不謹慎，但還是這麼想了——這樣的話，乾脆在東方戰敗還比較好。這絕不是現役軍人可以說出口的話吧。

但是——雷魯根上校還是這麼想了——與其變成這樣，倒不如輸了還比較好。

他不得不茫然緊握住寫滿蠢話的電文煩悶著。

「我們在東方贏了。明明贏了，但這算什麼啊。我們究竟是播下了怎樣的種子？」

chapter VI

》》統一曆一九二七年五月十四日　東方戰線　帝國軍　沙羅曼達戰鬥群基地《《

大河的流動，有時似乎會引人感傷。

對懷抱著戰勝、對將來的展望及最重要的光明未來這個希望的譚雅來說，在雄偉的河川前悠哉喝著戰利品的咖啡可說是最棒的早晨。

在本國下達其他命令之前原地待命的指示，總而言之就是跟平時的努力構築陣地是同樣的意思。就算環視周遭，也是步兵在挖著散兵坑，工兵在鋪設著通訊電纜，手頭有空的人在沙袋裡填沙的往常光景。

但不知道是怎麼了，看起來閃閃動人。

「……名為民族自治的夢想的種子；帝國與聯邦的緩衝地帶；與我方友好的中立空間。能展望美好的未來吧。」

譚雅喃喃自語，對於將來的推測展露微笑。

從軍時還悲觀地認為自己別無選擇。完全沒想過如果能成為戰勝國的一員的話……

不對——想到這，譚雅搖了搖頭。還沒有，還沒辦法確定。事情還不確定就在打這種如意算盤也太難看了。

不過，儘管如此。

「外交談判、停戰、議和。這些全不是什麼難事這點是不會變的吧。不過，這就是如此出色的勝利。在西方勝利了，也在東方勝利的話……」

將會成為兩面作戰的罕見事例吧——譚雅輕輕笑起。

對主要的反抗國猛烈施加重擊，並能夠以超乎預期的有利條件強迫議和……感覺並不壞。

這是合理的推論。會照這樣發展吧——理性做出了確信。

於是，由於不知道遙遠西方的情勢……所以譚雅能索性地天真相信著。

因為不知道，所以她懷著希望笑起。

「帝國已播下了種子。哎呀，真期待收割的時候……雖然好像沒辦法喜歡上原出處，但種什麼因，就得什麼果。」

（《幼女戰記⑦　Ut sementem feceris, ita metes》結束）

Appendixe

附錄

【歷史概略圖】

歷史概略圖

①

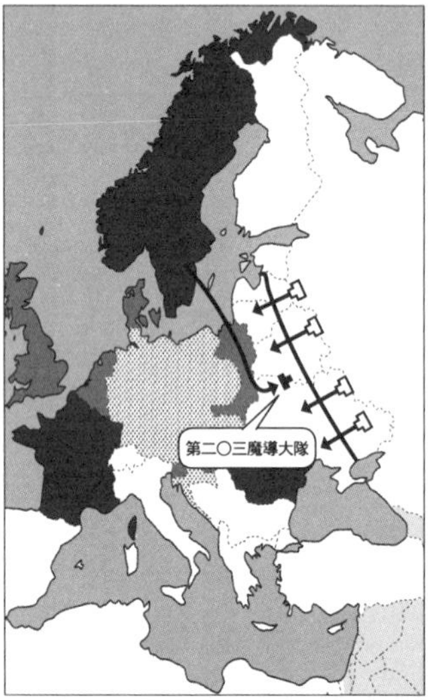

聯邦軍的攻勢

❶統一曆一九二七年四月二十日／聯邦軍在東方戰線全區展開全面攻勢。遭受到意料之外的襲擊，帝國軍前線部隊陷入極大的混亂。

❷沙羅曼達戰鬥群派遣第二〇三航空魔導大隊作為快速部署部隊之一趕往現場。

❸統一曆一九二七年四月二十二日／帝國軍逐漸平息混亂，在組織性後退後，隨即靠著增強部隊重整戰線。

❹沙羅曼達戰鬥群與阿倫斯上尉指揮的裝甲部隊會合。

②

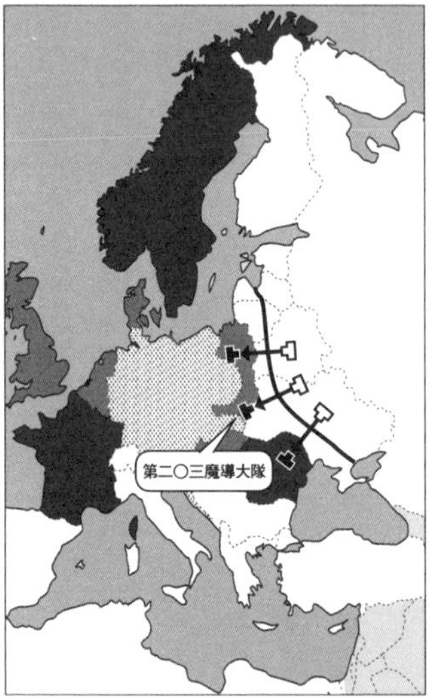

聯邦軍開始第二波攻勢

❶統一曆一九二七年四月二十六日／聯邦軍於東方戰線開始第二波攻勢。整理好戰線的帝國軍正面迎擊，展開局部性反攻。

❷統一曆一九二七年四月二十七日／沙羅曼達戰鬥群在東方戰線會合完畢。雷魯根上校在官方名義上「就任」。

❸統一曆一九二七年四月二十八日／東方方面爆發「Ｔ３４７６型演算寶珠」案件。敵新型寶珠讓帝國軍為之震撼。

③

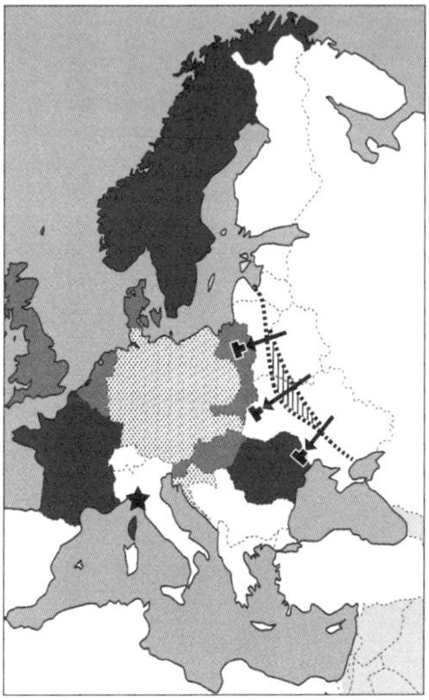

穩定狀態

1 統一曆一九二七年五月一日／在義魯朵雅開始初步協商。

2 帝國軍為了準備在東方戰線的反攻作戰，開始後退整理戰線。卡蘭德羅上校作為軍事觀察官抵達東方就任。

3 統一曆一九二七年五月二日／帝國軍派出複數部隊前進偵察。在東方各地爆發小規模衝突。

4 統一曆一九二七年五月三日／向東方全區的帝國軍下達後退命令。陸續轉換配置到指定戰線。

④-1

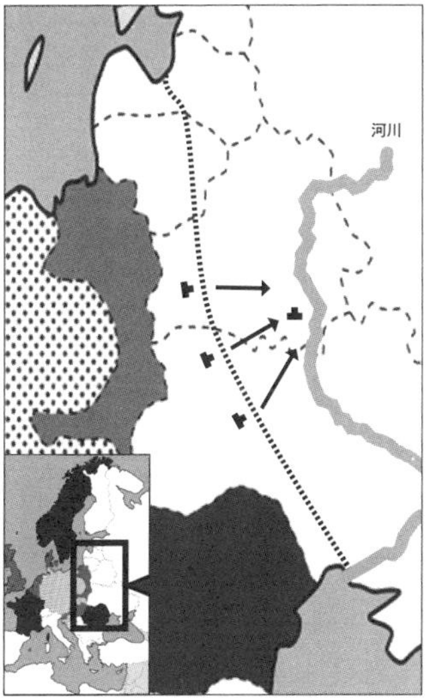

帝國軍發動鐵鎚作戰

1 統一曆一九二七年五月五日／帝國軍參謀本部發動鐵鎚作戰。活用透過航空殲滅戰確保的制空權，展開包含空降作戰在內的複數作戰。

2 沙羅曼達戰鬥群進行大規模攻勢，以與友軍空降部隊會合為目標開始東進。

歷史概略圖

④-2

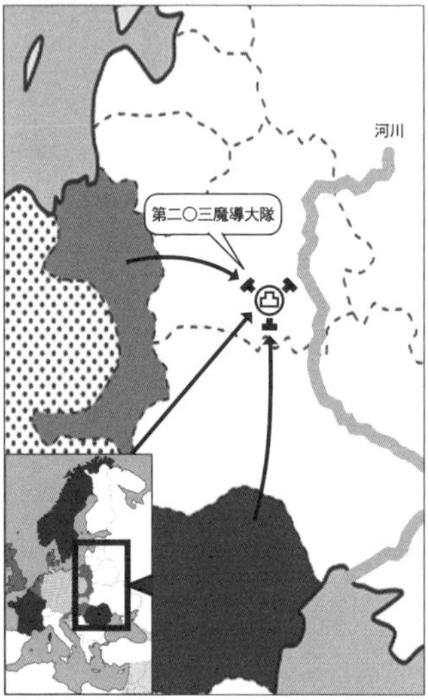

3 統一曆一九二七年五月七日／第六空降獵兵連隊與雷魯根戰鬥群接觸、會合。

4 統一曆一九二七年五月八日／帝國軍參謀本部掌握到東方方面的諸多狀況。向逐漸遭到包圍的聯邦軍司令部發布斬首作戰。

④-3

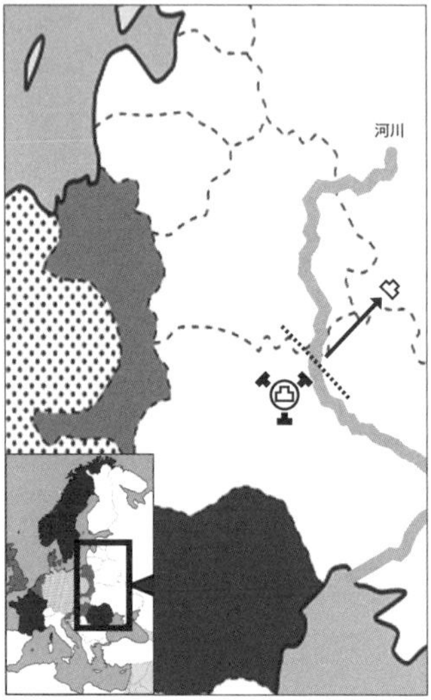

5 統一曆一九二七年五月十一日／在東方戰線遭到包圍的聯邦軍展開組織性脫離戰。令帝國軍出乎意料而落於被動。

6 統一曆一九二七年五月十一日／聯邦軍司令部下令大規模後退（現場獨斷）。之後，即使與帝國軍部隊交戰並進行撤退支援，聯邦軍也依舊全滅。（一部分聯邦軍戰力組織性地脫離成功）

7 聯邦軍最高司令部決定將包含航空魔導大隊在內的複數作戰部隊往東方集中。

8 經由義魯朵雅王國的外交談判活躍化。帝國本國對大獲全勝高聲喝采。

⑤

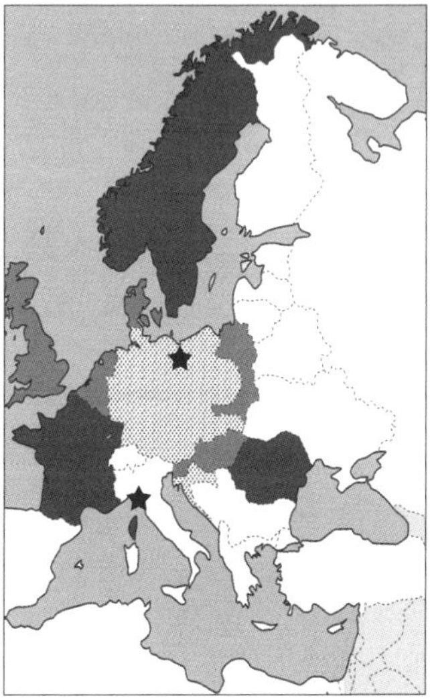

勝利宣言

1 統一曆一九二七年五月十三日／帝都柏盧的帝國軍參謀本部正式發布勝利宣言。

2 帝國軍最高統帥會議為決定爾後的戰略方針，召開會議。帝國軍參謀本部提出的討論案遭到否決。

3 在義魯朶雅進行的外交談判觸礁。

總評

關於東方全區的現狀，帝國與聯邦皆透過行使軍事力摸索著突破局面的解決之道。

帝國軍即使成功以大規模機動戰達成軍事上的戰略目標，卻也暴露出在大戰略上的不一致。

聯邦加強推動軍政關係的調整與統合。

後記

午安，晚安，或是打從旭日東升時就在積極活動的英雄般的各位勇者，你們早安。カルロ・ゼン在第七集向各位問好。

ＶＩＶＡ！咖啡因！或是拉麵！

老實說，我最近持續地認真打招呼過了頭。因此打算進行自我批判，以提醒自己不忘記個人風格、個性、或是說個人色彩。莫忘初衷，必須公然胡鬧才行。

就在稍微反省過後言歸正傳。由於無法保證不會有讀者從後記開始看，這邊就避免洩漏劇情吧。必須重視和平的協調性。

幼女戰記是一部描述面臨身為組織中人的悲哀、戰爭的愚昧，還有上班族常會在職場上感受到壓力的「幼女」，忍著淚水拚命工作的勞動讚歌（大謊話）。希望各位能一手拿著咖啡，一面就像事不關己似的享受著提古的苦難；或是能雙手捧著咖啡，與提古共享「我懂我懂，上頭那些傢伙總會做出亂來的預定～」這種天橋下心情的話，那也不錯。啊，眼淚莫名地……

就基於這個理由，本書以徹底無視潛藏在「預定」這個詞彙之中的魔物，並假設會在十二月底發售的時程進展著。在這本新書發售之前，東條チカ老師的漫畫版第一、二集應該會以怒濤般的速度出版。此外，幼女戰記的動畫也會從一月開始播放吧（註：此指日本）。

說到這裡，關於動畫製作這方面……我懷著「職業的聲優還真是厲害呢」的心情參觀了製作現場。雖說更進一步的事情還不能說……就敬請期待吧！

最後，要向給予我助力的各位致上謝意。我能走到這一步，全是多虧了各位讀者的支持！

然後也要感謝幫忙出書的各位。插畫家篠月大人、擔任設計的椿屋事務所、校正的東京出版服務中心，還有責編藤田大人，這次也很感謝各位的幫忙。

二〇一六年十二月　カルロ・ゼン

1:04
對動畫開播雀躍不已的
深夜的羅利亞同志

國家圖書館出版品預行編目資料

幼女戰記. 7, Ut sementem feceris, ita metes / カルロ.ゼン作 ; 薛智恆譯. -- 初版. -- 臺北市 : 臺灣角川, 2018.02

面； 公分

譯自 : 幼女戦記. 7, Ut sementem feceris, ita metes

ISBN 978-957-564-039-2(平裝)

861.57 106023793

Kadokawa
Fantastic
Novels

幼女戰記 7
Ut sementem feceris, ita metes

（原著名：幼女戦記 7 Ut sementem feceris, ita metes）

2018年2月12日 初版第1刷發行
2022年6月15日 初版第4刷發行

作者：カルロ・ゼン
插畫：篠月しのぶ
譯者：薛智恆

發行人：岩崎剛人
總編輯：蔡佩芬
編輯：邱瓈萱
美術設計：黃永漢
印務：李明修（主任）、張加恩（主任）、張凱棋

發行所：台灣角川股份有限公司
地址：104台北市中山區松江路223號3樓
電話：（02）2515-3000
傳真：（02）2515-0033
網址：www.kadokawa.com.tw
劃撥帳戶：台灣角川股份有限公司
劃撥帳號：19487412
法律顧問：有澤法律事務所
製版：巨茂科技印刷有限公司
ISBN：978-957-564-039-2

※版權所有，未經許可，不許轉載。
※本書如有破損、裝訂錯誤，請持購買憑證回原購買處或連同憑證寄回出版社更換。

YOJO SENKI Vol.7 Ut sementem feceris, ita metes
©Carlo Zen 2016
First published in Japan in 2016 by KADOKAWA CORPORATION, Tokyo.
Complex Chinese translation rights arranged with KADOKAWA CORPORATION, Tokyo.